T0270158

La ley del padre

LA TRAMA

La ley del padre

Carlos Augusto Casas

Papel certificado por el Forest Stewardship Council®

Primera edición: marzo de 2023

Printed in Spain – Impreso en España

ISBN: 978-84-666-7257-3
Depósito legal: B-730-2023

Compuesto en Llibresimes, S. L.

Impreso en Liberdúplex
Sant Llorenç d'Hortons (Barcelona)

BS 7 2 5 7 3

A José, mi hermano

Si quieres saber lo que Dios piensa del dinero, solo mira a la gente a la que se lo ha dado.

Dorothy Parker

Los negros ojos de la noche te miran, reclamándote. La oscuridad abre sus aterciopelados brazos para que desde la cornisa caigas en ellos. Y tú quieres caer, deseas caer, necesitas caer. Dejar que la negrura te devore, como brea caliente, hasta desaparecer engullido en ella. Hasta que todo se vuelva negro. Hasta que tú también seas solo oscuridad. Es el día del fin del mundo. Del fin de tu mundo. La punta de tus pies ya acaricia el vacío mientras le das un beso de despedida al dry martini que tienes en la mano. Tu último y desesperado gran amor. Encaramado en el saledizo, eres un tentetieso al que la duda y el miedo hacen oscilar entre la vida y la muerte. Entre el dolor y la paz, entre el autorrencor y el descanso, entre lo que no tiene solución y la disolución. A tu espalda, las voces vuelven a sonar, apremiantes.

—¡Ese tío se quiere tirar! ¡Llamad a la policía! ¡Está loco! ¡Te dije que no debíamos invitarlo!

Pero la noche impide que las escuches, tarareándote al oído la canción favorita de la mujer. Aquella melodía tan triste de Erik Satie que tantas veces escuchasteis juntos y que ahora te desportilla el alma. Y sientes como la caricia fría de la oscuridad limpia las lágrimas de tu rostro. Está más hermosa que nunca, como si la ciudad, a tus pies, fuese un provocativo vestido de lamé que la noche se ha puesto solo para ti. Porque quiere que vayas con ella. Porque quiere que saltes.

—¡Ya está aquí la policía! ¡Se va a tirar, se va a tirar!

—Caballero, ¿me oye? Quédese conmigo, no haga una tontería. Todo va a salir bien...

Alzas una pierna hacia la nada, como un funambulista cansado de caminar por la cuerda floja para divertir a los demás. Errores, pecados, preocupaciones, remordimientos, daños, sufrimientos... Llegar por fin al punto final, liberarse de las cadenas invisibles, deshacerse de los cerrojos mentales... Y sientes el vértigo al comenzar el descenso a la nada, arrojándote a los brazos de la bella noche eterna, a la paz de dejar de ser, al descanso de la no existencia, al placer de la inconsciencia sin fin. El estado ideal del ser humano es la muerte. El más estable, el más duradero. De pronto, una fuerza atroz te retiene. Manos como cepos agarran tus brazos y tiran de ti manteniéndote sin remedio en ese doloroso error que es la vida. Esa insufrible mezcla de vanidad, idiotez y azar. Tratas de luchar para que no te alejen de la noche, para alcanzar la verdadera libertad. Pero no puedes nada contra toda esa fuerza que arroja tu cuerpo al suelo mientras sueltan sus estúpidas mentiras.

—Tranquilo, amigo, ya pasó. Todo se va a arreglar, las cosas tienen solución...

Y gritas desesperado por tener que volver a tu sombría prisión vital. Y odias a todos esos buenos samaritanos que prolongan tu agonía existencial. Y lloras al percibir la aplastante amargura de estar vivo.

1

La casa olía a cera de pulir madera. Melinda seguía a la mujer mayor por los interminables pasillos de la vivienda entre desconcertada y expectante. Sus ojos opacados por el temor recorrían las diferentes estancias repletas de lujosos muebles, sofisticados cuadros y enormes estanterías pobladas de figuras de porcelana, jarrones, relojes y todo tipo de objetos de aspecto caro que evidenciaban esa clara tendencia de las cosas frágiles a romperse. De los techos pendían gigantescas lámparas como cascadas de lágrimas cristalizadas y un piano negro descansaba como una bestia dormida al fondo de uno de los salones. No había admiración en la mirada de Melinda, sino preocupación, porque ella estaba allí para limpiar.

—Habíamos solicitado a la agencia que nos enviara una interna filipina —dijo la mujer mayor sin volverse—. Y tú muy oriental no pareces...

—Soy dominicana. ¿Eso supone algún problema? —En el tono de Melinda había más miedo que orgullo. Necesitaba ese empleo para enviar dinero a su hijo de tres años que permanecía en su país. Para salir del piso de Tetuán, de cuarenta y cinco metros cuadrados y compartido con otras dos familias de inmigrantes. Para que su vida volviera a merecer llamarse así.

—Tu nombre era Melinda, ¿no? —preguntó la mujer mayor sin esperar respuesta—. Has tenido suerte, Melinda. Hoy es el cumpleaños del señor Gómez-Arjona y lo celebra aquí, en la casa, con su familia. Así que un par de manos más nos vendrán muy bien. Creo que ya tienes listo tu uniforme.

Las mujeres siguieron avanzando por el suelo ajedrezado de mármol. Las suelas de goma de sus zapatos baratos daban ligeros chillidos, escandalizados por pisar aquella suntuosa superficie. A Melinda, el inmenso piso, a pesar de su ostentosa exhibición de opulencia, le daba frío. Parecía más el expositor de una tienda de lujo que un hogar.

—Este será tu cuarto —dijo la mujer, abriendo la puerta de una habitación con vistas a un patio interior. La decoración la componían una cama estrecha, un armario de un cuerpo y una mesa con aspecto de pupitre. Ninguno de ellos combinaba entre sí, como si hubieran tenido otro uso en la vivienda y hubiesen acabado allí, en un paso previo a la definitiva jubilación. Aun así, las ilusiones de Melinda fruto del sueño de una vida nueva iluminaron aquellas cuatro paredes hasta convertirlas en una promesa de independencia, de autosuficiencia, de felicidad.

—Bienvenida —continuó la mujer mayor—. Cuando estés instalada me ayudarás a montar la mesa del salón principal. No tenemos mucho tiempo, pronto llegarán los invitados y todo debe estar listo para entonces.

Melinda posó su mano sobre el codo de la mujer antes de entrar en la que sería su habitación.

—Muchas gracias por ayudarme. Es la primera vez que trabajo para una familia tan tan... importante. Gente bien, ya me entiende, y me gustaría no cometer ningún fallo. ¿Me daría algún consejo? Usted debe de saber lo que les gusta y lo que no.

La mujer mayor suspiró pesadamente antes de responder.

—Hablar poco, trabajar duro y decir a todo que sí. Llevo más de cuarenta años en esta casa, y si algo he aprendido es que para ellos solo eres un electrodoméstico. Nada más. Y a una lavadora no se le piden las cosas por favor. No lo olvides nunca.

—Los cubiertos tienen su propio lenguaje y es indispensable que lo domines.

Melinda escuchaba a la mujer mayor mientras abrillantaba y colocaba cucharas, tenedores y cuchillos de plata por tamaños sobre la mesa del comedor. Era uno de esos muebles imponentes, que transmiten seguridad y robustez antes que belleza, como el portero de una discoteca cara. Para refinar la mesa, previamente la habían vestido con un inmaculado mantel bordado a mano con motivos florales de BordAlma y ahora tocaba montarla. Pero los ojos de la joven no estaban en el desfile en formación de la cubertería. Melinda no podía apartar la mirada del cuadro que presidía el salón, donde una bella mujer ataviada con un elegante vestido de gasa azul le devolvía la mirada con la fijeza de la que solo los cuadros son capaces. Lo que más atrajo a la joven fue el rostro de la dama del retrato. Sus ojos transmitían una profunda tristeza, esa mansedumbre ante la vida del que ya no espera nada. Y sin embargo, la media sonrisa de su boca estaba cargada de crueldad, de la prepotencia violenta de los cazadores frente a sus presas. Melinda sintió escalofríos, pero había algo en aquel cuadro que no le permitía apartar los ojos de aquella mujer.

—Los cubiertos no deben estar a más de cuatro centímetros del plato —continuó la mujer mayor—. Hay que disponerlos de afuera hacia dentro en función del orden de uso. En la derecha, primero cuchara sopera, cuchillo de entrada y cuchillo de mesa; y a la izquierda, comenzamos con tenedor de entrada y tenedor de mesa. En la parte superior del plato, guardando las distancias, irán la cuchara y el tenedor para postre...

—¿Quién es la mujer del cuadro? —preguntó Melinda.

La tensión convirtió los segundos en minutos. La mujer mayor no levantó la vista de la mesa al contestar.

—Era la señora de la casa.

—¿Era? ¿Qué pasó? ¿Se divorciaron?

Otra pausa, densa como el fango.

—Murió. En septiembre hará cinco años.

—¡Vaya! En el cuadro parece muy joven. ¿De qué murió?

Los huesudos hombros de la mujer mayor se alzaron al lanzar un profundo suspiro mientras, en el salón, el silencio estrangulaba al tiempo hasta dejarlo sin vida.

—La asesinar...

—Teresa, ¿ya han llegado mis hijos?

Las dos mujeres dieron un pequeño respingo al escuchar aquella voz a su espalda.

—No, aún no, señor —dijo la mujer mayor al volverse—. Imagino que no tardarán.

—¿Sonia aún está durmiendo?

—La señorita Sonia se ha marchado muy temprano. Ha dicho que quería darle una sorpresa.

—Si hay algo que no soporto son las sorpresas. Bueno, tampoco soporto la impuntualidad, ni a los chistosos, ni a los que hablan con la boca llena... Y me dejo dos o tres millones de manías más. Ah, pero qué seríamos sin ellas. Los prejuicios son los que nos hacen distintos, diferentes, únicos...

—Y los vicios —dijo Teresa arrepintiéndose de inmediato, asombrada de que las palabras formadas en su mente hubieran logrado escapar por su boca. La sonrisa del hombre corrió a esconderse fuera de su rostro, alejándose de la oscuridad que se cernía sobre este. Fue solo un instante, como quien enciende y apaga una bombilla para comprobar que funciona. Melinda contempló cómo casi instantáneamente la afabilidad volvía a curvar los rasgos del hombre.

—Disculpe, señor —se apresuró Teresa en un intento de cambiar de tema—. Permítame que le presenta a Melinda, la chica nueva.

El hombre se volvió hacia la joven. Melinda sintió aquellos altivos ojos marrones recorriéndole el cuerpo como si la cachearan. Y percibió el frío dentro de ella, el frío provocado por una extraña sensación de desnudez. El señor de la casa había rebasado las seis décadas sobre la tierra, aunque no lo aparentaba. Rostro agradable en el que la vida no se había ensañado, barriga contenida, boca difusa donde se posaban las sonrisas con regularidad, nariz en forma de cartabón y el pelo blanco dominado por un flequillo irredento que aportaba diversión al conjunto. Vestía unos holgados pantalones de pana, camisa a cuadros y un pulóver verde de lana ligera con el logo de Hugo Boss bordado sobre el corazón. Sin embargo, era uno de esos hombres a los que la ropa de *sport* no les acababa de sentar bien. Como si hubieran nacido para llevar traje. A Melinda le pareció más atractivo que guapo, pero había algo en él que no...

—Creo recordar —dijo el hombre dirigiéndose a Teresa— que habíamos solicitado una chica interna filipina. No... esto.

—En la agencia no disponían en este momento de ninguna empleada filipina y, como sabían que necesitábamos una interna con urgencia, nos han enviado a Melinda. Es lista y muy dispuesta. Estará a prueba un mes y luego el señor podrá decidir si se queda definitivamente o prefiere que le envíen a otra sirvienta.

Los ojos del hombre volvieron a palpar como viscosos tentáculos el cuerpo de Melinda. La sonrisa se abrió en su rostro dejando a la vista una dentadura cara y perfecta, como solo lo artificial puede serlo. Se acercó a la joven y le ofreció una mano que Melinda se apresuró a estrechar tras hacer una pequeña reverencia.

—Soy Arturo Gómez-Arjona. Bienvenida a mi casa. Espero que pronto también la consideres tuya. Teresa, cuando mis hijos tengan la deferencia de ir llegando que esperen en la biblioteca. Yo estaré en el estudio. Debo ocuparme de unos asuntos y prefiero que nadie me moleste hasta entonces.

Arturo Gómez-Arjona giraba para perderse por uno de los pasillos cuando algo hizo que se detuviera en seco.

—Acabo de recordar otra cosa que no soporto: la impertinencia. Será mejor que no lo olvides, Teresa.

Aquellas palabras se quedaron flotando en el comedor como densos fantasmas. Invisibles pero amenazantes.

2

Habitaciones y más habitaciones. Melinda estaba perdida. Teresa le estaba enseñando el piso y no paraba de abrir puertas que daban a nuevas estancias con nuevos pasillos que conducían a más puertas. ¿Cuántos metros tendría aquella casa?

—El piso tiene trescientos ochenta metros cuadrados —dijo la mujer mayor leyéndole el pensamiento—. Y como verás, todo tiene que estar limpio y brillante. Aquí no te vas a aburrir, no. Cosas que no debes olvidar: recuerda, siempre que entres o salgas de casa lo harás por la puerta de servicio. Ya has visto que el señor es algo maniático. Tu día libre es el domingo. De lunes a sábado el horario en teoría será de ocho a cinco con una hora para comer. Eso es lo que pone en el contrato, pero en la práctica dependerá de las necesidades del señor. No importa la hora que sea, si te pide que le prepares un té a las cuatro de la mañana, tú se lo preparas. Entre semana se pasa el día en su despacho de la cadena, así que normalmente nos deja en paz hasta las siete, que es la hora a la que suele volver.

—Yo creía que los millonarios no trabajaban —dijo Melinda.

—Hay dos tipos de ricos —respondió Teresa—. A los que les gusta el dinero y a los que les gusta mandar. El señor es de los segundos, ya te darás cuenta.

—¿Y a qué se dedica?

—Es el consejero delegado de Grupo9 Media, una empresa que posee un montón de canales de televisión, emisoras de radio, una editorial y no sé qué más. A veces me pregunto si el señor sabe en realidad todo lo que tiene. A los ricos les proporciona más placer acumular posesiones que disfrutar de ellas. No son como nosotros, por eso es importante no tratar de entenderlos. Es mejor que te centres simplemente en soportarlos.

—¿Cómo es el señor? Parece elegante y educado, pero ha habido un momento, cuando le has dicho lo de los vicios...

—Error mío, que te sirva de ejemplo. Ese es el tipo de cosas que nunca debes hacer —dijo Teresa—. Tienes que saber cuál es tu lugar y no salirte nunca de él. En cuanto a lo de educado..., las manzanas más bellas y apetitosas suelen guardar en su interior al gusano que les pudre el corazón. Para gente como los Gómez-Arjona, las apariencias son lo más importante. Y aparentar es una forma de mentir. Tenlo siempre presente.

El sonido del timbre acabó con la tensión del momento.

—Los vástagos comienzan a llegar. Vamos, acompáñame. Así los irás conociendo.

Teresa abrió la puerta señorial para dar paso a un hombre de unos cuarenta años, postrado en una silla de ruedas. Vestía una gabardina de color crudo sobre un bléiser de un azul intenso combinado con una corbata de rayas Oxford en tonos rojos y dorados. Llevaba las piernas cubiertas con una manta de tartán rojo y sobre ellas reposaba un paquete alargado envuelto en papel blanco y atado con un cordel de pastelería del mismo color. El parecido con Arturo Gómez-Arjona era evidente. Tras él, una mujer rubia y esbelta de aspecto profesional empujaba la silla. Vestía completamente de rojo. A Melinda le habría parecido hermosa si no fuera por las arrugas que el pellizco de la amargura le formaba en la comisura de los labios, lo que confería a su rostro un aspecto malévolo.

—Cada vez es más difícil aparcar en este barrio, ya no se encuentra sitio ni en las plazas de minusválidos. ¿Aún no ha llegado nadie? —dijo el hombre mientras se desprendía de la gabardina con ayuda de la mujer rubia y se la entregaba a Teresa sin mirarla.

—Buenos días, señorito Alonso. Sus hermanos todavía no han llegado. Su padre está ocupado con unos asuntos y les ruega que lo esperen en la biblioteca —saludó Teresa, para dirigirse enseguida a su acompañante—. Buenos días, señorita Carlota. ¿Les apetece tomar un aperitivo antes de la comida?

—Sí, gracias, Teresa. Yo tomaré un oporto. ¿Y tú, Carlota?

—Prefiero un whisky doble, si puede ser. Nunca he entendido esa costumbre de los pijos de tomar bebidas absurdas dependiendo de la hora del día.

—Ya lo has oído, Teresa. Un whisky para la heroína de la clase obrera y un oporto para mí. Ah, y lleva esto a la cocina, el maldito *strudel* de La Húngara que mi padre me hace comprar todos los años y que solo le gusta a él.

—Enseguida les llevo las bebidas a la biblioteca. Con su permiso, me gustaría presentarles a Melinda. Se incorpora hoy al servicio de la casa.

Fue la primera vez que los recién llegados repararon en la presencia de la joven dominicana. Alonso alzó las cejas con desdén a modo de saludo mientras que Carlota se limitó a ignorarla, como si hubiera descubierto una mancha de humedad en la pared y decidiera pasarla por alto, alejándose de las dos sirvientas empujando la silla por el pasillo principal de la vivienda.

—Parece que disfrutas con esas exhibiciones de vulgaridad delante del servicio —dijo Alonso.

—Olvidas que yo también soy el servicio —contestó Carlota.

—Oh, vamos. No empieces otra vez con eso...

Las voces se perdieron engullidas en el interior de la casa.

Melinda miró a Teresa con su rostro transformado en pregunta.

—Alonso, el hijo mayor del señor. Ahora no lo parece pero deberías haberlo visto con veinticinco años. Guapo, inteligente, rico... El futuro era un bufet libre solo para él. Pero una noche, volviendo a casa de una discoteca, sufrió un accidente de coche. Un choque frontal contra otro vehículo. Fue terrible, él perdió la movilidad de cintura para abajo y las dos chicas que ocupaban el otro coche murieron. Aquello lo destrozó. Se había casado solo un año antes. El matrimonio duró un par de veranos. Su mujer era demasiado joven para atarse a algo así. Alonso nunca lo ha superado. El accidente diluyó sus virtudes y acentuó sus defectos, por decirlo de algún modo. La tal Carlota es su asistente personal. Un recordatorio constante y rubio de que no puede valerse por sí solo. Por eso se hacen la vida imposible continuamente. Ven, vamos a servirles las bebidas.

En la cocina, Melinda rellenaba la cubitera metálica mientras Teresa, de espaldas, servía el oporto y el whisky. En un momento dado, la joven observó el latigazo hacia atrás de la cabeza de la mujer mayor, que, instantes después, depositó sobre la encimera una copa vacía. Los ojos de ambas se encontraron. Vergüenza y sorpresa, enfrentadas.

—No me mires así —dijo Teresa, aún con la botella de oporto en la mano—. A mi edad, la vida se ha convertido en una sucesión de puertas cerradas y esta es la única salida. Ya lo entenderás si sigues mucho tiempo por aquí. ¿Quieres una copa?

El sonido del timbre impidió que Melinda tuviera que responder. Nada más abrir la puerta, un torbellino con forma de mujer entró en la vivienda sin parar de moverse y de hablar por el móvil.

—... en la fiesta de la presentación de la nueva colección de Rabat. ¿Cómo es que no te invitaron? Estaba tooodo el muuundo que merece la pena. Y también varios de los que no, para qué te voy a engañar. Tenías que haber visto el *outfit* de algunas y de algunos. Se creían que estaban en Nochevieja. ¿Pero sabes lo mejor? ¡Me pidieron que posara en el *photocall*! ¿Te lo puedes creer? Pues claro que les dije que no, ¿por quién me tomas? ¿Por una de esas youtubers petardas que les dicen cómo se tienen que maquillar a las cajeras de Carrefour? Yo creo que fue porque tengo cuatrocientos mil seguidores en Instagram y estaban desesperados por darle un toque de clase al evento. ¡Oye, que son más de los que tiene el presidente del Gobierno! Qué le voy a hacer si tengo una vida taaan interesante...

Un cumulonimbo de rizos rubios rodeaba la cabeza de la mujer. Su maquillaje ligero y sin estridencias demostraba un buen gusto que subrayaba los hermosos rasgos de su rostro, mejorados por el bisturí. Nada más cruzar la puerta, se desprendió de un enorme plumífero Chanel lanzándolo al aire con displicencia para que Teresa lo alcanzase al vuelo junto con una bolsa alargada que contenía una botella de vino. Bajo el plumífero vestía un chándal con el enorme logo de Dolce & Gabbana impreso en el pecho, una de esas prendas deportivas diseñadas para nunca pisar un gimnasio. Los pies de la mujer estaban enfundados en unas zapatillas Chanel x Adidas Pharrell NMD con las que enfiló el pasillo sin siquiera mirar a las dos sirvientas.

—No cierres la puerta, Teresa, he visto aparcar al imbécil de mi hermano pequeño y debe estar subiendo las escaleras... No, no era a ti. Hablaba con el servicio. Estoy en casa de mi padre celebrando su *boring* cumpleaños. Oh, creo que ayer me pasé con el Moët... —dijo la mujer rubia antes de perderse en el interior de la vivienda.

Melinda miró a la mujer, luego a Teresa y después a las escaleras que daban al piso desde donde provenía el sonido urgente de unos pasos saltando sobre los escalones.

—Ella es la señorita Mencía, la hermana mediana. Y el que

está a punto de llegar imagino que será el señorito Roberto, el pequeño de los varones...

—¡Te he pillado llamándome otra vez Roberto! ¡Bobby!, ¿cuántas veces te he dicho que me llames Bobby? —exclamó el joven que acababa de entrar dando un efusivo abrazo a Teresa que la levantó del suelo—. ¿Cómo está mi chica favorita?

—¡Déjeme, señorito, por favor! —dijo Teresa entre carcajadas—. ¿Qué va a pensar de usted la nueva sirvienta?

—Pensará que soy un tipo divertido —respondió él mientras depositaba a Teresa de nuevo en el suelo. Luego se fijó en Melinda y le ofreció la mano—. Hola, me llamo Bobby, aunque por aquí a todo el mundo le da por llamarme Roberto... o algo aún más espeluznante: señorito Roberto. Encantado.

La joven estrechó su mano al tiempo que hacía una casi imperceptible reverencia. Aquel hombre aparentaba haber soplado treinta velas hacía poco tiempo, algo que sus ojos de viejo desmentían. Pelo castaño elegantemente erizado con gomina. Abrigo negro sobre jersey de pico del que asomaba una formal camisa de rayas. Todo llevaba bordado un logo con un bombín y dos paraguas que Melinda no identificó. De lo que sí se dio cuenta era de que la ropa era cara. Como su perfume, una abigarrada mezcla entre dulce y picante que se quedó atrapada en su pituitaria durante todo el día.

—Por fin un cambio —dijo Bobby—, creo que la última vez que entró algo nuevo en esta casa fue la luz eléctrica. ¿Ha llegado ya el resto de la banda?

—Solo falta la señorita Sonia, no creo que tarde mucho —respondió Teresa.

—La encuentro algo más informal desde que ha vuelto de

Boston, ¿no crees? Y tengo la sensación de que eso es bueno. No sé qué le enseñaron en esa universidad pero me alegro de que lo hicieran. Está acumulando méritos para arrebatarme el título oficial de oveja negra de la familia. Aunque tendrá que esforzarse más si quiere la medalla de oro. Por cierto, Teresa, pon esto a enfriar —dijo el joven entregándole un estuche de madera alargado en el que se podía leer VEUVE CLICQUOT—. Y espero que la botella llegue entera al cumpleaños...

—Oh, qué cosas dice, señorito Roberto. —Teresa le dio un cariñoso golpe en el hombro, reprendiéndole.

—Bobby, me llamo Bobby —dijo él guiñándole un ojo a Melinda mientras se dirigía a la biblioteca.

Unos minutos después, el timbre volvió a reclamar con insistencia la presencia de las sirvientas. La apertura de la puerta dio paso a una mujer joven, de unos veinticinco años, con una de esas bellezas antipáticas por evidenciar la injusta veleidad de la genética a la hora de repartir sus dones. Vestía unos vaqueros desgastados, una camisa blanca masculina y un guardapolvo color cobre que se quitó nada más traspasar el quicio. Se la veía apurada. En sus manos portaba una caja oscura donde se leía RÉMY MARTIN XO bajo la imagen de un centauro lanzando una jabalina.

—¿Han llegado ya mis hermanos? —preguntó apremiante a Teresa.

—Sí, señorita Sonia. La esperan en la biblioteca. Su padre está en el despacho tratando unos asuntos. Me pidió que le avisara cuando usted estuviera en casa.

—Bien. Entonces no llego tan tarde. Quería darle una sorpresa. Venga, no te quedes ahí, abuelo —dijo la recién llegada a la figura que tenía a su espalda. Pese a que sus cuerpos no se tocaban, Melinda pudo percibir con claridad como el cuerpo de Teresa se tensaba hasta volverse duro, igual que una piel al curtirse, para después comenzar a temblar.

—Tere, cuánto tiempo. Pero déjame que te vea. Estás igual que siempre. La misma figura, la misma boca...

El anciano utilizó el andador con el que caminaba para acercar su rostro a escasos centímetros del de la sirvienta. Tenía el pelo blanco veteado de mechones negros peinado hacia atrás. El enorme loden verde parecía haberlo engullido por completo a excepción de la cabeza. Unos dientes amarillos se asomaban con timidez por el desgarro lascivo que formaba su boca. En sus ojos, excesivamente abiertos, danzaba la demencia. Melinda vio como los labios apretados de Teresa vibraban intentando contener el llanto.

—D...on Ernesto. Qué alegría volver a tenerle aquí.

—He pensado que no sería un cumpleaños completo sin el abuelo. Después de pasar tanto tiempo en Boston, quería tener a toda la familia reunida. Así que he ido a por él a la residencia para que pase unos días en casa, con nosotros —dijo Sonia—. No se me ocurría mejor momento que este. Vamos, abuelo, déjame que te ayude. Nos están esperando todos.

Fue entonces cuando el anciano posó sus ojos en Melinda.

—Chocolate, me gusta el chocolate. Pringarme con él y chuparme los dedos...

—¡Abuelo! —le recriminó Sonia—. Discúlpale, está un poco... —La joven terminó la frase dando vueltas a su dedo índice en torno a su sien—. Tú debes de ser la chica nueva, yo soy Sonia, encantada de tenerte con nosotros.

Cuando abuelo y nieta desaparecieron, Melinda buscó con la mirada a Teresa. La mujer le hizo un gesto disculpándose mientras se perdía deprisa en dirección a la cocina. Las manos en la boca, ahogando un grito.

3

—¡Ahora sí que la reunión se pone interesante!

Todos en la biblioteca se quedaron congelados al ver a Sonia aparecer con el anciano.

—Siéntate aquí, abuelo. Y quítate el abrigo, que hace mucho calor.

—¿Sabe el gran hombre que su padre está invitado a su cumpleaños? —dijo Alonso, con la copa de oporto a medio camino hacia su boca.

—No, quería que fuese una sorpresa —respondió Sonia.

—¡Y vaya si lo va a ser! —exclamó Bobby con un tintineante martini con hielo en la mano—. Será mejor que le digamos al servicio que escondan los cuchillos. ¡Esta fiesta promete!

—Tita, cariño, tengo que colgar. Mi hermana pequeña ha tenido la genial idea de convertir el cumpleaños de mi padre en la guerra civil de los Gómez-Arjona. *Ciao!* —dijo Mencía a la persona al otro lado de su móvil.

—No creo que sea para tanto. Seguro que le hace ilusión —repuso Sonia mientras Carlota escondía la ironía de su sonrisa tras el vaso de whisky.

—¿Sabéis que vuestro padre se puso un guion entre los apellido Gómez y Arjona? —dijo el abuelo tomando asiento.

—¡Oh, me voy a servir otra copa porque la cosa mejora por momentos! —añadió Bobby dirigiéndose a la bola del mundo que hacía las veces de mueble bar—. Sigue, abuelo, que vas muy bien.

—Gómez le parecía demasiado... vulgar para alguien tan importante como él —continuó el anciano—. Por eso se inventó un apellido compuesto. Hay que ver lo que cambia un guioncito. Gómez-Arjona le sonaba mejor, con más caché. Puto aristócrata de pacotilla...

—¿Qué significa todo esto?

La biblioteca sufrió una glaciación ante la llegada de Arturo Gómez-Arjona. Los ojos del hombre eran dos colmillos negros clavados en la figura del anciano. Y no parecían querer soltar a su presa. Su rostro permanecía tenso, en un intento por contener la inminente explosión interior. Sonia se incorporó de su asiento para salirle al paso.

—Papá, sé que debería habértelo consultado antes, lo sé, pero temía que dijeras que no. Y me apetecía tanto que toda la familia estuviera junta por tu cumpleaños. Los últimos cinco años que he pasado en Boston haciendo la carrera apenas hemos podido vernos. Solo un par de meses en verano. Y echaba de menos esto. Echaba de menos a mi familia. Es tu cumpleaños y no quiero que te enfades.

El rostro de Arturo Gómez-Arjona se iba ablandando,

como si los nudos que tensaban los músculos de su cara se fuesen deshaciendo.

—Sabes que tu abuelo no está bien, que no le conviene salir de la residencia.

—Solo serán unos días. Yo le cuidaré. Ni te enterarás de que está en casa. Y si se pone peor, te prometo que me lo llevaré de nuevo para que lo internen.

Una sonrisa se abrió paso entre los labios fruncidos y los gestos hoscos del hombre, que finalmente asintió.

—¡Gracias, papá! —dijo Sonia, abrazando a su padre.

Arturo aprovechó la cercanía para hablarle al oído a su hija. El tono era suave y amenazante, como el filo de una cuchilla.

—Pero si se le ocurre volver a repetir la historia de que lo encerré en la residencia para robarle la empresa, yo mismo le sacaré de esta casa a rastras y nunca volverá a pisarla. ¿Ha quedado claro?

El abrazo se deshizo. Sonia asintió.

—Bueno, pues bienvenido a mi cumpleaños, papá. —Arturo Gómez-Arjona se acababa de poner el disfraz de anfitrión—. ¿Es que soy el único que tiene hambre? Vamos al salón, la comida está lista.

El tintineo de los cubiertos al chocar contra platos y copas pugnaba por imponerse al sonido de las conversaciones, que se superponían unas a otras. Arturo Gómez-Arjona presidía la enorme mesa. A su derecha se sentaban Alonso, Carlota y Mencía, mientras que a su izquierda lo hacían Sonia y Bobby. El extremo más alejado lo ocupaba el abuelo Ernesto, que no paraba de negar con la cabeza observando a su hijo como si tuviera un tic.

—¿Cómo van las cosas en la cadena, papá? —se interesó Alonso—. He oído rumores de que Christiansen quiere absorberos.

—No hablo de negocios en la mesa. Y mucho menos de rumores de negocios. Mencía, ¿tendrías la bondad de apagar el móvil mientras celebras el cumpleaños de tu padre? Te lo agradecería de veras.

—Oh, por favor. No seas tan *boomer*, solo estaba haciendo una foto de los entrantes para subirla a Instagram. ¿Qué le voy a hacer si mis seguidores quieren saber lo que hago a cada momento? ¿Y quién soy yo para negárselo? La envidia es una fiera hambrienta a la que hay que dar de comer constantemente, papá.

—Oye, Sonia, ahora que ya has terminado la carrera, ¿qué se siente al ser una licenciada por Harvard? —preguntó Bobby.

—Aparte de poder mirar por encima del hombro al noventa por ciento de la población y de que tengo un papel donde pone que soy muy lista, nada especial.

—El bicho negro, lo veo en tu interior. Eres igual que yo, tienes el bicho negro dentro, pero eres un mentiroso porque intentas ocultarlo. ¡Déjalo salir, deja que la gente lo vea! —dijo el abuelo con la vista fija en su hijo.

—¿Has dicho algo, padre? —preguntó Arturo Gómez-Arjona.

—Leí en alguna parte lo que pasó cerca de Harvard. La policía encontró los cuerpos de dos hombres degollados en menos de un año. Debió de ser espantoso —continuó Bobby.

—Papá, ¿en serio escuchar a Bobby es mejor que tener encendido el móvil? —repuso Mencía—. Por cierto, ayer me encontré en la fiesta de Rabat con la madre de los Herráez-Valbuena. La vieja cacatúa me contó toda orgullosa que se han mudado a un chalet en La Finca.

—No se me ocurre nada más prosaico que tener a un futbolista de vecino —contestó Bobby.

—Los Herráez-Valbuena solo demuestran lo que son, tan vulgares como un adoquín, e igual de inteligentes —apuntó Alonso.

—¿Podéis bajar la voz? —ordenó Arturo—. No alcanzo a oír lo que me quiere decir el abuelo.

—No, Bobby, no me enteré de esos asesinatos. Pasaba la mayor parte del tiempo en la biblioteca, estudiando. Porque, aunque no te lo creas, no es nada fácil aprobar una carrera en Harvard. Incluso para alguien tan sobresaliente como tu hermana. Pero, vamos, asesinatos en Estados Unidos hay los que quieras, cerca y lejos de la universidad. Ni te imaginas como son algunos barrios de Boston —dijo Sonia.

—Y ahora que eres una licenciada en Empresariales por Harvard, ¿cuáles son tus planes para el futuro? —preguntó Alonso.

—Creo que me voy a tomar un año sabático, tengo un proyecto en mente que pronto voy a poner en marcha.

—Propongo un brindis —dijo el abuelo Ernesto poniéndose en pie de forma algo tambaleante y dirigiéndose al cuadro de la mujer de azul que presidía el salón—. Por vuestra madre. Por Adelaida, una mujer con mala suerte. Con muy mala suerte.

Todos se levantaron de la mesa y alzaron sus copas en dirección al cuadro.

Mientras bebían en honor de la matriarca, la crueldad deformó los labios del anciano hasta formar algo parecido a una palabra. A Arturo le pareció que lo que había dicho era «zorra».

—Con su permiso —interrumpió Melinda—, ¿puedo servir ya el segundo plato?

—Claro. Y trae el vino tinto para el asado, si eres tan amable. Por cierto, ¿dónde está Teresa? —dijo Arturo Gómez-Arjona.

—Se encontraba indispuesta y ha preferido quedarse ayudando en la cocina —respondió Melinda mientras retiraba los platos usados.

—Será una broma, ¿no, papá? —señaló Mencía.

—No te entiendo, ¿a qué te refieres exactamente?

—¡A ella! ¿No tendrás pensado que se quede en esta casa permanentemente?

—Pues esa era la idea, que Melinda pasara a formar parte del servicio.

—¿Pero no te das cuenta? Ella es, es... negra.

Carlota resopló despectivamente ante el comentario mientras bebía su cuarta copa de vino blanco.

—Muchas gracias por la información —ironizó Arturo—, pero ya había llegado a esa conclusión por mis propios medios.

—¿Es que soy la única que se da cuenta del problema? Tener criadas filipinas está bien visto, es una costumbre de buen gusto entre gente de nuestra posición. Pero si tienes criadas negras... eso te hace parecer... no sé... racista. Como un esclavista del sur de Estados Unidos, con su plantación de algodón. *Lo que el viento se llevó* y todo eso.

—Yo necesito el trabajo, me esforzaré. Haré lo que ustedes me digan, pero no me echen —rogó Melinda.

—¿Y a ti quién te ha dado vela en este entierro? Estoy hablando con mi padre, no con el servicio.

—Melinda, puedes retirarte —ordenó Arturo.

—Te van a poner verde en las redes sociales, papá. A ti y a todos nosotros. Vamos a ser la familia negrera del barrio de Salamanca. ¿Pero por qué no cogiste a una filipina como hace todo el mundo?

—Ahí lo tienes, papá. Existe la palabra «negrero», pero no «filipinero». Por algo será —intervino Bobby.

—¿No te cansas nunca de demostrar lo imbécil que eres, Bobby? —respondió Mencía.

—No quedaba ninguna filipina en la agencia.

En ese momento, Arturo Gómez-Arjona sintió como un pinchazo en el pecho le quitaba el habla. Se llevó la mano a la zona dolorida y la sensación desapareció. Inspiró con ansia dos veces y el dolor regresó en forma de puño, aferrándose a su corazón como si quisiera exprimirlo.

—Y no solo hay que tener en cuenta el problema racista, también dañaría nuestra imagen. Tener sudamericanas en el servicio es de pobres.

Arturo notaba que perdía la consciencia. El brazo izquierdo le dolía. La presión en el pecho cada vez era más intensa. Las voces de sus hijos se iban apagando y todo a su alrededor se convertía en neblina.

—Papá, tienes mala cara. ¿Te encuentras bien?

—Me... duele... el corazón...

Arturo Gómez-Arjona se aferró al mantel bordado antes de caer desplomado, arrasando con todo lo que había sobre la mesa.

—¡Le está dando un infarto! ¡Llamad a una ambulancia! ¡Papá, papá!

4

Ambulancias aullando. Como lobos lunáticos. El medio de transporte de la muerte y de su amiga íntima, la enfermedad. Recorriendo la ciudad en busca de nuevas presas a las que llevarse consigo. En el interior del vehículo, el cuerpo de Arturo Gómez-Arjona yacía sobre la camilla, mientras los dos enfermeros pugnaban contra el empuje de la fuerza centrífuga al tomar cada curva.

—¿El viejo está estabilizado? —dijo el mayor de los dos.

—Que sí, joder. ¿Cuántas veces me lo vas a preguntar? Además, vamos al Ruber, que está aquí al lado. ¿O te crees que la gente con pasta va a hospitales con camas en los pasillos, como el Clínico?

Los dos hombres se agitaban de un lado a otro mientras hablaban, como si estuvieran poseídos. El más joven cogió la muñeca de Arturo para tomarle el pulso.

—¿Te has fijado en el reloj que lleva este cabrón? ¡Es un Patek Philippe! ¡Joder, tío! ¡Premio gordo! Alguno de estos cuesta más que un piso. Pues nada —dijo mientras comenzaba a desabrochar la correa de piel—, hay que ver la de cosas que se pierden en estos traslados...

—No tienes ni idea de quién es este tipo, ¿verdad? —dijo el enfermero mayor con una extraña calma en la voz, casi con pesadumbre.

—Un gilipollas con mucho dinero que a lo mejor no sale de esta.

Una sonrisa de conmiseración y una negación displicente de la cabeza.

—Es Arturo Gómez-Arjona. El mandamás del Grupo9 y uno de los hombres más poderosos de este país. Pero a gente como tú ni les sonará. Deja que te cuente una historia. Hace algunos años, no muchos, le hundió la vida a todo un ministro, seguro que no te acuerdas. Inició una campaña brutal desde sus canales de televisión acusándole de corrupción, de tener dinero en paraísos fiscales, de favorecer a su familia con contratos del Ministerio y de todo lo que te puedas imaginar. Se abrieron comisiones de investigación en el Congreso, le llovieron querellas de asociaciones civiles..., munición para los telediarios que cada día lo machacaban, hasta que desde su partido le obligaron a dimitir. Adiós al maletín ministerial y a que te abran la puerta del coche oficial. Pero eso no fue suficiente para el señor Gómez-Arjona. Él ya había dado un mordisco y ahora quería comerse el pastel entero. Así que fue a por su vida privada. En sus programas del corazón comenzaron a salir mujeres que aseguraban haber mantenido relaciones con el ministro a cambio de dinero. Otro escándalo que le hizo saltar de las portadas de los periódicos nacionales a las de las revistas del corazón. El ministro se apoyó en su esposa y sus tres hijos, y la familia resistió el golpe. Pero don Arturo seguía con hambre. Desde algunos confidenciales se comenzó a insinuar, sin pruebas, naturalmente, que al ministro le gustaban los jovencitos... muy jovencitos. El tipo de rumores que encantan a la gente, da igual que sean ciertos o una sarta de mentiras. Porque lo que en el fondo les divierte es lapidar a alguien. Y las redes sociales son el mejor lugar para arrojar piedras. El golpe de gracia fue una imagen borrosa publicada en extrañas páginas web donde supuestamente se veía al ministro abusando de un niño. Aquello significó su final. Divorcio, pérdida de la custodia, sin trabajo, estigmatizado socialmente... Misión cumplida. Dio igual que, años más tarde, la Justicia concluyera que no había pruebas de la supuesta corrupción, o que las páginas web donde se le acusaba de abusar de menores desaparecieran a la misma velocidad que surgieron cuando el daño ya estaba hecho. ¿Y sabes por qué este tipo hizo todo eso contra el ministro? ¿Sabes por qué lo trituró con sus propios dientes para luego escupirlo a la calle? Porque no le dio la mano en una fiesta. El ministro dijo en público que el canal de don Arturo solo emitía telebasura y no quiso estrecharle la mano. ¿Y a alguien así tú quieres robarle el reloj? Te deseo buena suerte.

Los dos hombres permanecieron unos segundos mirándose a los ojos. Hasta que el joven enfermero comenzó a ajustar de nuevo la correa del reloj.

5

Una claridad turbia y a la vez brillante, como mirar al sol a través de una sábana blanca. Esa sensación de ver sin ver, de encontrarte perdido, cuando tus ojos ya miran pero tus párpados siguen cerrados. Lo primero que se le vino a la cabeza fue la idea de que había muerto, que aquella luminosidad a su alrededor podía tratarse de la patria celestial. Casi instantáneamente, Arturo Gómez-Arjona comprendió que seguía con vida. Porque a alguien como él nunca le permitirían entrar en el paraíso.

Abrió los párpados poco a poco, como si tuviera que hacer fuerza para rajar dos membranas que envolvieran sus ojos. Una sensación de desconcierto, de desamparo, le asaltó al instante. Siempre ocurre lo mismo cuando no reconocemos el lugar donde nos encontramos. Arturo estaba tumbado en una cama, arropado por sábanas blancas y una manta con unas letras impresas. La estancia donde se hallaba era amplia y estaba decorada con ese gusto impersonal de las habitaciones de los hoteles. El goteo cadencioso y machacón de un pitido mecánico rompía el silencio. Arturo miró a su derecha en busca del origen de aquel ruido y se encontró con varias máquinas de aspecto severo de las que salían tubos transparentes que se insertaban en su propio organismo. Leyó las letras de la manta pese a estar al revés. RUBER. Entonces todo volvió a su mente. El cumpleaños con sus hijos, el dolor en el pecho, el escandaloso sonido de la vajilla al caer al suelo, la pérdida de consciencia...

«Un hospital. Estoy en un hospital —pensó—. He sufrido un ataque al corazón. No, precisamente ahora no».

Y sintió como las cien arañas ciegas del miedo recorrían su cuerpo, despacio, buscando las partes blandas donde atacar. Sabía lo que aquello significaba. Enfermedad. Debilidad. Y el débil se vuelve vulnerable. Dirían que ya no era capaz de soportar la presión del cargo. Que tanto estrés no le convenía a su salud. Tendría que empezar a delegar. Y delegar no significaba otra cosa que dejar que las decisiones las tomaran otros. Perder el poder. Su poder. Maldijo a su corazón. Muchos rivales empresariales, a lo largo de los años, habían dudado que tuviera uno. En aquel momento, habría deseado que estuvieran en lo cierto.

La puerta se abrió expectorando a un hombre con una bata blanca y un fonendoscopio a modo de collar. El tipo padecía ese desgarbo de algunas personas altas que les obliga a moverse con lentitud. Un mechón blanco surcaba su cabellera morena, como una estrella fugaz en mitad de la noche. Poseía una de esas sonrisas anchas y francas, cargada de profesional falsedad, que atraía a quien la observaba como el péndulo de un hipnotizador. Arturo pensó que le sería muy útil en su profesión a la hora de mentir, lo que provocó que, inmediatamente, aquel tipo le cayera mal.

—Buenos días, soy el doctor Lorente, jefe de Cardiología del hospital Ruber. ¿Cómo nos encontramos?

—¿Qué me ha pasado, doctor?

—Bueno, ayer usted sufrió una serie de arritmias graves, lo que técnicamente se denomina taquicardia ventricular bidireccional.

—Un ataque al corazón.

Los labios del doctor hicieron una mueca, eclipsando su sonrisa de anuncio. Pero fue algo pasajero, como una nube que oculta unos instantes el sol.

—Me temo que en este caso no es algo tan sencillo, sobre todo de explicar. Le hemos realizado un estudio completo, porque su corazón no presentaba los síntomas normales en un caso de infarto. Para que lo entienda, no se detectaba ningún fallo en el suministro de sangre y oxígeno.

Arturo se removió molesto en la cama ante la condescendencia de aquel doctor. No estaba acostumbrado a que lo tratasen así. Y no le gustaba. Pero quizá se tendría que ir acostumbrando. Sería uno de esos viejos inútiles a los que se les ocultan los problemas para que no se alteren. La imagen de sí mismo sentado, dándole de comer a las palomas del parque, le provocó una arcada de asco.

—Lo más extraño de todo no es eso —continuó el médico—. Y lo que tengo que decirle no le va a gustar. Tal vez hasta le asuste.

El doctor Lorente cogió la mano del paciente, en un gesto que pretendía ser de apoyo y humanidad. Arturo retiró la mano de un tirón, lanzando una mirada de odio contra aquella estúpida sonrisa. Un niño arrojando piedras a los cristales de su colegio.

—Los análisis han revelado la presencia en su sangre de un fármaco, la digoxina. Y muy probablemente este medicamento sea el causante de las arritmias. Algo que podría haber acabado con su vida. ¿Ha ingerido digoxina en las últimas horas?

—Yo no he tomado esa porquería en mi vida.

—¿Está siguiendo algún tratamiento...?

—Mire, doctor, lo único que tomo desde hace años por mis problemas de gota es alopurinol.

—¿Alguien en su casa está tomando digoxina? Quizá se trate de un error, tal vez confundió un medicamento con otro.

—Eso es muy improbable, créame. No suelo cometer errores. Y en este particular en concreto me atrevería a asegurar que es del todo imposible. Extraigo directamente mis pastillas del blíster y luego las guardo en su caja. Solo si alguien las hubiera puesto allí a propósito...

Aquellas palabras invocaron la presencia del silencio.

—Lo ha dicho usted, no yo. En su historial médico consta que nunca se le ha recetado digoxina. Sin embargo, la presencia del medicamento en su organismo está ahí. Si no lo ha ingerido por error, solo queda pensar que alguien se la haya hecho tomar sin su consentimiento... Y en ese caso, creo que lo mejor será avisar a la policía y que ellos se encarguen —dijo el doctor dirigiéndose hacia la puerta. Pero algo le hizo detenerse en seco. La risa profunda y cavernosa de aquel paciente. Aumentando de volumen. Haciéndose cada vez más siniestra.

«Envenenado», pensó Arturo mientras los últimos rescoldos de sus carcajadas se iban apagando. Así que se trataba de eso. Habían intentado asesinarle. Nada de enfermedad. Ni de la intolerable debilidad. Eso significaba que no tendría que delegar. Él seguiría tomando todas las decisiones. Él seguiría teniendo el poder. Delegar. Aquella horrible palabra le dejó sabor a huevo podrido en la boca. La cuestión ahora era descubrir quién quería acabar con su vida. Desde hacía años coleccionaba un considerable surtido de enemigos y rivales, como todo gran empresario que se precie. La proporción del éxito se mide en la relevancia de tus enemigos. Y Arturo Gómez-Arjona tenía mucho éxito.

Pero había algo que no le cuadraba. Toda aquella historia de las arritmias, las pastillas... Una idea se abrió paso entre el barullo de su mente. La sirvienta nueva. La negra. ¿Le habrían pagado para matarle? Una pastilla en la bebida y se convierte en la copa de despedida. Sin embargo... no acababa de creérselo. Algo le decía que sus rivales no estaban detrás del envenenamiento. Demasiado burdo, demasiado *amateur*. Ellos no utilizarían a una criada. Ellos habrían sido más profesionales. Ellos no habrían fallado. Tenía que ser obra de otros. Pero ¿de quién?

Entonces lo supo. Una llamarada. En el corazón. Se lo confirmó. Sus hijos. Alguno de ellos se había cansado de esperar y quería hacerse con el control de la empresa. Arrebatarle el poder. O tal vez todos, un pacto entre hermanos para repartirse el imperio. Trocear su legado como si fuese una vulgar galleta. Sí, aquello tenía sentido. Arturo sabía muy bien de lo que era capaz el ser humano para conseguir esa sensación de plenitud que da el poder. Lo único que nos emparenta con los dioses. El poder. Quizá ni siquiera quisieran matarlo. Solo debilitarlo, dañarlo lo suficiente como para que dejase su cargo. Todo era tan estúpido y chapucero que cuadraba perfectamente con sus hijos. Egoístas y caprichosos, las inevitables consecuencias de una vida sin privaciones. Tendría que investigarlo de una forma discreta. Sin descartar al servicio y a su padre, por supuesto. Aunque estaba casi seguro de que no tenían nada que ver. Y sabía a quién debía encargar la tarea. Al Enterrador. Ahora todo lo que tenía que hacer era evitar que semejante historia saliera de esas cuatro paredes.

—Debe ser algo patético, ¿no?

El médico se volvió con su sonrisa omnipotente mientras sus ojos observaban a Arturo desconcertados.

—Ustedes, los doctores, tan orgullosos de sí mismos. Con ese halo casi divino que les proporciona el hecho de salvar vidas. Sin embargo, necesitan ponerse una ridícula bata blanca para que la gente les respete, para que les hagan caso. Sin ella, no son nadie.

—¿De... de qué está hablando? ¿Se encuentra bien? —respondió el doctor acercándose de nuevo a la cama.

—Oh, no se ponga usted así. La suya no es la única profesión que necesita de algún tipo de uniforme para ejercer su autoridad. Policías, bomberos, camareros, botones de hotel, barrenderos... Su cuota de poder es tan ínfima que precisan de indumentaria especial para infundir respeto.

—Señor... —el doctor consultó la carpeta que tenía en la mano— Gómez-Arjona. Me parece muy interesante todo lo que me está contando, pero creo que le vendría bien que le administrase un calmante. Ahora vendrá una enfermera a proporci...

—Usted no sabe con quién está hablando, ¿verdad?

El médico negó con la cabeza, en un gesto de resignación ante los delirios de aquel paciente.

—Pero seguro que conoce a Gustavo Bergaz, uno de los dueños del fondo de inversión propietario de las clínicas Ruber. Llevamos años haciendo negocios juntos. Es miembro de la junta de accionistas del Grupo9 Media, la empresa que dirijo. De hecho, yo lo elegí para el cargo. Gestionamos juntos cientos de millones de euros. Es un tipo estupendo, muy servicial. Nunca me ha negado nada de lo que le he pedido. Así que vamos a hacer algo: va a redactar una nota de prensa en nombre del hospital en la que explicará que mi ingreso en el centro solo obedece a la necesidad de realizarme unos análisis rutinarios, como todos los años, cuyo resultado ha sido del todo satisfactorio. Gozo de una salud excelente que me permitirá seguir con mi actividad como hasta ahora. Nada de infartos y nada de envenenamientos. Esos términos vuelven locos a los medios y es mejor que sigan tranquilos.

—Eso no va a ser posible. Como médico, si tengo la sospecha de que se ha cometido un delito, tengo la obligación de dar parte a las autoridades...

—Le miro y pienso en lo bien que le queda la bata blanca. Va a ser una pena que no la pueda vestir nunca más. Esa actitud no es nada inteligente, me obliga a tener que llamar a mi amigo Gustavo para solicitarle su inmediato despido. Le apuesto lo que quiera a que ni siquiera me pregunta los motivos. El bueno de Gustavo es así, cualquier cosa antes que hacer enfadar a un amigo. Y menos por un empleado. Ha dicho que usted es el jefe de Cardiología del hospital, ¿verdad? —amenazó Arturo mientras trataba de alcanzar su móvil de la mesilla junta a la cama—. No nos gustaría que despidieran a otro doctor por error. Y olvídese de ejercer en otra clínica. Si busco, seguro que encontraré algo. Unos sucios rumores de acoso por parte de las enfermeras más jóvenes, las repugnantes acusaciones de algunas pacientes denunciando exploraciones innecesarias y tocamientos demasiado... exhaustivos. Lo que es capaz de decir la gente por dinero. Incluso a costa de hundir la reputación de un hombre. Le prometo que lo más cercano a la medicina en lo que podrá trabajar será captando socios para Médicos sin Fronteras, en la calle Preciados. Y para eso no necesitará su bata.

La sonrisa del doctor continuaba inalterable mientras el resto de su cara parecía reblandecerse, como si se derritiera.

—N... no creo que el... el señor Bergaz le creyera, sabe de mi profesionalidad...

—¿Quiere que probemos? Si me alcanza mi teléfono móvil hablaré con él ahora mismo.

Poco a poco, Arturo comprobó con satisfacción que la sonrisa del doctor iba desapareciendo de su rostro. Como una hermosa puesta de sol.

—Haré lo que usted me pide.

—Muy bien. Sabia decisión. Cuando termine de redactar la nota de prensa quiero que me la traiga para poder leerla antes de que se la envíe a los medios. Y, de paso, también podría darme el alta. Soy un hombre demasiado ocupado para estar perdiendo el tiempo en un hospital. ¿Ha visto? Yo no necesito bata para que se cumplan mis órdenes.

6

«En el periódico apenas se publican noticias sobre suicidios. Dicen que es para evitar el efecto imitación. Como si al leer que un tipo se ha tirado por el balcón, la gente cayera en la cuenta de que su vida también es una estupenda mierda y recordara que llevaba tiempo pensando en hacer lo mismo. Es mejor no decirles nada y que sigan dando vueltas en las ruedas de sus jaulas, que no les llevan a ninguna parte. La mayoría tiene una vida insustancial, por decirlo de una forma suave. Sin embargo, desconocen el momento exacto en el que todo empezó a joderse. Yo, en cambio, sé con total precisión cuándo mi vida se fue hacia el fondo del retrete: la noche en la que Ada fue asesinada. La noche en la que la mala suerte me abrazó para no soltarme nunca».

Josan cerró el periódico y extrajo una moneda de su bolsillo. Observó sus dos lados antes de lanzarla al aire. Cara y cruz. Daba vueltas y más vueltas. Bailando al ritmo que le marcaba el azar. Cara y cruz. Hasta que llegó al cénit de su ascensión. Cara y cruz. Y acometió la bajada, para caer en el dorso de la mano del hombre, que la cubrió nada más notar su contacto. Eligió cara mentalmente. Levantó la mano y la moneda le mostró la cruz. Allí estaba. La mala suerte. Posada sobre su hombro. Un pájaro negro de mal agüero. Dejó la moneda sobre la mesa y volvió a abrir el periódico, buscando retornar a esa tranquilidad estúpida que nos otorga la rutina. Aquella sucesión de mentiras impresas, entretenidas y superficiales, como chistes en un funeral, porque la verdad ya no le importaba a nadie.

«Chistes en un funeral, en eso se han convertido las noticias», volvió a pensar.

—... Y esto que veis aquí es la redacción de informativos de la cadena, donde algunos de vosotros trabajaréis cuando terminéis la carrera...

«Oh, no, no puede ser», pensó el hombre doblando una parte del periódico para descubrir la procedencia de aquella voz. «Otra maldita visita de estudiantes de Periodismo».

—... Aquí está la sección de Internacional, y este espacio tan amplio lo ocupa Deportes...

«¿Por qué querrán ser periodistas? ¿Para hacerse famosos o porque son tan ingenuos que aún creen que las noticias le importan a alguien?».

El hombre descubrió que algunos de los jóvenes cuchicheaban mientras le señalaban con timidez.

—Yo creo que sí que es... ¡No puede ser! Ese tío es muy viejo... Te digo que sí que es... Pregúntaselo al guía... ¡Pregúntaselo tú!

«Oh, mierda, me han reconocido», pensó el hombre mientras se escondía tras el periódico.

—... Pe... perdone —dijo una chica con el pelo rosa tirando de la manga del hombre que dirigía al grupo de estudiantes—, ¿puedo hacerle una pregunta? Ese de ahí es alguien famoso, ¿verdad?

—Sí, es el presentador José Antonio Caramuel, aunque todos le conoceréis por el nombre artístico que utilizaba en sus programas: Josan.

—Pues a mí no me suena. ¿Es que ya no presenta?

—Bueno..., la cadena está buscando el proyecto adecuado para un presentador de su talla, seguro que pronto volverá a ponerse delante de las cámaras. En fin, sigamos con la visita, ¿alguien ha visto la sala de control de un programa en directo?

Un golpe de muñeca para recomponer el periódico. Volver a la calma de las cinco columnas donde reposa la única verdad incuestionable: que el mundo sigue yendo igual de mal.

—Disculpe, señor... Es usted famoso, ¿verdad?

El hombre volvió a bajar el periódico. Un par de rostros insultantemente inmaculados le observaban con la absurda prepotencia del que cree saberlo todo y aún no ha vivido nada.

«Estudiantes, llenos de preguntas sin estar preparados para las respuestas», pensó Josan.

Alzó de nuevo el diario, en un intento por ignorarles que sabía infructuoso.

—Perdone que le molestemos. Nos preguntábamos si podíamos hacernos unas fotos con usted. No le robaríamos mucho tiempo, ya vemos que está muy ocupado.

Risitas. Escapando de bocas apenas ocultas por las manos.

«¿Por qué tendré un imán para los gilipollas?», se preguntó Josan mentalmente mientras doblaba el periódico. Era consciente de que aquellos dos no se largarían hasta conseguir la foto.

—Venga, que sea rápido —dijo.

Los jóvenes se abalanzaron sobre él, pasándole el brazo por los hombros como si se conocieran de toda la vida mientras alargaban la mano que portaba el móvil en busca de un mejor plano. Luego pegaron sus mejillas a la cara de Josan haciendo el signo de la victoria con los dedos. Después de unas veinte o treinta fotos, el suplicio terminó. Los jóvenes se alejaban felices mientras miraban la pantalla de su teléfono como un trofeo.

—¿Sabéis lo que dicen esas fotos de vosotros? —soltó Josan. Los dos jóvenes se volvieron hacia él con cara de extrañeza—. Dicen que tenéis que aparentar ser mis amigos para sentiros importantes. Dicen que necesitáis una prueba de que me conocéis porque si no nadie os creería. Dicen que sois unos mierdas.

—Que te jodan, viejo fracasado. Vámonos de aquí.

—Soy un fracasado, pero aún hay gente que quiere fotografiarse conmigo —pensó Josan mientras observaba a los jóvenes desaparecer por los pasillos de la redacción.

Una melodía electrónica sonó en su bolsillo. En la pantalla del teléfono un número conocido. Respiró hondo antes de pulsar el botón verde.

—¿Josan? El señor Gómez-Arjona quiere verte en su despacho. Ahora.

Botón rojo. El pulgar impulsó de nuevo la moneda al aire. Cara y cruz. La danza comenzó de nuevo. Esa llamada, ¿serían buenas o malas noticias? Cara y cruz. La moneda cayó. Josan eligió cruz. Levantó la mano y la moneda le mostró su cara sonriente. Era la mala suerte quien le llamaba.

7

El ascensor se detuvo en el último piso. A los grandes hombres les gusta que el resto del mundo se encuentre a sus pies. Josan enfiló el pasillo. Los pasos silenciados por la espesa moqueta y ese olor a limpio químico que lo envolvía todo. Al fondo vio la mesa de Elisa, la secretaria de Arturo Gómez-Arjona. Llevaba pegada en la cara esa sonrisa de payaso triste que acentuaba su maquillaje. Exhibiendo el resignado pesar de los que han sido condenados a una cadena perpetua de ocho a cinco.

—¿Tienes por ahí un látigo para prestarme antes de entrar en la jaula del león? —dijo Josan al llegar junto a la secretaria. La sonrisa de la mujer se estiró un poco, haciéndola parecer aún más triste.

—Te está esperando. Hoy no está de buen humor. Aunque, ¿cuándo lo está?

El despacho de Arturo Gómez-Arjona era acorde al tamaño de su ego. Algo habitual entre los altos directivos de empresas importantes. El despacho dice mucho de ellos. Porque aunque la mayoría piensan que se trata de un lugar de trabajo, en realidad para lo que sirven es para intimidar. Es una manifestación de poder. De ahí su tamaño. Desproporcionados, excesivos, grandiosos, como su ambición.

—«Desafiamos el vientre de la bestia y aprendimos que la tranquilidad no siempre es la paz» —recitó Josan nada más traspasar la puerta

—¿Amanda Gorman? Apuesto a que creías que no la conocía. Estas muestras de exhibicionismo cultural cada vez son más patéticas. Siéntate —ordenó Arturo.

«Debe ser duro pensar que todo el mundo es inferior a ti, sentir ese profundo desprecio por los demás, la soledad del superdotado en una clase donde sus compañeros tienen síndrome de Down», pensó Josan mientras tomaba asiento en un sillón Chesterfield de piel marrón brillante como un cristal al sol.

La mesa tras la que se encontraba Arturo Gómez-Arjona era de estilo victoriano, en tonos marrones y verdes, y estaba ordenada de forma antinatural, casi enfermiza. Como si se hubiera utilizado escuadra y cartabón para que todos los elementos guardaran su justa distancia unos con otros (el portátil, la estilográfica, el teléfono inalámbrico). La única imagen que se veía era una foto de Arturo rodeado de sus cuatro hijos. Sin su mujer, algo que Josan agradeció.

—Si te apetece un café o un té, puedes servírtelo tú mismo —dijo Arturo señalando sin mirar a su izquierda donde se encontraba una cafetera de diseño con diferentes cápsulas, así como un hervidor de agua y sus correspondientes sobrecitos de infusiones al lado. Era una forma de dejar clara cuál era la posición del presentador. Si don Arturo le considerase alguien importante, hubiera llamado a su secretaria para servirle lo que quisiera. Josan se levantó e introdujo una de las cápsulas metálicas en la cafetera. No le importó el tipo.

—He oído por ahí que te han entrado las prisas por largarte de una vez al infierno —dijo Josan.

—No tantas como a ti. Llamas y llamas a sus puertas pero nadie te abre. Sí, me he enterado de tu último numerito en la cornisa de la fiesta. ¿Cuántos intentos de suicidio van ya, Enterrador? ¿Tres, cuatro?

—Cuatro. Morirse es otra opción de estar en el mundo. Estaba a punto de saltar cuando vino la policía.

—La mala suerte se ha enamorado de ti, Enterrador. Asúmelo de una vez. Ella no te permite marcharte. Mantenerte con vida, a este lado del espejo, es su forma de hacerte pagar por tus pecados. Ada, mi mujer, también creía tener mala suerte. ¿Te acuerdas?

Un escalofrío. El trueno antes de la tormenta.

—Para ya, Arturo.

—Don Arturo para ti. Educación, Enterrador. Procura no perderla. La educación es la rama de la hipocresía que hace soportable el hecho repulsivo de tener que vivir los unos con los otros. Si no te gusta tu vida, cámbiala. Renuncia al enorme sueldo que te pago por leer el periódico cada mañana. Abandona el chalet en el que vives y toma el primer avión que te lleve lejos. Lejos de mí, lejos de tu pasado, lejos de lo que eres. Pero no lo haces, ni lo harás, ¿verdad? —El desprecio afilaba cada palabra de don Arturo—. Es mucho más cómodo ejercer de alma en pena por los bares más lujosos de Madrid mientras te sirven copas a veinte euros. Y si el remordimiento te encuentra babeando semiinconsciente en alguna barra, pues improvisamos otro patético arranque de dignidad en forma de intento de suicidio que, como tantas otras cosas en tu vida, se quedará en eso: en intento. Asúmelo ya, Enterrador, eres un tipo con mala suerte y un cobarde.

—Si me sigues llamando Enterrador, yo seguiré llamándote Arturo, sin el don.

—Te llamaré como me venga en gana, Enterrador. Al fin y al cabo eso es lo que eres. Entierras lo que no quiero que nadie encuentre nunca. En eso se basa nuestra relación. En los secretos. Tú escondes los míos y yo guardo los tuyos. Un vínculo irrompible. Los secretos. Nuestros secretos. La cadena negra que nos mantiene unidos. Mucho más fuerte que esa tontería de la amistad, la lealtad o los lazos familiares. Eso es algo que solo entendemos gente como tú y como yo. Con habitaciones oscuras en nuestra mente donde guardamos esqueletos. Por eso te he llamado.

Josan pensó en lo que acababa de decir Arturo sobre una cadena negra que les unía. Lo malo era que su extremo estaba sujeto al collar que le oprimía la garganta, mientras que del lado de Arturo procedían los tirones. Estaban unidos, sí, pero de forma desigual. Esa era la única manera en que aquel hombre toleraba relacionarse con alguien, desde un plano de superioridad.

—¿Quieres que vuelva a sacar el Mercedes negro? —dijo Josan, removiéndose en el sillón.

—No, no se trata de eso. —Arturo se levantó para acercarse al ventanal con la mirada perdida. Abajo, la ciudad se extendía como un ejército esperando las órdenes de su general. Tenía las manos a la espalda y hacía chocar con nerviosismo el dorso de la derecha contra la palma de la izquierda. De forma continua, como un tic. Hasta que se detuvo, mirándose con desagrado ambas manos. Como si no fueran las suyas. Porque aquel gesto ya lo había visto antes. Aquel gesto pertenecía a su padre—. No es agradable tener secretos, ¿verdad? Se necesita ser fuerte. Porque duelen. Los secretos hacen que sientas espinas brotando dentro de ti, como si la sangre de tus venas arrastrara cristales. Y ese dolor interno no lo puedes compartir con nadie. Es un sufrimiento íntimo. Por eso sé que puedo confiar en ti. Porque tú conoces mis secretos y yo los tuyos.

—¿Qué quieres de mí? —dijo Josan depositando a propósito la taza de café en la impecable mesa para molestar al gran hombre. Sin embargo, eso no sucedió. Algo grave estaba pasando.

—El infarto. No fue un infarto. Alguien intentó envenenarme. Y quiero que descubras quién fue —respondió Arturo.

—Entiendo que no quieras que intervenga la policía por mantener controlada la noticia. Pero ¿no sería mejor contratar a una agencia de detectives?

—Acabaría filtrándose, igual que con la policía. Hay una plaga de bocas sucias que murmuran y murmuran para dar de comer a oídos codiciosos. Cualquier noticia negativa sobre mí se convierte en un cheque en blanco. El dinero es como una droga, lo corrompe todo y a todos. Lo sé bien. No, solo puedo confiar en alguien como tú. Alguien que también tiene cosas que ocultar.

—No es por halagarte, Arturo, pero tu lista de enemigos tiene el tamaño de las Páginas Amarillas. No sabría ni por dónde empezar.

Arturo se volvió para mirar por primera vez a Josan mientras tomaba asiento tras la mesa de su despacho. Una ligera sonrisa suavizaba los duros rasgos de su cara. Era evidente que el comentario sobre los enemigos le había agradado.

—Me envenenaron en mi casa. De una forma bastante naíf. Mis enemigos no hacen las cosas así. No es su estilo. Ellos habrían sido más profesionales. No, estoy seguro de que fue alguno de los asistentes a mi cumpleaños, lo que reduce bastante la lista. Los sospechosos serían mis cuatro hijos, la asistenta personal de Alonso, mi padre y los miembros del servicio. Aunque yo me centraría en mi familia directa. Son los que más se beneficiarían de mi muerte.

—¿Me estás diciendo que crees que tus propios hijos han intentado matarte?

—El poder, Enterrador, el poder. De todas las entrevistas que has hecho para la cadena, ¿sabes cuál nunca he podido olvidar? Aquella que hiciste al ladrón de bancos dentro de la prisión. ¿Cuántos años hace? Qué más da. Le preguntaste qué se sentía al entrar en una sucursal con un arma en la mano y gritar «¡Esto es un atraco!». Parece que lo estuviera viendo en este mismo momento, con aquella sonrisa sucia de felicidad mientras te hablaba. Aquel tipo dijo que había sido la mejor sensación de su vida. Que no la cambiaría por nada. Durante unos minutos, fue dueño del mundo. Ese instante de poder supremo, en el que todos hacen lo que tú dices, en el que todo el mundo te escucha, te teme, te respeta. Es mejor que cualquier droga. No sé si puedes llegar a imaginar lo que significa sentir algo así durante todos los días de tu vida. Eso es lo que me ocurre a mí. La antorcha está en mi mano. Y mucha gente haría cualquier cosa por arrebatármela. Incluidos mis hijos. Polillas volando alrededor de la llama. El poder y su atracción, ¿eh, Enterrador? Tú también lo experimentaste. El dominio absoluto sobre alguien. Como si fueras un dios vengativo. Pero no todo el mundo lo puede soportar, ¿verdad, Enterrador? Algunas polillas se queman las alas. Fue demasiado para ti y aún sufres las consecuencias.

Los recuerdos se agolparon en la mente de Josan como *hooligans* a las puertas de un estadio. Empujando y empujando. Hasta que un dolor agudo se instaló en su frente para quedarse. Y con él llegaron las imágenes. Dolorosas e imborrables como la primera bofetada que te da tu padre. Josan decidió cambiar de tema para engañar al pasado, aunque fuese solo por un momento.

—Esto es una locura. No sabría ni por dónde empezar.

—Fuiste periodista de investigación, sabes cómo moverte. Mira, para ayudarte, se me ha ocurrido decirles que la cadena está preparando un documental sobre la familia. Así podrás entrevistarlos y establecer contacto con ellos sin que les resulte extraño. El resto es asunto tuyo. Organiza seguimientos, pincha sus teléfonos, soborna a sus amantes... No me importa lo que tengas que hacer. Yo pago lo que rompas. Pero quiero saber quién lo hizo.

—Va a ser caro.

—Como todo lo bueno. El dinero no va a ser el problema. Nunca lo es. El problema radica en hasta dónde eres capaz de llegar para conseguirlo, algo que tú sabes bien, Enterrador. Además, voy a pedir a mi abogado que avise discretamente a mis hijos de mis planes para cambiar el nombre del beneficiario de mi testamento. Agitar la jaula para que las pequeñas fieras se pongan nerviosas. Muy nerviosas.

La voz de Elisa, la secretaria, se filtró por el interfono. Arturo ya se encontraba solo en su despacho.

—¿Qué ocurre, Elisa?

—El secretario del señor Christiansen. Insiste en saber cuándo se podría concretar una reunión con su jefe.

—Dile que sigo muy ocupado.

—Pero..., señor, es la sexta vez que llama. Me recuerda que el señor Christiansen reside en Londres y estaría dispuesto a desplazarse hasta Madrid solo para verle a usted.

Arturo se incorporó para volver a acercarse al ventanal. Los ojos perdidos del que mira sin ver.

—El martes. Cierra la cita el martes, a la hora de comer. No reserves en el Ritz, cuanta menos gente sepa que me he visto con el sueco, mejor. Prefiero un reservado en El Paraguas, en Jorge Juan, ya sabes. A partir de las dos. Esto es España y aquí comemos tarde.

Al cortarse la comunicación, las manos de Arturo volvieron a su espalda mientras chocaba rítmicamente el dorso de la derecha con la palma de la izquierda. Como un tic.

8

El polvoriento BMW le esperaba junto al edificio del Grupo9 con ese aire triste del dandi que se descubre una mancha en la solapa. Josan mantenía aquel coche como recuerdo del tiempo remoto en que fue feliz, cuando la vida se le insinuaba llena de promesas. Y sin embargo, no cumplió ninguna de ellas. Arrancó poniendo rumbo a la carretera de La Coruña. Tenía la necesidad física de alejarse, de salir corriendo. De irse lejos. Lo más lejos posible. Allí donde los recuerdos no pudieran alcanzarle. Allí donde el diablo no pudiera dar con él. Pero sabía que ya nunca podría regresar al paraíso. Había sido expulsado por cometer el pecado menos original del hombre. Y el severo juez de su conciencia no concedía segundas oportunidades. Solo emitía sentencias de culpabilidad. Dejó que su mente se consolara con la falsa dulzura de la autocompasión mientras conducía, permitiendo que la costumbre de los actos repetidos dominara su cuerpo.

Sin saber muy bien cómo, apareció en su casa: un chalet pareado, de ladrillo visto y con porche a la entrada, en el centro de Aravaca. Cuando lo compró experimentó uno de esos escasos momentos en la vida en los que sientes que has llegado a la meta, que lo has logrado. Y ahora se había convertido en un montón de ladrillos apilados sin sentido. El mausoleo de su fracaso, en el que habitaba como un fantasma inútil que ya no daba miedo a nadie. Dejó el BMW en la calle. Le daba pereza meterlo en el garaje. Últimamente le daban pereza muchas cosas. Entró en la vivienda, la casa estaba llena de polvo y prácticamente vacía. Solo lo indispensable. Una cama, una mesa, cuatro sillas, una nevera y un mueble bar. Se dirigió directamente a este último. Agarró por el cuello, con saña, la primera botella que encontró. Hacía tiempo que le había dejado de importar lo que bebía con tal de que tuviera alcohol. Fue a la nevera a por hielo. No sabía dónde había puesto la cubitera, si es que aún tenía una, así que llenó un plato hondo con los cubitos y se dirigió al jardín con el licor y un pesado vaso de cristal. Se sentó en una deshilachada tumbona de verano para servirse un poco del espíritu líquido de la botella. Ron, hoy tocaba ron. El viento de otoño arrancaba las hojas muertas de los árboles igual que el tiempo lo hacía con las del almanaque. Hojas que mueren, días que mueren. Cartas de despedida sin destino ni remitente. En la piscina, vacía, brillaban millones de cristales de distintos colores. Josan llevaba años arrojando allí las botellas que bebía. Hipnotizado por aquel embrujo iridiscente, sintió unas irrefrenables ganas de darse un baño. Lanzarse desnudo dentro de aquellas aguas de cristal. Notar la mórbida caricia de los filos al seccionar su carne, cortando tiras de su propio ser, separando con delicadeza la masa muscular del hueso, haciendo explotar sus globos oculares, amputando con la ligereza de un beso sus brazos y sus piernas. Miles y miles de dientes de vidrio seccionando su lengua, rajando sus mejillas, empapándose de su sangre como hielos embriagados en alcohol, hasta quedar convertido en pequeñas porciones. Hasta desintegrarse.

Josan brindó consigo mismo por la monstruosa belleza de aquella visión. Y notó cómo el alcohol comenzaba a hacerle efecto, poco a poco sus neuronas se agitaban volviéndose malignas. Agarró de nuevo por el cuello a la botella, obligándola a llorar dentro del vaso. Un trago largo. Otro más. No le gustaba reconocer que siempre le ocurría lo mismo cuando veía a Arturo Gómez-Arjona.

—Don Arturo, que no se te olvide nunca —dijo impostando la voz mientras reía sin alegría.

No es fácil estar delante del demonio al que has vendido tu alma. La sensación de haberte convertido en un esclavo te hace sentir náuseas. Náuseas de ti mismo.

«Un negocio en el que saliste perdiendo. Te dio dinero y se llevó... se llevó... todo lo demás», pensó, dando otro trago al ron.

Pero las neuronas comenzaron a susurrar dentro de su cabeza. Palabras negras, como revólveres. A Josan le pareció curioso lo parecido que sonaban las palabras venganza y esperanza. Quizá no estuviera todo perdido. Quizá todavía le quedara una partida por jugar. Rebuscó en los bolsillos del viejo abrigo negro que siempre llevaba, intentando localizar algún cigarrillo olvidado. Humo y alcohol. El rito para invocar a los malos pensamientos. Justo lo que necesitaba en esos momentos.

«Alguien ha intentado matar al gran hombre. Y eso le ha hecho ponerse nervioso», pensó.

Quizá esta fuese su oportunidad. Quizá pudiera...

«Dicen que es imposible ganarle la partida al diablo. Pero ¿y si lo que quieres es perderla y dejar de jugar?», se dijo.

La sonrisa apareció en su cara como un sarpullido infeccioso. El cigarrillo estaba aprisionado en la pinza de sus dedos. El mechero le dio vida. Una calada, un trago de ron tomado directamente de la botella. Y las ideas violentas comenzaron a danzar dentro de su mente. Nada que ganar, nada que perder. Lanzó una moneda al aire. Cara y cruz. Girando. Como siempre ha girado el mundo. Eligió mentalmente cara. La moneda cayó en el dorso de su mano. Al destaparla vio la cruz. La mala suerte no le había abandonado. Y la sonrisa venenosa volvió a aparecer en su cara.

9

La impaciencia rabiosa convertía sus manos en rudimentarias zarpas. Inútiles y torpes solo acertaban a arrugar el papel. En un arranque desesperado, Alonso abrió el sobre de color amarillo con la boca. Rendido ante el ataque, el pendrive salió de su refugio con timidez y cayó sobre la palma de su mano. Inmediatamente lo introdujo en el MacBook Pro situado sobre la mesa del despacho que tenía en su chalet (su orgullo: cuatrocientos cincuenta metros útiles repartidos en una sola planta en la zona más exclusiva de Pozuelo) y dio un trago al vaso de leche que había junto al ordenador. El reproductor de imágenes se desplegó en la pantalla y comenzó a mostrar el plano movido de una calle. Aquel constante temblor evidenciaba que el vídeo se había grabado con un móvil. Una mujer entraba en plano desde la otra acera y la cámara la seguía. Estupefacto, Alonso sintió un malestar casi físico al verla. Cómo podía ser alguien tan vulgar, tan inmundo. La mujer vestía un anodino traje de chaqueta beis que esa temporada estaba de moda entre las oficinistas, un bolso marrón enorme y sin forma y una de esas patéticas fiambreras con correa para el hombro con la frase impresa «adicta al aguacate». Caminaba despreocupada entre la gente con ese aire reluctante que tienen los trabajadores de base antes de incorporarse a su puesto. De repente, otra mujer se cruzó con la protagonista del vídeo. Se paró frente a ella y sin mediar palabra le golpeó en la cara con el puño cerrado. Una vez y otra, y otra. Hasta que la protagonista cayó al suelo. Entonces la agresora comenzó a patearla. Con rudeza. Sin piedad. Y las carcajadas de Alonso empezaron a ascender en el aire, globos negros que explotaban con estruendo por todo el despacho. Aumentando en tamaño y velocidad, como un motor al que le han incrementado las revoluciones sin importar que se gripe. En la pantalla, algunos transeúntes intentaban detener a la agresora, que se encaraba con ellos hasta desaparecer del plano. La imagen se centraba otra vez en la mujer agredida incorporándose con sangre en la cara mientras un corro de curiosos se interesaba por su estado. La risa de Alonso se volvió húmeda, chapoteante, la visión de la sangre le había hecho salivar. Decidió volver a poner el vídeo desde el principio. Y las carcajadas sonaron más siniestras, como millones de copas de cristal estrellándose contra el suelo al unísono, como cientos de huesos infantiles al quebrarse. En ese instante, el timbre del teléfono interrumpió la fiesta privada. Alonso miró su móvil con fastidio. El nombre que vio en la pantalla solo podía significar malas noticias.

—Diego, qué sorpresa.

A medida que las palabras se introducían por su oído y penetraban en su mente, los rasgos de Alonso se fueron volviendo más rígidos, casi como si se fosilizaran. Y su rostro adquirió el aspecto constreñido e impertérrito de una piedra. Ni siquiera el cadencioso sonido de unos zapatos de tacón acercándose modificó su estado.

—Cambiar, cambiar... ¿Y eso qué quiere decir, Diego? ¿Cómo que no lo sabes...? ¡Tú eres su abogado!

Los pasos se aproximaban cada vez más. Lentos e inexorables. Como los martillazos a la tapa de un ataúd, como el pulso del verdugo. La mano de Carlota reptó por el hombro de Alonso, una serpiente con cinco colmillos rojos acariciando a su presa, antes de que él arrojara el móvil lejos, con furia.

—¡Maldita sea! Ya ha sucedido.

—¿Malas noticias, cielo? Los teléfonos solo sirven para transportar las malas noticias de un sitio a otro. ¿Qué ha pasado ahora? —dijo la mujer mientras agarraba el vaso de leche.

—Era Diego, el abogado de mi padre. Quería avisarme de que va a cambiar su testamento.

—Oh, es eso. El mismo testamento del que sospechábamos que eras el máximo beneficiario como primogénito y varón.

—Sabía que esto iba a pasar tarde o temprano. Desde el accidente, mi padre me ve como un inútil, un minusválido, una carga... —Alonso hablaba mientras se retorcía las manos con furia.

—Un gusano. Te ve como un gusano. —Carlota comenzó a alejarse como si se deshiciera en el aire. Una voluta de humo rubio generando curvas sobre curvas. Llevaba puesto su eterno abrigo rojo a juego con su sonrisa y unos afrodisiacos zapatos de tacón. Se dio la vuelta y mirando a Alonso dio un trago al vaso de leche. Una gota rebelde se le deslizó por la comisura de los labios, tomando despacio la pendiente del cuello para luego acelerar al adentrarse en el desfiladero de sus pechos.

—Tienes que demostrarle que eres un hombre, no un gusano. A tu padre... y a mí.

Los botones del abrigo escapaban de la prisión del ojal a medida que la gota continuaba su húmedo descenso. Carlota no llevaba nada bajo aquella prenda roja que se abría como una sonrisa vertical ante la mirada de Alonso. El cuerpo de la mujer convertido en el octavo pecado capital.

—Esa es la pregunta, ¿eres un hombre o un gusano?

—¡Un hombre! —gritó Alonso con la mirada en llamas.

La caricia blanca siguió lamiendo el cuerpo de Carlota hasta quedar varada en la frondosidad tibia de su pubis. El abrigo quedó abandonado en el suelo, como la vieja piel de una serpiente.

—Te he quitado tu leche. Un hombre no dejaría que le arrebataran lo que es suyo. ¿No vas a venir a recuperarla?

Carlota dio otro largo trago. La leche corrió por ambos lados de su boca para descender por su cuerpo como cientos de dedos blancos y mojados. Alonso se arrojó al suelo, dejando atrás su silla de ruedas. Avanzaba ayudándose con los codos lamiendo cada gota que quedaba en el suelo, las migas de pan que marcaban el camino a la guarida de la bruja.

—¡No soy un gusano, soy un hombre!

—Demuéstrame que eres un hombre. No dejes que tu padre te trate como a un gusano. Ven a beber de mí.

Carlota entró en el dormitorio y se sentó en el borde de la inmensa cama. Las piernas muy abiertas encaramadas a aquellos zapatos rojos de vértigo. La leche empapaba su sexo. Hasta que la boca sedienta de Alonso llegó a su destino. Y bebió. Hasta saciarse. Hasta saciarla. Hasta que se sintió un hombre, no un gusano.

Las burbujas del champán le hacían cosquillas en el paladar. Para Mencía, esa era la mejor definición de ser rico. Empinó su copa mientras hacía elocuentes gestos al uniformado camarero para que sirviera otra botella de Louis Roederer Cristal. En ese instante, su iPhone 13 Pro Max, que había dejado sobre la mesa, se iluminó. En la pantalla apareció el nombre de Diego. En un primer momento pensó en no contestar, le daba pereza tener que hablar con el abogado de su padre pero finalmente decidió hacerlo. Le gustaba hacer sufrir a aquel viejo. Y resultaba tan sencillo.

—Hooola, *darling*. Dime que me llamas porque por fin has dejado a la iguana de tu mujer. Con esas uñas y esa papada flácida... ¿Que es la madre de tus hijos? No me dirás en serio que te acostaste con algo así... No sabía que eras tan retorcido en tus preferencias sexuales, quién podría imaginar que te iba la zoofilia... No sé a qué viene esa risa... No, no era ninguna broma... Oh, mira, si vas a ponerte serio mejor llamas en otro momento porque ahora mismo me pillas en New York. He venido de compras con Tita, la hija de, oh, ya sabes quién es Tita... Estamos dejando vacías las tiendas de Manhattan... Sí, sí, fuera de la temporada de rebajas porque si no aquí te encuentras a medio Madrid. A lo que iba, estoy en el Death & Company, en el East Village, bebiendo champán con Tita, como te he dicho antes, y con dos hombres simpatiquísimos que no paran de invitarnos. Se llaman..., espera que no lo recuerdo... Miroslav y Sergei, me dicen que se llaman. Demasiado eslavos para mi gusto. Sabes que los pueblos sin romanizar no son lo mío. No sé si son rusos, bielorrusos o casirrusos. El caso es que el que tiene la cabeza más cuadrada de los dos quiere impresionarme abriendo los grandes almacenes Saks en Fifth Avenue solo para mí con su American Express Black. Verás la decepción que se lleva cuando le diga que mi padre tiene una tarjeta exactamente igual... Qué tiempos estos en los que la valía de un hombre se mide por el color de su tarjeta... ¿Qué dices de mi padre? ¿Es que le ha pasado algo malo? ¿Cambiar su testamento ahora? ¿Y me llamas a New York solo para decirme eso?

Colgó el móvil con desprecio. Pero, tras hacerlo, se quedó pensativa, mordisqueando la funda de goma del aparato. Cambiar el testamento significaba que Alonso ya no era el caballo ganador. Su padre abría las apuestas. Aquello le podía beneficiar. Tal vez fuese la elegida, tal vez el rey Arturo se diese cuenta, por fin, de todo lo que valía su hija mayor. Ella se encargaría de hacérselo ver. Sabía exactamente lo que tenía que...

—¿Qué te pasa, Mencía? —dijo Tita interrumpiendo la cadena de sus pensamientos—. No sé lo que te han dicho por teléfono pero te has quedado alelada.

—La línea sucesoria se ha roto. Y ahora soy yo quien aspira al trono.

Tita la miraba desconcertada.

—Tía, no entiendo nada de lo que dices.

Mencía se acercó y la besó en la parte más alta de la cabeza.

—Y haces muy bien en no entender nada. El mundo no existe para ser entendido, el mundo está ahí para ser disfrutado.

Y volvió a sentir aquella sensación. Las burbujas haciéndole cosquillas en el paladar.

10

La deliciosa taquicardia provocada por la cocaína, como el aleteo de una mariposa en el corazón. Bobby apretaba la fosa nasal por la que acababa de ascender la flecha de droga, evitando que se perdiera ninguna de las preciadas partículas. No llevaba encima nada más que el sudor tibio y el olor fuerte que se queda pegado a la piel después del sexo.

—¿No crees que deberías cortarte un poco con la farlopa? —dijo el hombre desnudo tumbado en la cama. Tenía espolvoreadas algunas canas por su cabellera negra. Su cuerpo atlético desmentía los cincuenta y cinco años que figuraban en su DNI.

Bobby se acarició la barbilla mientras volvía los ojos al techo. Pareció pensárselo antes de responder.

—No, la verdad es que no lo creo.

Y volvió a inclinarse sobre la mesilla de cristal para aspirar otra muesca blanca.

—No te he contado —continuó mientras se toqueteaba la nariz— que me ha llamado el abogado de mi padre. Al parecer, el viejo va a cambiar su testamento.

El hombre desnudo se incorporó en la cama como si un aguijón se le hubiera clavado en la espalda.

—¿Eso significa que tú... que yo...?

—Sí, en teoría mi número está dentro del bombo de los herederos elegidos, pero no te emociones, nunca saldrá premiado.

—¿Y eso por qué? Tú también eres hijo suyo.

—Venga, ¡ya sabes por qué! ¡Mi padre nunca le dejaría su empresa a un gay?

—Oh, no me salgas con esas. Otro pobre marica que utiliza el comodín de la homosexualidad para justificar lo mal que le va la vida. ¡Por favor! ¡Mira a tu alrededor! Hay gais por todas partes: en la televisión, en el cine, en la construcción... ¡Incluso ministros! Pero si hasta hay anuncios de fontaneros gais. Deja ya ese rollo del pobrecito homosexual contra el mundo y ponte las pilas. ¿Tú sabes lo que significaría para ti y para mí que fueras dueño del Grupo9? Ya no tendría que escribir esas mierdas de libros de autoayuda para deficientes mentales.

—Me molesta que hables así de tus obras. ¡Eres el gran Juanjo Uceda! ¡Vendes millones de ejemplares por todo el mundo! Con lo que escribes, ayudas a un montón de gente, aunque tú no lo creas.

—¿Sabes a lo que estoy ayudando? —dijo Juanjo caminando hasta el mueble bar, donde se sirvió tres dedos de whisky y dos bloques de hielo que cogió de la cubitera con la mano—. A que la estupidez sea el rasgo predominante del ser humano actual. No escribo más que hinchadas y pretenciosas gilipolleces. Mamarrachadas que suenan bien pero que están tan vacías como los cuerpos de los maniquíes. Filfa y grandilocuencia para espíritus simples. «La vida no consiste en superar a los demás, sino en superarte a ti mismo». «Los golpes de la vida son los que forjan los espíritus de acero». Esta es la clase de porquería que escribo.

—A tus lectores les encanta. Y ponme otro whisky a mí también, si no te importa.

—¿Quieres que te diga por qué mi basura gusta a tanta gente? Porque hemos acabado con la selección natural. —Juanjo le pasó el vaso esmerilado a Bobby junto con un tierno beso en los labios—. A lo largo de la historia siempre ha habido una cantidad desproporcionada de imbéciles, pero los índices actuales nos indican que nos encontramos frente a una plaga. Antes, los cretinos eran los primeros que se despeñaban por los riscos, se ahogaban en los mares y en los ríos, los que antes morían en las guerras, los que contraían enfermedades por su falta de sentido común. Ahora nada de eso ocurre, hemos construido un mundo mucho más seguro, sin apenas amenazas, lo que ha provocado que el número de idiotas no pare de crecer. Y lo que es peor, están consiguiendo segregar a la gente inteligente, que vivimos a base de pastillas en una constante depresión al ver como ante nosotros todo lo bello, lo profundo, lo complicado es sustituido entre masivos aplausos por la simpleza y la zafiedad. A veces me cuesta reprimir el deseo de salir a la calle con un arma y no parar de matar imbéciles hasta vaciar el cargador. Esa sería la mejor autoayuda que les podría brindar.

—Un pensamiento muy generoso por tu parte..., siempre mirando por los demás. Creo que tengo la obligación de recordarte que todos esos estólidos que no merecen vivir te han convertido en un hombre muy rico. Y han hecho ganar mucho dinero también a la editorial de mi padre. ¿Cuántos ejemplares vendiste del último? ¿Más de dos millones?

—¿Quieres que te muestre qué clase de gente es la que me lee? Dimes dos palabras, las primeras que se te vengan a la mente —dijo Juanjo a la vez que hurgaba en el bolsillo de su pantalón, tirado en el suelo, hasta que logró extraer su teléfono móvil.

—Autobús y... puerro.

—Muy bien, pues vamos a subir a mi cuenta de Instagram una frase sobre autobuses y puerros. Para que funcione, lo importante es que sea lo más pedante posible: «La magnificencia metálica del autobús no puede soslayar la verde sencillez del humilde puerro». Ya está. Ahora solo tenemos que contar hasta veinte.

Los labios de ambos hombres se movieron formando los dígitos sin pronunciar ningún sonido. Pasado el tiempo marcado, Juanjo volvió a mirar la pantalla del teléfono.

—Vamos a ver cuántos «me gusta» he conseguido... 5.783. Y subiendo. Thor@1999 ha escrito: «qué profundo». Para chicamala@2011, la frase es «un claro alegato contra el capitalismo salvaje y una vuelta a la naturaleza». JJJ@trapmetal me da las gracias por otra frase «inspiradora para que nunca nos dejemos vencer por muy grandes que sean nuestros miedos». Puedo seguir si quieres. ¿Ves a lo que me refiero? ¡Tienes que sacarme de esto! ¡Haz ver a tu padre que tú serías mejor director del Grupo9 que tus hermanos!

—Me parece que eso no va a ser posible. No sé si te has

percatado de que tengo una clara tendencia natural hacia la vagancia y el vicio. Lo que lejos de apesadumbrarme me hace estar muy satisfecho conmigo mismo y con la vida que llevo. No, querido, no soy la mejor opción. No me interesa nada la contabilidad, las gráficas de beneficios, ni la carga de la masa salarial. Prefiero cerrar bares que balances. Y mi padre lo sabe.

Juanjo se acercó a Bobby y le acarició la cabellera color avellana mientras le rozaba el brazo con su sexo semierecto.

—Si no sabes construir, destruye. Muéstrale a tu padre lo inútiles que son tus hermanos. El desastre que causarían si heredaran la corona.

Una sonrisa torcida como un garfio apareció en el rostro de Bobby. Un instante después, la cara de Juanjo le imitó. Y los dos hombres se fundieron en un beso hambriento y caníbal. El lacre del pacto que acababa de nacer.

Melinda se sentía insegura encaramada a la escalera de madera de la biblioteca.

—¿Es este el libro que quiere el señor?

—No —dijo don Ernesto sentado en un sillón orejero de piel—, tienes que subir más arriba. *La divina comedia*. Es el que tiene el lomo verde.

Temblando, la joven asistenta subió un peldaño más de la estrecha escalera de mano. El anciano aprovechó para inclinar la cabeza hacia un lado y así tener una mejor perspectiva de lo que se ocultaba bajo la falda del uniforme de la mujer.

—Chocolate —musitó—, me gusta el chocolate. Lamer los dedos pringosos...

En ese momento, Sonia abrió la puerta de la biblioteca y se sentó junto a su abuelo, que seguía pendiente de la ropa interior de Melinda.

—Abuelo, ha pasado algo —dijo Sonia intentando sin éxito captar la atención del anciano—. Diego, el abogado de papá, ¿te acuerdas de él? Me ha llamado bastante alterado.

La punta de la lengua de don Ernesto se deslizaba por sus ajados labios como una babosa sonrosada, humedeciéndolos a su paso.

—Chocolate...

—Abuelo, ¿me estás escuchando? El abogado me ha dicho que papá va a modificar su testamento. No sé si eso es bueno o es malo para nosotros.

Fue entonces cuando, por primera vez, los acuosos ojos del anciano fijaron su mirada en la cara de su nieta.

—La violencia sigue dominando el mundo. Ahora se camufla, se disfraza, pero sigue estando ahí. Es la violencia la que cierra negocios, la que compra empresas, la que fija los precios, la que despide a trabajadores. Los grandes empresarios son los nuevos generales. Cambiando medallas y charreteras por corbatas y teléfonos móviles. Y a los generales solo les gusta una cosa: ganar.

Aquellas palabras dejaron desconcertada a Sonia. Sabía que la demencia se estaba apoderando poco a poco del cerebro de su abuelo. Aunque permanecía lúcido la mayor parte del tiempo, la enfermedad no dejaba de avanzar. Y justo ahora era cuando más lo necesitaba.

—¿Qué crees que debo hacer, abuelo?

—Desconfiar. Siempre desconfiar. El cabrón de tu padre nunca fue el más inteligente de su clase. Pero sí el más listo. Puedes confiar en alguien inteligente, pero nunca en un listo, porque no ven más allá de sí mismos. Si un listo recibe una buena oferta, te venderá.

—Entonces esto no cambia nada..., supongo.

A Sonia se le escapó una sonrisa condescendiente antes de despedirse del anciano con un beso en la mejilla. Abrió la puerta de la biblioteca y desapareció.

—¿Es este el libro que quiere? —dijo Melinda desde lo alto de la tambaleante escalera.

—Déjalo, ya da igual —respondió don Ernesto—. Baja de ahí, negrita, que tengo algo para ti.

—Ya le he dicho que mi nombre es Melinda —contestó la doncella algo molesta mientras descendía temerosa por los traicioneros peldaños.

—Perdona, tengo muy mala memoria para los nombres, no así para las marcas de bebidas alcohólicas. Con los años, el cerebro va quedándose solo con lo importante. Pero acércate, no te quedes ahí que no muerdo.

Cuando Melinda se encontraba a menos de un metro, don Ernesto la agarró de la mano por sorpresa encerrando en su puño un billete de cien euros.

—Toma, para que les compres algo a tus hijos. Porque seguro que ya tienes niños. En tu país es lo normal.

—Uno se llama Rafael, está en Dominicana. Yo se lo agradezco de corazón, don Ernesto, pero no puedo aceptárselo. El señor se lo puede tomar a mal...

—Ta,ta,ta,ta. Claro que te lo puedes quedar, coño. Y no hagas ni puto caso a mi hijo. Le gustan las normas siempre que sea él quien las imponga. Yo no le diré nada si tú no le dices nada. Será nuestro secreto.

—Muchísimas gracias, don Ernesto. ¿Quiere que le enseñe una foto de Rafael? Voy a mi cuarto a por el celular y se lo muestro.

El anciano asintió con resignación mientras veía alejarse a la doncella.

«Las deudas son trampas invisibles. Uno cae voluntariamente en ellas, sin darse cuenta de lo difícil que luego le va a resultar salir», pensó.

11

Dentro del local, el tipo desentonaba como un payaso en un velatorio. Estaba claro que el Dry Cosmopolitan, el bar del hotel Gran Meliá Fénix, no era el tipo de ambiente que solía frecuentar. El Cosmopolitan era uno de los escasos tarros de las esencias sin romper que aún existían para guardar las claves del lujo y el buen gusto, protegiéndolo de las pedradas de las modas veleidosas y las estridencias pasajeras. Un paraíso etílico forrado de madera, moqueta y cuero donde la elegancia se servía con hielo en pesados vasos esmerilados y los camareros vestían como mariscales de campo. El hombre con el que había quedado Josan estaba acodado en la barra. Una mancha de grasa en un traje de novia. Vestía una ajada casaca militar de un verde desvaído, vaqueros rotos a juego con las Chuck Taylor que calzaba y unas Wayfarer negras tan falsas como el implante de su pelo. Una pálida cicatriz recorría la parte baja de su ojo izquierdo como una lágrima eterna. Era el recuerdo que le dejó un aristócrata al que fotografió orinando borracho en la calle. Le dieron treinta mil euros por aquellas imágenes.

Josan se sentó en el taburete de al lado tratando de disimular el desagrado que le producía tener que hacerlo.

—Por el amor de Dios, Sito, estás en el templo de los cócteles y te pides una caña. Algunos tienen el gusto solo en la boca.

—Las bebidas de pijos son caras, Juguete Roto, y no sabía si invitabas tú.

«Juguete Roto», hacía tiempo que Josan no escuchaba esa expresión. Así es como llaman en televisión a los presentadores que dejan de aparecer en pantalla por tiempo indefinido.

—Camarero, si es tan amable. Prepáreme un porto flip para mí y lo que quiera mi amigo.

—Póngame una de esas mezclas con muchos colores, sombrillitas, bengalas y que sea muy muy caro.

Ante esa petición, el camarero decidió consultar con la mirada a Josan, como si fuese el único adulto de la conversación.

—Tráigale un mai tai, y disculpe a mi acompañante. Tiene la necesidad de llamar la atención para compensar su merecido complejo de inferioridad.

—Mai tai suena a batalla de la guerra de Vietnam, hay que joderse con los putos pijos —dijo Sito alzando la voz para que el camarero lo oyera. Su verdadero nombre era Alfonso Medina, pero todos en el mundillo de los paparazzi le conocían por Sito.

—Bueno, bueno, bueno. ¿Y para qué quería verme el gran

José Antonio Caramuel? ¿No me digas que los gerifaltes han recompuesto las piezas del juguete y te han dado un nuevo programa?

—No, no es eso. Te he llamado por negocios, pero de otro tipo.

—Mírame, Josan, ¿crees que alguien me llamaría porque le apetece verme, porque le resulto simpático, porque quiere acostarse conmigo o me echa de menos? ¡Todo el mundo me llama por negocios, joder!

«Vidas tristes —pensó Josan—. La mayoría de la gente tiene una vida triste de la que nunca habla, sobre la que nunca se para a pensar. Es preferible seguir hacia delante, no vaya a ser que les entren ganas de abrirse dos bocas en las muñecas y la sangre les salga a gritos».

—Necesito un seguimiento completo, en principio de siete personas. Pueden ser más. A dónde van, con quién hablan, con quién se acuestan, si tienen enemigos, vicios, deudas, ingresos sin justificar, datos bancarios, pinchazos telefónicos... Todo.

Sito se bajó unos centímetros las gafas de sol para mirar por encima de ellas a Josan.

—Sito es el más listo. Sito es el mejor. Pero eso que pides va a ser caro.

—El dinero no es problema.

—Qué frase tan bonita. Ojalá la escuchase más veces. Cambiaría veinte «te quiero» por un solo «el dinero no es problema». Bueno, y si no es el dinero, ¿cuál es el problema? Porque si me invitas a beber en el bar del Tío Gilito es porque va a haber problemas.

El camarero trajo las bebidas y desapareció sin hacer ruido, como los amantes de una sola noche. Josan sacó un sobre del bolsillo interior de su abrigo negro y lo depositó sobre la barra.

—Dos sirvientas, una cocinera, una asistente personal. ¿Te parecen un problema?

—Dejas lo mejor para el final, ¿eh, Josan? Cómo en uno de tus programas. La pausa dramática y toda esa mierda para mantener la atención del espectador.

—Quiero saber todo sobre los cuatro hijos de Arturo Gómez-Arjona.

Sito silbó imitando el sonido de una bomba descendiendo sobre su objetivo.

—Eso es distinto, Juguete Roto. Puede que a ti ya todo te importe una mierda porque tu carrera se marchó por el retrete hace tiempo. Pero yo necesito seguir currando, necesito seguir vendiendo mi mercancía a los medios. Es la ley del más fuerte. Los pececillos no molestamos a los grandes tiburones como Arturo Gómez-Arjona porque nos despedazarían, ¿comprendes? Así que muchas gracias por la copa y ahí te quedas.

—La información que consigas no se publicará nunca. Es solo para los ojos del cliente. Me la entregarás directamente a mí y no hablarás de esto con nadie. Yo seré el único responsable si alguien os descubre y correré con las consecuencias. No habrá ningún problema con Arturo Gómez-Arjona, te lo garantizo.

—¿Quién es ese cliente?

—Paga tan bien precisamente para que no conteste a esa pregunta.

Sito comenzó a acariciarse la barbilla mientras miraba su bebida, esperando que el mai tai le aconsejara qué hacer.

—Si quieres te lo digo otra vez —dijo Josan—. El dinero no es problema.

—Para que el trabajo salga como es debido, tendré que contratar a más gente, otros paparazzi. Y ellos tampoco son baratos.

—El dinero no es problema.

—Eres un hijo de puta, Juguete Roto, ¿lo sabías?

—Desde hace años. ¿Tenemos un trato?

Sito le volvió a mirar por encima de sus gafas. Desplegó la sonrisa más cínica de su catálogo antes de ofrecerle la mano a Josan. Fue un apretón fuerte. De los que solo se dan en asuntos serios.

—En el sobre tienes fotografías y la información básica sobre los hijos y el servicio —informó Josan.

—Sé alguna cosilla de los Gómez-Arjona. Si uno sabe mirar, por la noche no todos los gatos son pardos. Bobby, el pequeño, es uno de esos gais que apestan a naftalina porque siguen sin salir del armario a pesar de que todo el mundo sabe que camina por la otra acera. No me preguntes por qué. De donde tampoco sale es de las discotecas. Ha cerrado más locales que la crisis. Claro que si yo tuviera su cuenta bancaria haría lo mismo, menos lo del mariconeo, ya me entiendes.

—¿Drogas?

—Farlopa, fundamentalmente. Digamos que tiene una nariz inquieta. ¡Y quién no! Pero no le hace ascos a nada. Luego está Mencía, la hermana mayor. Una petarda que va de fiesta en fiesta para exhibirse como un fenómeno de feria.

Creo que ahora le ha dado por ser influencer y se graba haciendo cosas de ricos. Gilipolleces modernas, qué quieres que te diga. Está buena, a pesar de su edad. Se comenta que tiene más plástico en el cuerpo que una Barbie. De los otros dos, no te puedo contar casi nada. No les va el faranduleo ni la noche. Lo único que sé de Sonia, la pequeña, es que se fue a estudiar a América. Y de Alonso, el mayor, aparte de que se llevó a dos infelices por delante cuando conducía borracho por la carretera de La Coruña, poco más.

—Pues vas a tener que enterarte de muchas más cosas.

—Descuida. Oye, Josan, ya sé que no es asunto mío y todo eso, pero ¿por qué lo haces? A ti no te hace falta la pasta. ¿Por qué vuelves a mezclarte con esa familia? Los Gómez-Arjona te traen mala suerte. Y después de lo que pasó... Mi abuela siempre me decía que el diablo viene a buscarte cuando te sientes más feliz.

—Las abuelas son sabias. Tú mantenme informado —dijo Josan levantándose del taburete. Dejó un billete de cincuenta euros sobre la barra y cuando estaba a punto de encaminarse hacia la salida algo le retuvo el brazo.

—No vuelvas a tratar con esa familia —dijo Sito—. Tú no eres uno de ellos. Los ricos son como cuchillas, si te acercas mucho acaban haciéndote daño. Lo sabes mejor que nadie.

—Las cicatrices son las rúbricas que nuestros errores nos dejan en la piel para que no los olvidemos. Y yo he cometido tantos que ya no me queda espacio en el cuerpo para más. Pero ten cuidado con esos consejos, Sito, si alguien te escuchara podría pensar que te preocupas por los demás.

—Pero qué dices, gilip... ¿Con quién te crees que estás hablando? ¡Soy un puto paparazzi! Anda y haz lo que te salga de los huevos, a mí qué más me da.

Josan le dio un par de palmadas en la espalda y salió por la puerta del Dry Cosmopolitan.

12

El despertador sonó a las siete y media de la mañana. Don Ernesto le dio un manotazo para que se callara. Aún no había amanecido. Se sentó sobre la cama, metió los pies en sus pantuflas y se abrochó el batín de seda. Desde la cocina le llegaron los sonidos del servicio preparando el desayuno. El anciano salió de su dormitorio con cautela, no quería que lo descubrieran. Las doncellas podían irle con el cuento al cretino de su hijo. Avanzó por el pasillo a oscuras, las manos tentando las paredes. Solo le acompañaba el sonido sibilante de sus pasos al arrastrar los pies por el suelo. Abrió la puerta del balcón con sigilo y se asomó a la calle. En la acera, figuras sin rostro avanzaban presurosas, camino de sus puestos de trabajo. Era el momento. Don Ernesto se bajó el pantalón del pijama y, poniéndose de puntillas, comenzó a orinar sobre ellas.

—¡A currar, cabrones! ¡Asalariados! ¡Muertos de hambre!

—¡Pero qué hace! ¡Puto viejo loco! ¡Voy a llamar a la policía! ¡Todos los días lo mismo!

A pesar de los gritos y los insultos, don Ernesto continuó con las abluciones sin inmutarse.

—¡Que vais a llegar tarde! ¡Trabajadores por cuenta ajena! ¡Pelagatos!

Y subiéndose el pantalón del pijama, entró de nuevo en la casa. Una sonrisa de satisfacción se dibujaba en su rostro mientras dejaba la indignación popular detrás. Regresó a su dormitorio sin hacer ruido. Una vez allí, se quitó el batín y las pantuflas y se volvió a meter en la cama. Unos minutos después, volvía a quedarse dormido. Feliz.

En la calle Jorge Juan, las tiendas de moda más exclusivas se abren sitio a empujones entre los restaurantes de lujo. La violenta pelea callejera ha acabado con cualquier otro tipo de comercio en esta pequeña vía, que cuenta con el encanto de sus callejones privados, lo que le da un aire neoyorquino. Es una de esas calles habitadas por personas sin prisa, a quienes la vida sonríe y que caminan devolviéndole el cumplido constantemente. Una calle elegante para gente a juego, donde las cuentas de los restaurantes se pagan sin mirar el importe. Donde las tiendas no suelen tener el precio de las prendas en el escaparate, no vaya a ser que alguien con problemas cardiacos los vea.

El Audi A8 plateado se detuvo delante de la puerta del restaurante El Paraguas exactamente a las dos y cuarto. Quince minutos más tarde de la hora fijada para la reunión, tal como había solicitado Arturo Gómez-Arjona. Su chófer le abrió la puerta, con el servilismo que infunde el miedo, y entró en el local experimentando el malsano placer de haber hecho esperar al sueco. Frutas y verduras de temporada, en perfecta formación junto con cazuelas de cobre de todos los tamaños, alineadas con marcial rigidez, componían el bodegón que daba la bienvenida a los clientes.

—Qué alegría volver a tenerle con nosotros, don Arturo. Siempre es un honor que nos visite. Su mesa ya está lista —anunció el *maître*.

—¿Cómo estás, Ricardo? ¿Has notado si mi invitado está molesto por la espera?

—No sabría decirle, don Arturo. Aún no ha llegado nadie. ¿Quiere que le sirva algo mientras llega su acompañante?

Christiansen, el cabrón de Christiansen se la había jugado. Llegar tarde a una reunión de trabajo es una estrategia utilizada en cualquier negociación. Transmites la imagen de ser un hombre muy ocupado y lo que era más importante, que el asunto a tratar no está entre tus prioridades. Eso te coloca en una posición de ventaja frente a tu rival. Una ventaja que Christiansen le había arrebatado delante de sus narices.

—Ponme un dry martini. Y que no me molesten.

Veinte minutos después, una mujer oriental, con el cuerpo deformado por el culturismo y vestida con un mono verde surcado de cremalleras, entró por la puerta. Echó un vistazo valorativo al interior del local y se acercó el puño derecho a la boca para dar instrucciones. Eso provocó que otras tres mujeres (una negra, una india y una nórdica) entraran en el local. Exhibían el mismo problema de hipertrofia muscular y el mismo mono verde que la oriental. Tras hacer una nueva valoración del interior y la clientela, la mujer negra abrió la puerta para dar paso a Christiansen. Sus casi dos metros de estatura estaban coronados por un sombrero de fieltro sin forma que ocultaba una melena rubia estudiadamente salvaje. Arturo se sorprendió de lo joven que parecía en persona. Sabía que apenas tenía treinta y cinco años, pero su aspecto era el de un veinteañero, algo que acentuaba su forma de vestir. No era la que se esperaría del multimillonario dueño de unos de los mayores conglomerados audiovisuales de Europa. Su rostro presentaba una barba de tres días de aspecto cuidadosamente descuidado. Eso, unido a su gigantesco abrigo multicolor y los pantalones holgados, le daba un falso aspecto de mendigo. Porque los sintecho no visten ropa de la marca Missoni ni llevan en la muñeca un Hublot Big Band digital.

—Siento profundamente haberle hecho esperar. En mi defensa debo decir que el tráfico es caótico en las ciudades meridionales. ¿Cómo pueden vivir así? No es civilizado.

A diferencia de su padre, Arturo odiaba utilizar palabrotas al hablar. Le parecían una demostración de pobreza, tanto del lenguaje como del bolsillo, además de una exaltación de la vulgaridad propia de la chusma. Sin embargo, al escuchar a Christiansen, en su cabeza se formó un inmenso letrero con luces de neón en el que brillaba parpadeante la palabra «gilipollas».

—Los genios siempre viven entre el desorden. ¿No conocía ese dato? Claro, es usted tan joven. Aún le queda mucho por aprender. Y no se preocupe por la tardanza. En realidad tendría que darle las gracias por haberme permitido tener unos minutos para reflexionar sobre los pormenores de esta reunión —contraatacó Arturo.

—Somos los jóvenes, don Arturo, los que empujamos para lograr los cambios que hacen avanzar al mundo y crean nuevas oportunidades. Se llama progreso. Si fuese por los viejos, nada cambiaría. Los negocios se anquilosarían, como sus articulaciones. La gente mayor no tiene ideas, solo recuerdos. Por eso repiten una y otra vez las mismas cosas, porque les da miedo lo nuevo.

En ese instante, el *maître* se acercó a su mesa para preguntar al recién llegado si le apetecía un aperitivo. Christiansen lo rechazó.

—¿Podría traerme una botella de agua mineral Lofoten, si es tan amable?

El azoramiento contrajo el rostro del *maître* hasta convertirlo en algo parecido a una bola de papel arrugada con rabia.

—Me temo que no contamos con esa marca.

—Bueno pues no sé a qué espera para traerme la carta de aguas minerales.

—Eh... tampoco... tampoco disponemos de carta de aguas minerales, señor. Le ofrezco mis más sinceras disculpas. En estos momentos solo tenemos Perrier, Vichy Catalán y Solán de Cabras.

—¿No tienen Finé, o Tasmanian rain, o Bling H20?

—Perrier, Vichy Catalán y Solán de Cabras, solo eso, señor. Las tres son excelentes, como supongo que el señor ya conocerá.

—En el resto de Europa, cualquier restaurante que merezca recibir ese nombre dispone de carta de aguas minerales. Tráigame una Perrier si no hay más remedio.

—Ricardo, yo prefiero una botella de Canta la Perdiz del 2016 —dijo divertido Arturo mientras veía al sueco estudiar irritado los platos de la carta del restaurante.

—¿Tampoco tienen opciones veganas? —preguntó con cierto estupor Christiansen pasando las páginas.

—Me temo que no, señor. Pero disponemos de una amplia selección de ensaladas y verduras de temporada que estoy seguro de que serán de su agrado. Si me permite una recomendación, le sugeriría las alcachofas salteadas al aceite de albahaca.

—Tráigame la ensalada verde con aguacate, aliñada solo con zumo de limón y sin sal —dijo Christiansen cerrando de golpe la carta con evidente mal humor.

—Yo tomaré de primero las verdinas con perdiz. Y de segundo, el solomillo de buey asado con trufa negra. Muy poco hecho. Ya sabes que me gusta que la carne sangre. Arturo sintió una oleada de maligna satisfacción al comprobar la cara de asco que su última frase había provocado en su acompañante. No iba a quedarse de brazos cruzados mientras aquel mamarracho le llamaba viejo en su propia cara.

—Por cierto, me ha dejado impresionado con el numerito de las Spice Girls guardaespaldas. ¿De dónde las ha sacado? Me recuerdan al equipo de gimnasia rítmica de la RDA.

Una llamarada de ira enrojeció el rostro de Christiansen, pero solo fue un instante. Su media sonrisa demostraba que había retomado el autocontrol.

—Mis guardaespaldas son personas transgénero. Logré sacarlas con mucho esfuerzo de la prostitución y la marginalidad, las únicas salidas que nuestra hipócrita sociedad permite a este tipo de seres humanos para ganarse la vida. A eso me refería antes cuando hablaba de los viejos. Burlarse de las personas transgénero es algo tan... tan del siglo XX.

—Hay algo bueno en hacerse viejo, señor Christiansen: la experiencia. Cuando tienes la suficiente, te permite diferenciar lo realmente valioso, de la filfa. Lo auténtico, de la impostura. Le escucho hablar de transgénero y veganismo, vestido de mendigo chic, bebiendo agua mineral de lujo, y no sé si tengo ante mí a un gran empresario o a un títere de lo políticamente correcto. Usted solo es una moda pasajera, una camiseta con una carita sonriente. Yo soy un traje de tres piezas, clásico e imperecedero.

Christiansen se pasó las yemas del índice y del corazón por los labios, despacio. Como si los acariciara buscando los deliciosos restos de un beso del pasado. O tal vez conteniendo una dentellada.

—Normalmente espero a los postres para hablar de negocios. Siempre me ha parecido una costumbre de buen tono entre empresarios como nosotros. Pero creo que en este caso es mejor dejar las cosas claras cuanto antes. Supongo que sabe por qué estamos aquí. No es un secreto que entre mis objetivos a corto plazo está empezar a operar en el mercado audiovisual español, donde la oferta televisiva se centra casi en exclusividad en el público que va de los cincuenta años en adelante, sin preocuparse por la audiencia más joven y con mayor capacidad de gasto en ocio. Semejante abandono ha provocado que toda esa masa de audiencia se haya echado a los brazos de las plataformas de *streaming*. Un gran error. Y no ha sido el único. Solo hay que aplicar algo tan antiguo como aquello de: si no puedes con tu enemigo, únete a él. La producción de contenidos para estas plataformas es algo residual dentro de las cadenas de este país, algo inentendible desde un punto de vista económico y absolutamente suicida desde la perspectiva de futuro empresarial. Son solo dos ejemplos, pero evidencian la forma tan obsoleta con la que se están dirigiendo este tipo de empresas en España. Y el grupo que usted dirige no es una excepción. Programas del corazón casposos, concursos para débiles mentales, infoshows sin información y sin show... y la audiencia descendiendo de una manera lenta pero constante, como la piel de un anciano. Por tanto, después de analizar el panorama, decidí que el Grupo9 es la empresa perfecta para desembarcar en España. Usted es el dueño del treinta por ciento de las acciones y cada uno de sus hijos cuenta con un cinco por ciento, lo que asegura a su familia el control del cincuenta por ciento de la empresa. Yo ya me he hecho con algo más del veinte por ciento de las acciones. Quiero comprarle su parte. Y esta es mi oferta.

Christiansen sacó una pequeña agenda de lomo oscuro en el que se podía leer la frase «If not now, when?». Escribió una cifra con una Montblanc Elvis Presley, arrancó la página, la dobló y se la pasó por encima de la mesa a Arturo.

—Podrá conservar su cargo de consejero delegado del grupo, siempre bajo mi supervisión, como es natural. Pero en la práctica disfrutará de una autonomía casi plena. Yo marcaré las líneas generales a las que tendrá que ajustarse. Por lo demás, las decisiones del día a día seguirán siendo suyas. Creo que es una oferta más que generosa que espero que sepa valorar.

Arturo abrió la hoja sin mirar la cantidad que tenía escrita y se sonó la nariz ruidosamente con el papel. Luego lo depositó en el cenicero y bebió un sorbo de su recién traído Ribera del Duero.

Una sonrisa se instaló en el rostro de Christiansen, el gesto previo de un depredador antes de enseñar los dientes.

—Lo que acaba de hacer le va a costar muy caro. Se lo prometo. Le aseguro que se acordará de este día. Aún no se ha dado cuenta, don Arturo. Estamos asistiendo al nacimiento de un nuevo mundo, de un nuevo orden. Todavía no sabemos cómo va a ser. Lo único seguro es que se avecinan tiempos duros, donde no habrá sitio para la inocencia y las utopías habrán muerto. Y será gente como yo quien lo domine, no usted. Voy a conseguir que piense en mí todos los días de su vida, don Arturo. Buenas tardes.

—¿Un tipo preocupado por la marca de su agua mineral? Estoy verdaderamente aterrado.

Christiansen le dedicó una mirada desafiante antes de salir por la puerta de El Paraguas seguido por su séquito de bíceps, tríceps y deltoides. Arturo los despidió alzando su copa de vino tinto, del color de la sangre coagulada.

13

Los invitados brillaban como si tuvieran una lengua de Pentecostés sobre sus cabezas. Demostrando ser los apóstoles del nuevo monoteísmo. Las viejas deidades han muerto. Los antiguos valores ya no tienen valor. Solo queda clavar las rodillas en tierra y adorar al único dios todopoderoso y verdadero: el dinero. La fiesta pagana tenía lugar en el Real Casino de Madrid, situado en la zona noble de la calle de Alcalá, esa que alza la nariz escandalizada ante la peste producida por la acumulación de populacho en la cercana Puerta del Sol. El motivo del lujoso aquelarre era que un año más, el Grupo9 había cerrado el ejercicio con unos beneficios netos de algo más de ochocientos millones de euros. El dios dinero era magnánimo con sus fieles accionistas demostrándoles quién pertenecía al pueblo elegido. Grupos de curiosos se concentraban en la puerta del Casino para contemplar la llegada de los vehículos de alta gama procedentes de un planeta completamente diferente al suyo. Un mundo sin carencias materiales ni tareas rutinarias, lleno de tiempo para el ocio, donde términos como «transporte público» o «llegar a fin de mes» no existían. En definitiva, un mundo mejor y por tanto más caro. De los escualos de cuatro ruedas descendían mujeres resplandecientes acumulando quilates, estilizadas y elegantes como galgos, envueltas en pieles y tejidos exclusivos que lograban hacerlas distinguibles entre sí. Las acompañaban esmóquines con forma masculina, sombras negras de pelo brillante y sonrisas carnívoras.

El cigarrillo expulsó pequeñas estrellas naranjas cuando Josan lo aplastó varias veces contra la papelera. Se subió el cuello del abrigo negro para dirigirse a la entrada del Casino. Podía haber alquilado un esmoquin pero prefirió llevar su eterno traje negro. Quería dejar claro que no era como ellos y que tampoco quería serlo. Una rata callejera en un concurso de perros con pedigrí. La invitación del Rey Arturo era solo una excusa para que conociera a sus hijos antes de empezar con las entrevistas. Sabía que alguno de ellos podía ser quien intentó asesinar a su padre. Aquella fiesta significaba el inicio de su investigación. Josan era consciente de que estaba allí para trabajar, pero al menos podría beber mientras lo hacía.

Los guardianes de las puertas del cielo comprobaron que su nombre figuraba en la lista de los elegidos. Una vez dentro, ascendió por la doble escalera de mármol, enmoquetada en carmesí para la ocasión, hasta llegar al patio central donde una hermosa joven de sonrisa perenne le recogió el abrigo a cambio de una ficha de metal con el número trece. Era la forma que tenía la mala suerte de decirle que estaba allí, acompañándole.

Resultaba muy difícil no sentirse intimidado al entrar en

un espacio como aquel. La vista quedaba inmediatamente atrapada por las inmensas escaleras de mármol de dos brazos que se alzaban en el centro de la sala, como un descomunal arabesco. La moqueta roja se encontraba por todas partes, como los besos de carmín de una amante desesperada. El dorado añadía dignidad y opulencia al sobrio blanco de la piedra. Jarrones y maceteros hacían guardia en cada esquina y un ramillete de balcones coronaba la segunda planta del patio. Había que reconocer que el dios dinero sabía organizar sus bacanales. Josan encontró a don Arturo repartiendo apretones de manos a modo de salvoconductos entre los invitados que se acercaban a él. Polillas deslumbradas por la luz artificial de una bombilla. El magnetismo que el poder ejerce entre los espíritus débiles.

Al verle, Arturo se disculpó con los satélites que giraban a su alrededor y se dirigió al encuentro de Josan.

—Estoy seguro de que tu sueldo te habría permitido presentarte con un esmoquin. Y lo estoy porque soy yo quien te lo paga —dijo Arturo a modo de saludo.

—Lo he hecho por ti. Habría sido tirar el dinero, y eso es algo que los ricos no soportáis. Tranquilo, no me quedaré lo suficiente como para resultar molesto.

—Acompáñame —dijo Arturo, tomando por el codo a Josan—, te presentaré a mis hijos. Si ven que estás invitado a la fiesta de los accionistas pensarán que eres alguien importante y no les resultará extraño que te haya encargado un documental sobre la familia.

—Lo comprendo, la endogamia del dinero.

Arturo le apretó el brazo y se detuvo en seco.

—Esta noche puedes jugar a ser insolente. Te lo permito. Pero no olvides que existen líneas rojas, Enterrador. Hay que saber cuáles te conviene cruzar y cuáles no. Existen lugares donde incluso los suicidas como tú lo pasan realmente mal. Instituciones mentales cuyos métodos consisten en atarte a una cama veinticuatro horas al día para protegerte de ti mismo. Seguro que si buscase encontraría a algún especialista que considerara tu afición por intentar dejar este mundo como un trastorno psíquico que habría que tratar. No te conviene ponerme a prueba, así que será mejor que te centres en mi encargo, Enterrador. Necesito este problema solucionado lo antes posible. Tengo otros asuntos más acuciantes que requieren mi atención. ¿He sido lo bastante claro?

—Como los ojos de un albino.

—Vayamos entonces en busca de mis hijos, antes de que estén tan bebidos que mañana no recuerden que te los presenté. Ah, allí está Alonso con esa arpía que tiene por mascota.

Una versión rejuvenecida y suavizada de Arturo bebía lo que parecía whisky de un vaso de cristal tallado bajo la mirada inquisitiva de una mujer con una cascada rubia por melena. Al verle, lo primero que pensó Josan fue que el esmoquin no hacía juego con la silla de ruedas.

—Alonso... Carlota. Me gustaría presentaros a José Antonio Caramuel, uno de los mejores presentadores y periodistas del Grupo9. Él será el encargado del documental sobre la historia de la familia —dijo Arturo.

Josan estrechó la mano de Alonso mientras la mujer rubia le observaba con esa mezcla de asco y deseo con la que un alcohólico miraría un vaso de whisky. Llevaba un vestido rojo escándalo con la espalda al aire, tan pegado a la piel como el sudor, y en la mano una copa de champán helado. Al contemplarla, Josan recordó que todas las señales de peligro son rojas.

—Documentales familiares, cambios en el testamento... —dijo Alonso a su padre, dejando claro su nulo interés por el recién llegado—. No pareces el mismo desde que sufriste aquel ataque. ¿O fue un chequeo rutinario como dijo la prensa? No estarás pensando en morirte, ¿verdad, papá?

Arturo se agachó para acercar su rostro al de su hijo.

—He consultado mi agenda y fenecer no se encuentra entre mis planes a corto plazo. ¿Por qué lo dices? ¿Tienes prisa por asistir a mi entierro?

—No..., no, eh, claro que no..., papá. —Una sonrisa forzada, los ojos buscando desesperadamente una mirada de complicidad—. Solo estaba bromeando...

—Hay dos cosas con las que nunca se bromea, Alonso: la muerte y el dinero. En fin, supongo que son etapas de la vida. Cuando los hijos dejan de dar problemas comienzan a darte insatisfacciones. Josan necesita entrevistarte, mañana se pasará por tu casa.

—Pero, papá, sabes que estoy muy ocupado con la fundación.

—La fundación, por supuesto. ¿Sabes para qué creé la fundación? —explicó Arturo a Josan, aunque era evidente que el mensaje iba dirigido a su primogénito—. Para que la empresa pudiera desgravarse impuestos. Ese es todo su objetivo. Así que no te las des de hombre ocupado. Mañana por la mañana, en tu casa, el señor Caramuel te hará la entrevista. Por cierto, no sé si lo sabes, José Antonio, la fundación lleva el nombre de Adelaida, mi mujer.

Josan sintió el dolor de la cicatriz al abrirse, convertida de nuevo en herida.

—Si nos disculpáis —continuó Arturo—, quiero que tus hermanos conozcan a mi invitado. Seguid disfrutando de la fiesta.

Con un ademán despectivo, Alonso levantó su vaso de whisky a modo de despedida. Carlota alzó una ceja como el verdugo eleva el hacha ante el cuello del reo. Antes de darles la espalda, Josan observó que la mujer seguía observándole y sus labios rojos se liberaron de las ataduras de la seriedad.

Caminaron por el patio central del Real Casino. Arturo repartía breves saludos entre los accionistas que le salían al paso anhelando que el gran hombre les diera unas palmaditas en la cabeza, como a un buen perro. En uno de los laterales, junto a una barra patrocinada por Moët & Chandon, descubrieron a una mujer que hablaba frente a su enorme teléfono móvil, como si se tratase de un espejo mágico.

—Mi cabello es un reflejo de mis emociones. ¡Y ahora me siento natural, sexi y roquera!

—Es Mencía, mi hija. Sé que en este instante se te están ocurriendo mil comentarios ingeniosos —dijo Arturo sin mirar a Josan—, pero yo en tu lugar me lo pensaría bien antes de exteriorizar alguno.

La mujer gesticulaba y reía como si estuviera poseída por un espíritu burlón. Agitaba de un lado a otro su larga y lacia cabellera, de un color rubio imposible, haciendo espejear las lentejuelas metálicas de su vestido corto de Paco Rabanne. Al ver llegar a su padre, alzó un brazo para evitar que siguiera acercándose.

—¡Ahora no, papá! ¡Estoy en pleno Periscope y tengo que responder las preguntas de mis seguidores!

—Corrígeme si me equivoco, pero ¿ayer no tenías el pelo rizado? —preguntó Arturo.

—Oh, por favor. Se llaman extensiones, papá. Hay otro mundo lejos del loden y el tweed. Y ahora, déjame. ¿Es que no ves que estoy ocupada? Mis seguidores quieren que les cuente cómo es una de estas fiestas por dentro.

—Cariño, este es José Antonio Caramuel. El periodista que va a hacer el docu...

—Vale, vale. Encantada —dijo Mencía, pausando el móvil mientras escaneaba con la vista a Josan—. ¿Sabes? Tengo la impresión de haberte visto antes. Y es raro que no te recuerde, en otro tiempo no debiste de estar mal.

—Mi yo del pasado te da las gracias por ese retrocumplido.

—Conozco una clínica estética que hace milagros, si quieres te doy la dirección. No necesitas que te hagan gran cosa, solo unos arreglitos. Quitarte esas horribles bolsas bajo los ojos, un lifting, tal vez. Controlar esa flacidez que te envejece tanto y quizá eliminar algo de la piel de la papada. Te da aspecto de ofidio.

—Siempre he tenido la impresión de que a la gente que se hace estiramientos faciales se les queda una expresión de eterna sorpresa. Y en mi caso me haría parecer doblemente idiota, porque en esta vida ya nada puede sorprenderme. ¿Cuándo le vendría bien que hiciésemos la entrevista?

—Mira, exguapo, me pillas muy mal porque voy a estar fuera las próximas semanas, una venta privada en el lago Como, un *weekend* esquiando en Zermatt. Lo normal en esta época del año. Lo más práctico va a ser que me contactes por Zoom. O por Skype si te es más fácil, porque tienes pinta de *boomer*.

Su sonrisa se encendió al mismo tiempo que su móvil volvía a emitir. Y Josan y su padre dejaron de existir para Mencía, que se perdió entre la gente con una copa de champán en una mano y el espejo mágico con la manzana mordida, en la otra.

—Supongo que debería pedirte disculpas por el comportamiento de mi hija, Enterrador. Pero los tipos como nosotros no perdemos el tiempo con esa clase de mentiras sociales, ¿verdad? Mira, ese es Roberto. Oh, por Dios, está con ese soporífero escritor, Juanjo Uceda. No sé cómo todavía no le han puesto su nombre a unos somníferos.

Josan observó a los dos hombres jóvenes con esmoquin, acodados en una mesa alta. Ambos estaban rodeados. Uno, de gente que le miraba con admiración mientras paladeaban cada palabra que salía de su boca. El otro, de copas vacías, luciendo en la cara la sonrisa beatífica de los borrachos. Cuando Arturo y Josan se acercaron, el tipo rodeado de gente se disculpó para salir a su encuentro.

—Arturo, gracias a Dios que has venido. Creo que soy el escritor con los admiradores más estúpidos del mundo.

—La admiración, salvo contadas excepciones, ya es de por sí un sentimiento bastante estúpido —respondió Arturo.

—En ese caso, tú debes de ser una de esas excepciones, porque yo te considero admirable.

—Lo único admirable es que haya conseguido vender

millones de esos libros de autoayuda que escribes. Es más, lo considero casi un hito.

—*Touché*. Precisamente de eso quería hablarte. No quiero resultar cargante, pero creo que debo insistir. Me gustaría que reconsideraras tu negativa a publicar mi novela. Lo acabas de decir hace un momento, esos libros de autoayuda son... son como hamburguesas. Se venden fácil, pero no alimentan. Yo tengo mucho caviar en mi interior, caviar literario. Y mi novela...

—Ya hemos hablado de este tema —cortó Arturo—. Yo no decido qué libros se publican y cuáles no. Para eso tengo a mi equipo de editoras.

—¡Esas malas putas! —se sobresaltó Uceda—. ¡No saben nada de literatura! ¡Escritoras frustradas que lo único que quieren son novelas de sexo para amas de casa, folletines romanticones envueltos en feminismo y asesinos en serie! ¡Sandeces! Arturo, deberías leer mi novela, seguro que...

—¿Me estás diciendo lo que creo que me estás diciendo? ¿Que mis editoras no sirven? Porque eso equivale a decir que quien las ha contratado también es una nulidad. Y te recuerdo que fui yo quien las contrató.

Josan tuvo que taparse la boca con la mano para ocultar su risa. Esa era una de las prerrogativas que otorgaba el poder, te permite intimidar a quien quieras. Y Arturo era un maestro en enseñar los dientes.

—No me malinterpretes —continuó Uceda—. Son grandes profesionales. Lo que pasa es que no tienen la suficiente sensibilidad artística para entender mi literatura. Mi libro se lee más con la piel que con los ojos...

—En cambio, sí han tenido la suficiente sensibilidad para convertirte en uno de los escritores que más vende de este país. Deberías tratarlas mejor. No paran de llegarme quejas de tus continuos caprichos y tus vejaciones. Sería muy desagradable que tuviera que tomar cartas en el asunto, te lo aseguro. Y ahora deja que te presente a José Antonio Caramuel, el periodista que se va a encargar del documental sobre mi familia.

Juanjo Uceda estrechó la mano de Josan con más fuerza de la necesaria.

—Encantado, ¿le interesan los libros de autoayuda?

—La verdad es que mi tema es más la autodestrucción.

—Es lo más inteligente que he oído en toda la noche.

—Perdona que te interrumpa, Juanjo —cortó Arturo—, pero necesito hablar con Roberto un momento.

El pequeño de los Gómez-Arjona era la viva imagen de la felicidad beoda. Acodado en la mesa alta, disfrutaba de su estado de embriaguez como un niño de su primera película de dibujos animados. Rodeado de un halo de etílico bienestar, daba la impresión de que no necesitaba nada más que otra copa para ser feliz.

—Roberto, me gustaría presentarte...

—Bobby, papá, cuántas veces te he dicho que me llames Bobby —dijo arrastrando todas y cada una de las sílabas.

—Te llamas Roberto. Bobby es nombre de perro.

—Hubieras preferido tener un perro antes que un hijo como yo, ¿a que sí?

—No sabes hasta qué punto. Aunque mañana no lo recuerdes, quiero presentarte a José Antonio Caramuel. Es el periodista del que te hablé. Te llamará cuando estés sereno para hacerte una entrevista.

—Ah, sííí. Ya me acuerdo. Mucho gustooo. Prepárese porque le voy a contar tooodos los secretos de la familia. Y son muchos. Los Gómez-Arjona somos como un espejo, brillantes por delante pero opacos y oscuros por detrás.

—Es una frase maravillosa —interrumpió Juanjo Uceda—. ¿Te la puedo copiar para mi próximo libro de autoayuda?

Bobby le respondió encogiéndose de hombros mientras buscaba al camarero con la vista.

—Larguémonos de aquí —dijo Arturo en voz queda a Josan a la vez que se alejaban por el patio central—. He de reconocer que cada vez soporto menos a mi hijo cuando está bebido. Y al escritor no lo aguanto esté en el estado en el que esté. Bueno, ya solo te falta por conocer a Sonia. Oh, mira, parece que la he invocado.

Josan se volvió para ver a una mujer descendiendo por las escaleras de mármol. Y entonces las fauces del recuerdo le desgarraron el alma hasta hacerla jirones. Porque reconocía aquel vestido azul, vaporoso e intangible como la niebla, que tantas veces había desabrochado. Aquella belleza odiosa tan evidente que la hacía inalcanzable. El pecado capital de verla moverse con esa serpenteante indolencia. Y su sonrisa, convertida en una peligrosa arma blanca. No podía ser... Y sin embargo... allí estaba. Adelaida. Ada, solo a él le permitía llamarla así. Ada, haciendo algo tan propio de ella: regresar de entre los muertos para asistir a una fiesta. Ada... Sus ojos se encontraron con los de Josan, que en ese instante sintió que le arrancaban todos sus órganos internos de cuajo, como lo haría un taxidermista, hasta convertirlo en una cáscara hueca, llena de paja y serrín. Con los ojos de cristal de una animal disecado fijos en aquella aparición con forma femenina. Deseaba abrazarla y a la vez quería salir corriendo. Porque aquella mujer era Ada, y a la vez no lo era.

—Sonia, querida —dijo Arturo besando a su hija—. Déjame decirte que estás preciosa esta noche. Ese vestido era de tu madre, ¿verdad? Permíteme que te presente a José Antonio Caramuel, el periodista del que te hablé.

La mujer le ofreció la mano mientras le acariciaba el rostro con los ojos.

—Me ha comentado mi padre que quiere entrevistarme para ese documental que está preparando sobre la familia. Tengo la impresión de que vamos a resultarle muy aburridos. Aunque hacer preguntas siempre entraña un riesgo, a veces uno descubre cosas que no debería saber. Supongo que a usted, en su profesión, le habrá ocurrido alguna vez.

Josan intentaba hablar, pero solo lograba boquear como un pez fuera del agua, incapaz de despegar la mirada de aquel rostro. Era el de una Ada más joven, aunque sin el cinismo que producen los golpes de la vida. Y sin embargo había algo inquietante en sus rasgos que no sabía definir.

—¿No es sorprendente lo que Sonia se parece a su madre? —dijo Arturo observando con atención a Josan.

Entonces, ante los ojos del periodista, la realidad se partió en mil pedazos, como un espejo cuarteado al recibir una pedrada, reflejando partes quebradas de la misma escena. Y sintió que bajo sus pies se extendía el vacío mientras los rostros a su alrededor se deformaban y dividían de forma grotesca.

—¿Se encuentra usted bien? —escuchó decir a Sonia.

—No tiene buena cara —dijo Arturo.

Josan se justificó con un gesto y se alejó de allí dando tumbos. La garganta se le cerraba y el aire no llegaba a sus pulmones. No supo cómo alcanzó una pequeña sala donde se encontraba una historiada barra de bar. Se lanzó sobre ella como un náufrago que alcanza por fin tierra firme.

—Deme algo de beber, algo fuerte. Lo que sea. Y rápido.

El camarero le puso delante lo que parecía un whisky doble. Se lo bebió de un trago y pidió otro. Necesitaba mantener a raya a los recuerdos. Y lo que vendría detrás de ellos. Líquido. Todo pesa menos dentro de un líquido. Por eso tenía que beber más. Para poder soportar el peso de su conciencia.

14

El alcohol no sirve para hacer desaparecer los problemas, pero sí para esconderse de ellos. Aunque solo fuese durante un corto periodo de tiempo. Agazapado tras los cinco vasos de whisky vacíos, Josan trataba de prolongar ese estado en el que todo lo que nos parece esencial deja de tener importancia. El alcohol engrasa las juntas de nuestra vida para que no chirríen.

—Camarero, que sea la suerte la que decida nuestro destino. Mira la moneda, puedes examinarla si quieres. Elige, ¿cara o cruz? —ofreció Josan con el tono monocorde de los borrachos.

—Señor, ya hemos jugado varias veces. Creo que le convendría marcharse a casa.

—Que lo decida la suerte. Si ganas tú, me pones otra copa, y si gano yo, lo dejo por esta noche. Vamos, ¿cara o cruz?

—Cara —dijo con resignación el barman.

La moneda giró en el aire como un planeta plano en el que los días duraran menos de un segundo hasta caer en la palma de Josan, que la volteó para golpear con la moneda en la barra. La mano se levantó dejando al descubierto la cruz.

—Acertaste de nuevo. Ponme otra copa. De algo fuerte. Que el alcohol sea siempre más fuerte que los problemas.

Apesadumbrado, el camarero le sirvió otro vaso de consuelo líquido con sabor a whisky. Un trago largo y Josan volvió a sentir aquel delicioso calor interior, como si el primer amor te abrazara por dentro. Otro trago más y la copa se terminó demasiado rápido. Es lo que siempre ocurre con los escasos momentos de felicidad que te da la vida.

—Camarero, ven aquí. Nos jugamos otra copa a cara o cruz, ¿qué te parece? Oh, vamos, no pongas esa cara. ¡Si somos amigos! Además, aguantar a borrachos es parte de tu trabajo. Y si no te gusta, haber montado una frutería. Venga, si juegas conmigo te cuento un secreto. Lanzo ya la moneda. ¿Cara o cruz? ¿No dices nada? Bueno, pues yo elijo cara esta vez.

La moneda volvió a bailar en el aire.

—Te voy a contar el secreto. Mi vida es una paradoja continua. ¿Sabes que tengo que encontrar a un asesino? Bueno, no ha matado a nadie aún, pero lo ha intentado. El destino se vuelve a reír en mi cara. Un asesino buscando a otro...

De pronto, una mano surgió de la nada para atrapar la moneda en el aire. Y tras la mano, apareció un brazo enfundado en un vestido de gasa azul.

—¿Ya se encuentra usted bien? Le estaba buscando —dijo Sonia—. Se ha marchado sin siquiera decirme cuándo le gustaría hacerme esa entrevista.

Posó su mano en la barra y, al levantarla, la moneda mostraba el lado de la cruz.

—Camarero, he vuelto a perder. Ya sabes lo que eso significa —dijo Josan señalando a su vaso vacío.

—No sé si sabe —dijo Sonia mientras volteaba la moneda hasta dejarla en el lado de la cara— que uno puede cambiar su propia suerte.

—Para unos es más complicado que para otros.

El camarero rellenó la copa de Josan después de que Sonia declinara tomar nada.

—Es usted un hombre curioso. Desde que nos han presentado ha evitado mirarme deliberadamente —preguntó directa Sonia. Josan continuó con la vista clavada en su vaso de whisky como única respuesta—. Todo lo contrario a lo que ocurre con la mayoría de los invitados de esta fiesta. Delante de mi padre, me miran a los ojos simulando interés en todo lo que digo, y en cuanto me doy la vuelta me encuentro con sus miradas pringosas fijas en mi culo. ¿Por qué no quiere mirarme? ¿Le resulto desagradable a la vista? ¿Cree que soy Medusa y quedará convertido en piedra?

—Si la mirase ya no podría hacer otra cosa —respondió Josan sin dejar de observar su vaso.

—Me encantan los borrachos —dijo Sonia después de soltar una carcajada—. Son los únicos impredecibles en este mundo sobrecargado de límites, convenciones, leyes, costumbres, rutinas... ¿Sabe? Mi madre también era una borracha. Mejor dicho, una buena bebedora. Si tienes dinero, no eres un borracho sino un buen bebedor. Ella me lo enseñó. Otro día, si le parece, hablaremos de mi madre. Era una mujer muy interesante. Dicen que me parezco a ella. En realidad le buscaba para darle mi teléfono. Supongo que tendrá que quedar conmigo para hacerme esa entrevista.

—No se preocupe, contactaré con usted a través de su padre.

Sonia apoyó su mano en el hombro de Josan. Fue como pasar por el cielo y el infierno en un segundo.

—Le va a resultar imposible hacerme todas esas preguntas sin mirarme. Y cuando eso suceda, espero que cumpla con su palabra de no dejar de hacerlo —dijo Sonia a menos de un palmo del oído de Josan. Y enfiló la puerta de la sala deslizándose, como si tuviera los pies de terciopelo.

—No debería jugar conmigo. —Las palabras de Josan hicieron que la mujer se detuviera y volviese la cabeza.

—Antes, uno de los invitados de mi padre me ha contado que a los presentadores que dejan de salir en televisión los llaman juguetes rotos, refiriéndose a usted. ¿No quiere que juegue porque es usted un juguete roto? ¿A qué tiene miedo? ¿A que me haga daño o a romperse aún más?

Y sus pasos amortiguados por la moqueta se perdieron entre la multitud de la fiesta. Josan tenía los nudillos blancos de aferrarse con fuerza a su vaso, el único salvavidas que le quedaba en medio de aquel mar de malos presagios.

La mujer de rojo fumaba esperando en la acera. Una mancha de sangre en mitad del negro telón de la noche. A su lado, el hombre de la silla de ruedas se estremecía al sentir la cuchilla del frío deslizarse por su rostro.

—Dónde se habrá metido el maldito imbécil del chófer —se dijo Alonso a sí mismo. La boca de Carlota expulsó un enorme cirro de humo, mezcla de tabaco, aire condensado y frustración.

—¿A qué venía despreciar de ese modo tu labor en la fundación? —preguntó la mujer, la voz cargada de despecho—. Y delante de un desconocido. Tu padre te trata como a una mierda. Con tu comportamiento no haces otra cosa que confirmarle que, en efecto, eres un mierda.

—Has bebido demasiado champán, querida. Es una bebida peligrosa si no estás acostumbrado a tomarla. Provoca melancolía entre los que no se la pueden permitir.

Alonso se volvió para arrebatarle el cigarrillo a la mujer. Se quedó unos instantes mirando la boquilla manchada de carmín antes de dar una calada que le supo a beso sucio.

—Por eso va a sacarte de su testamento —continuó Carlota, ignorando las palabras de Alonso—. Por eso va a quitarnos lo que es tuyo, lo que es nuestro. Para dárselo a alguno de tus queridos hermanitos.

—¿Tú crees? ¿Y a quién va a dejar la empresa? ¿A la loca de Mencía o al inútil de Bobby?

—O tal vez a la mosquita muerta de Sonia, con su reluciente título de Harvard debajo del brazo. Deberías hacer algo contra ellos. Algo que los pusiera en evidencia delante de tu padre.

Otra calada. Otro beso sucio. Lascivo y depravado. Como a Alonso le gustaban. Su sonrisa maliciosa fue creciendo poco a poco mientras hablaba, como una espada que se desenvaina.

—¿Para qué perder el tiempo en las extremidades si puedo atacar a la cabeza?

El rojo de los labios de Carlota se abrió como una rosa, dejando ver el blanco inmaculado de su risa. Con su mano enguantada comenzó a despeinar a Alonso.

—Eres malo...

Y las caricias se volvieron más fuertes, hasta que comenzó a tirarle del pelo con violencia.

—Muy malo... Y eso me gusta.

—Sé que te gusta.

—Quiero que me hagas daño. Me gusta cuando duele.

— Te haré daño. Te dolerá.

Y el coche negro se detuvo a su lado, descubriendo a la pareja mordiéndose los labios, en el beso apasionado de dos depredadores que se desean.

15

El peor hombre sobre la faz de la tierra. Así se sentía Josan. Quizá por eso, al entrar en su casa procedente de la fiesta las paredes se le echaron encima. Porque no soportaban su presencia. Le empujaban, pasándoselo de unas a otras como un guiñapo. Los pocos muebles que tenía le salían al paso para ponerle la zancadilla y hacerle caer al suelo. Para que nunca se levantase de allí. Porque era el ser más despreciable que existía. Las carcajadas del destino reverberaban por todos los rincones de la casa. Se reían de él. Otra vez. Toda su ridícula existencia movía a risa. El alcohol ya no podía contener el desembarco de los recuerdos horadando su cerebro. Las termitas de la culpa, la carcoma del remordimiento.

«No puede ser», pensó. Y sin embargo... allí estaba. Ada convertida en su hija, un enorme dedo acusador para recordarle quién fue, para que no olvidase quién era ahora. Un ser contaminado al que su propia casa quería expulsar, escupir fuera como a un gargajo amargo.

Cuando nos perdemos, es el diablo quien nos encuentra.

Era el momento de hacerlo. De acabar con todo el dolor de una vez. Ya no cabían más excusas. Tenía que engañar a la mala suerte y sabía la forma de hacerlo. El alcohol le proporcionaba la clarividencia de los locos. Llegó hasta su habitación sin saber cómo. El armario le golpeó el rostro con sus puertas, tampoco lo quería tener cerca. Apenas sintió los golpes, impulsado como se sentía por una determinación enfermiza. Rebuscó en el fondo de los cajones, entre su ropa. Hasta que encontró la caja. En el jardín, iluminado por la luna, cargó el revólver con una bala. Un proyectil pequeño que le llevara lejos, muy lejos de allí. El ronroneo del tambor al girar. Cinco intentos. Sintió el frío beso del cañón al apoyarse en su sien. Apretó el gatillo. Clic. Recámara vacía. Disparó otra vez. Y otra y otra. Cuatro intentos. La bala le esperaba en el quinto disparo. Ya no había error posible. Había engañado a su mala suerte. Sin vuelta atrás. Su dedo índice comenzó a empujar el gatillo. Un poco más, solo un poco más y todo terminaría por fin. De pronto, algo le vibró en el bolsillo. El móvil.

«No lo cojas. Es la mala suerte intentando evitar que te escapes. ¡Aprieta el gatillo! ¡Que el diablo no te encuentre!», se dijo.

Y sin embargo, vio cómo su mano extraía el aparato. En la pantalla un número desconocido.

—¡Es ella! Es la mala suerte intentando engatusarte para que te quedes a su lado, para que no la abandones. ¡Dispara de una vez y sé por fin libre!

El dedo pulsó el botón verde.

—¿Sí?

—Estaba segura de que le encontraría despierto. Soy Sonia, ¿me recuerda? La chica a la que no puede mirar por temor a quedar convertido en piedra. Lo he estado pensando y creo que ya soy mayorcita para que un hombre le tenga que pedir mi teléfono a mi padre. Así que he hecho el camino inverso y he sido yo quien le ha pedido el suyo. Espero que no le parezca mal.

«¡Es una trampa! No dejes que el destino vuelva a jugar contigo. ¡Pégate un tiro de una vez! ¡Es tu oportunidad!», pensó Josan, percatándose de lo ridículo que era estar hablando por teléfono con un revólver apuntando a su cabeza.

—No, no me parece mal.

—Mañana por la tarde, a eso de las cinco, estoy libre. Podríamos quedar para la entrevista. ¿Le parece bien en casa? Mi padre no regresa del trabajo hasta más tarde, así que nadie nos molestaría. La dirección es calle Lagasca...

—92. Sí, conozco dónde viven los Gómez-Arjona.

Un silencio incómodo ocupó la línea.

—Sé lo que está pensando. Que para decirle eso podría haberle llamado mañana por la mañana. Pero, no sé cómo explicarlo, he sentido el impulso de hablar con usted. Me apetecía volver a escuchar su voz.

Cuando nos perdemos, es el diablo quien nos encuentra.

—De alguna extraña forma, casi lo esperaba —dijo Josan.

—Bueno, pues le dejo con lo que sea que estuviera haciendo. Mañana nos vemos... si por fin se atreve a mirarme.

La llamada se cortó. Josan bajó el arma y el móvil. Vida y muerte en cada una de sus manos. Eligió vida. Y se descubrió sonriendo. Feliz porque Sonia le hubiera llamado. Feliz por haber vuelto a escuchar su voz. Feliz por poder verla al día siguiente.

Es por el corazón por donde el diablo nos atrapa.

Un grito salvaje salió de sus pulmones hasta que le dolieron. Apuntó con el revólver a la luna y disparó, haciéndola añicos.

16

—¿Sabes eso de que no es oro todo lo que reluce? Pues aplícate el cuento.

Teresa soltó el manido refrán mientras fregaba el suelo de mármol de los Gómez-Arjona agitando todo su cuerpo con rabia, concentrada en acabar con cualquier mínima porción de suciedad.

—Pues usted dirá lo que quiera, pero para mí don Ernesto no es tan malo como lo pinta. Me parece todo un señor —contestó Melinda, atareada planchando sábanas y manteles de grandes proporciones.

—Dices eso porque seguro que te ha dado dinero, ¿a que sí? ¡Ay, hija mía! La necesidad impide que podamos negarnos a cogerlo, y él lo sabe. ¿Crees que no va a pedirte nada a cambio? ¿De verdad eres tan ingenua? Mira, te voy a decir algo: los ricos son ricos porque nunca dan nada gratis. Siempre esperan una contrapartida por todo lo que hacen. Si dan una moneda a un pobre es para que sus vecinos vean lo caritativos que son, no por ayudar al mendigo. Eso solo lo hacemos nosotros, los humildes. Porque sabemos lo que es pasar necesidades. Porque nos ponemos en el lugar del otro. Los ricos, no. Los ricos creen que todos los que no son de su misma condición están en el mundo para servirlos, para aprovecharse de ellos. Ten mucho cuidado con don Ernesto. Te reclamará que le devuelvas el favor, con creces. Lo sé por experiencia.

Melinda salió de la sala refunfuñando y pensando que lo que le pasaba a Teresa era que tenía celos. Seguro que de joven era la favorita de don Ernesto y ahora estaba molesta porque la prefería a ella.

«Una vieja celosa y amargada, eso es lo que es», pensó mientras introducía en los cajones de la cómoda la ropa que acababa de planchar. Al estirar los brazos dentro del cajón para que no quedara arrugada, sus dedos se toparon con algo. Una caja pequeña, rectangular. Al sacarla, vio que se trataba de un medicamento.

—Digoxina Kern Pharma, cincuenta comprimidos —leyó. Le resultó extraño encontrar aquella medicina guardada entre la ropa. Decidió no meterse en líos. Alguien la habría puesto allí por algo, así que la dejó donde estaba y siguió con sus tareas, olvidando el hallazgo casi al instante.

Para la entrevista, Alonso se había puesto el disfraz de tipo serio y formal. Traje azul aburrimiento, corbata de un tono aún más soso y una camisa blanca modelo «no tengo imaginación». Era evidente que pretendía ofrecer la imagen de un alto ejecutivo, eficiente y abnegado, no la de un ocioso pijo con un trabajo de mentirijillas en la empresa de papá.

—¿Cuánto durará la entrevista? —preguntó mientras Josan ajustaba la cámara digital.

—Calculo que una media hora, como mucho.

El chalet de Alonso estaba situado en una de las zonas más exclusivas de Pozuelo. Seguridad privada en la entrada de la urbanización, tamizando el acceso de intrusos en el paraíso, y altos setos para proteger a los privilegiados de las miradas envidiosas de los más desfavorecidos. La vivienda del primogénito de los Gómez-Arjona estaba compuesta por un bloque único de una sola planta, estilo Le Corbusier, dentro de una parcela de más de mil metros. En el interior todo se había habilitado para que la silla de ruedas no encontrara ningún obstáculo. Rampas y barandillas poblaban las distintas estancias que evidenciaban esa forma excesivamente perfecta del trabajo de un decorador. Una mezcla de estilos entre rústico y vanguardista. Como la mayoría de las casas de los ricos, no estaban pensadas para vivir sino para deslumbrar.

—Es curioso —dijo Alonso, observando la forma en que Carlota, con un traje de chaqueta rojo, se movía por toda la sala, desubicada al no ser el centro de atención—, siempre había imaginado que las cámaras de televisión eran mucho más grandes.

—Ahora con las digitales se consigue casi la misma calidad. Hago el balance de blancos y empezamos.

Lo cierto es que Josan había decidido grabar las entrevistas con un equipo mucho más sencillo para no tener que contar con un operador. Cuanta menos gente participara en aquellas sesiones, mejor. La intimidad hace que los entrevistados se sientan más a gusto y se abran más. Aunque no tenía claro qué era lo que iba a conseguir con las conversaciones, si es que conseguía algo.

Tras las inocuas primeras preguntas (cuál era su color favorito, qué libro le marcó en su juventud, el primer recuerdo de su infancia), que solo sirven para que el entrevistado se relaje y olvide que le están grabando, Josan decidió comenzar a apretar.

—El Grupo9 es una empresa familiar, la fundó su abuelo y su padre la hizo crecer hasta convertirla en una de las principales compañías audiovisuales del país. ¿Le gustaría seguir con la tradición familiar y ser su director en el futuro?

Carlota se detuvo en seco, buscando con la mirada los ojos de Alonso, sin encontrar respuesta. Convertida toda ella en un enorme semáforo en rojo.

—Es una responsabilidad que asumiría con gusto, llegado el caso.

—Tengo entendido que su padre va a cambiar el testamento. Todo apuntaba a que usted sería el máximo beneficiario. ¿A qué piensa que obedece esa modificación? ¿Cree que ha perdido la confianza en usted, que no le ve capacitado para dirigir el Grupo9?

La mandíbula de Alonso se tensó. Los músculos maseteros se marcaron en su rostro como queriendo rasgar la piel. Esa era la única ventaja que tenía Josan. Los ricos no están acostumbrados a que les busquen las vueltas y pierden con facilidad los papeles. Por eso sus preguntas debían ser como piedras intentando romper una mampara protectora.

—Está usted bien informado de los asuntos de la familia. ¿Cómo se ha enterado de lo del testamento? —preguntó Alonso tratando de recobrar el aplomo.

—Me lo contó su padre.

—Comprendo. Estoy seguro de que el cambio en el testamento que pretende hacer no tiene ninguna relación con la empresa y su gestión futura. Él sabe que estoy perfectamente capacitado para dirigir el Grupo9, lleva preparándome desde niño para asumir ese cargo. Soy el hombre adecuado para ocupar...

—¿De verdad? —cortó Josan, mirando fijamente las piernas muertas de Alonso, lanzando una nueva piedra en forma de pregunta—. Ayer, en la fiesta, no me dio esa impresión. Me pareció que menospreciaba su labor en la fundación.

—Eso no es cierto, mi padre está muy satisfecho con mi...

—Puede que haya llegado a la conclusión de que el Grupo9 le viene grande... —Golpear un poco más, hasta que comience a resquebrajarse.

—¡He demostrado con creces mi valía en la fundación! ¡Los números están ahí! ¡Mi padre puede verlos cuando qui...!

—Tal vez piense que uno de sus hermanos lo haría mejor que usted, eso explicaría el cambio en el testamento... —Las grietas comenzaban a aparecer, la fachada de hijo perfecto empezaba a romperse.

—¿Pero qué dice? ¡Mis hermanos no...!

—O quizá alguien de fuera, un profesional con experiencia contrastada que garantice la estabilidad de la empresa. Alguien con hambre, que no haya vivido siempre entre algodones, al que no le tiemble el pulso a la hora de enfrentarse a una crisis. Puede que don Arturo tema que sus hijos destruyan todo lo que él ha construido. El dinero tira más que la sangre. —Una piedra más, arrojada en el punto exacto y...

—¡No sabe lo que está diciendo! ¡Yo dirigiré la empresa por las buenas o por las malas!

... todo salta por los aires.

—Creo que lo mejor será dejar la entrevista por hoy —se apresuró a decir Carlota interponiéndose entre los dos hombres.

—Solo una pregunta más. En los círculos empresariales se rumorea que su padre sufrió un ataque durante la celebración de su cumpleaños. Ustedes estaban allí, ¿verdad? ¿Qué ocurrió en realidad? ¿Fue un paro cardiaco o algo que tomó y le sentó mal? Porque lo único que ha trascendido es que ingresó en el hospital para hacerse un chequeo rutinario. No me negarán que suena a excusa de gabinete de prensa.

—El tiempo nos alcanza a todos.

—¡Alonso, no digas nada más! Y usted, ya le he dicho que la entrevista se termina aquí. Le ruego que borre esa última parte.

—¿Por qué? Yo creo que ha quedado muy espontánea.

—Insisto. No es la imagen que Alonso debe dar en un documental familiar.

—Supongo que eso debería decidirlo el propio Alonso, ¿no?

Josan y Carlota se volvieron inquisitivos hacia el aludido, que se limitó a asentir con desgana.

La mujer miró al periodista con una sonrisa de roja victoria.

—Si fuese tan amable de mostrarme cómo borra esas imágenes le estaría eternamente agradecida.

El periodista seleccionó en la pantalla de la cámara lo último que había grabado y pulsó el botón de eliminar ante la atenta mirada de la mujer.

—Y ahora es mejor que se marche —dijo Carlota—, continuaremos en otro momento. Alonso tiene que ocuparse de unos asuntos. Le acompaño hasta la puerta.

Josan desmontó el equipo mientras Alonso se tomaba un tembloroso vaso de leche y evitaba mirarle, anticipando su deseo de que saliera de la casa. Carlota lo acompañó por el pasillo y abrió la puerta de entrada.

—Me gusta eso que hace con las piernas —dijo, apoyada en el quicio de la puerta. Al escucharla, Josan se volvió hacia ella.

—¿Y qué se supone que hago?

—Andar. Alguna vez sus piernas y las mías deberían hacer algo juntas.

Y su sonrisa roja se quedó grabada en la mente de Josan, en esa parte sombría donde habitan los deseos prohibidos. Donde la lujuria abrasa y las apetencias inconfesables producen urticaria. Ese yo del que no queremos reconocer su existencia porque tal vez sea nuestra parte más genuina.

—El tipo sospecha algo —dijo Carlota al entrar de nuevo en el chalet.

—No digas tonterías, eso es imposible. —Alonso continuaba dando tragos a su vaso de leche sin inmutarse.

—Toda esa mierda del documental de la familia, no me la trago. Lo ha mandado tu padre para que nos vigile. Es su forma de decirnos que lo sabe.

—Te aseguro que si mi padre supiese algo, su respuesta no se limitaría a enviar a un periodista para hacerme una entrevista impertinente. Insisto, no sabe nada —respondió Alonso aunque con menos convicción.

—Espero que sepas lo que estás haciendo.

—Tranquila, querida. Ya he completado el cupo de errores que puedo cometer en esta vida —dijo Alonso acariciándose las inútiles piernas—. De todas formas, creo que sería una buena idea involucrar a mis hermanos en nuestros planes. Tal vez lo esté complicando todo innecesariamente, es posible que sea mucho más sencillo de lo que pensamos. Por cierto, ¿de qué hablabas con el periodista en la puerta?

Carlota se acercó a él muy despacio y sacando un sonrosado palmo de lengua la introdujo dentro del vaso de leche para comenzar a lamer su superficie como un gato.

—He visto cómo mirabas a ese hombre. ¿Te gusta? ¿Quieres que haga que lo cacen para ti? —dijo Alonso mientras su mano escalaba con cuidado por las interminables piernas de Carlota hasta perderse en el misterio oculto bajo su falda.

—Sí —respondió Carlota—, así podremos jugar los dos con él.

Y su lengua volvió a sumergirse en el líquido blanco mientras ronroneaba.

17

Josan conducía de regreso a Madrid cuando sonó su móvil. En la pantalla apareció el nombre de Sito, el paparazzi.

—¿Qué hay?

—Buenos días, Juguete Roto. Dos cosas. He estado investigando al servicio de los Gómez-Arjona, como me pediste. Cocineras, sirvientas y chófer. En sus cuentas no hay ningún ingreso importante reciente. La nómina y poco más. Tampoco parece que hayan gastado grandes cantidades en los últimos tiempos, no se han cambiado de coche ni han estrenado casa ni llevan un Rolex nuevo en la muñeca. En principio nada hace pensar que hayan recibido una suma importante, pero seguiremos atentos para estar seguros.

—Muy bien. ¿Algo más?

—Confirmarte que los seguimientos a los hijos de papá ya están en marcha. Lo de pinchar sus teléfonos va a resultar más complicado. Los contactos que tengo son bastante chapuzas y necesito localizar a un profesional de verdad.

—De momento podemos apañarnos solo con los seguimientos, cuando tengamos algo concreto ya pensaremos si merece la pena pinchar teléfonos o no.

—Siento insistir en el tema de la pasta, pero lo queramos o no, es el látigo que hace que nos movamos, ¿verdad? Mira, el seguimiento a Mencía se lo he encargado a Alicia, no sé si la conoces, es una compañera paparazzi muy buena. Una tía con clase, de esas que nunca beben cerveza directamente de la botella. He pensado que podría moverse por los ambientes pijos sin llamar la atención. El caso es que esta mañana la hija mayor del gran hombre ha cogido un vuelo a Milán y Alicia no podía hacer otra cosa que seguirla. Un vuelo. De última hora. A Milán. Es caro. Luego está el alojamiento, los restaurantes... Si quieres seguir al objetivo tienes que convertirte en su sombra, estar lo más cerca posible de él.

—Quieres escucharlo otra vez, ¿no es cierto?

—Compréndelo, suena tan bien.

—El dinero no es problema.

—Ah, un orgasmo para mis oídos.

—Quiero que me llames todas las semanas para darme el parte de los seguimientos y si pasa algo que creas que debo saber, te pones en contacto conmigo a cualquier hora, cualquier día de la semana, ¿comprendido?

—No sé qué pretendes con todo esto, pero sea lo que sea lo encontraremos. Dalo por hecho.

—¿Quién se va a encargar de Sonia?

—¿La pequeña? Yo, está muy buena la tía, casi tanto como su madr... eh... Perdona, tío. De verdad que no quería...

—Entonces me verás entrar en su casa esta tarde, porque voy a entrevistarla.

Josan cortó la comunicación a la vez que pisaba el acelerador intentando escapar de los recuerdos. Aunque es imposible huir de una maldición cuando uno la lleva dentro, cuando forma parte de ti.

El humo denso y acre de los Montecristo n.º 4 y los Partagás 8-9-8 envolvía a los cuatro hombres como lechosos fantasmas hechos de niebla. Sus manos agitaban las barrigudas copas de coñac, haciendo girar en su interior el ámbar líquido con nombres guerreros y nobles como Lepanto, Cardenal Mendoza o Napoleón. Podría decirse que el Nuevo Club era uno de los pocos lugares donde Arturo Gómez-Arjona se sentía en calma. Disfrutaba al sentir el privilegio de traspasar la hermosa puerta de hierro forjado de la calle Cedaceros, subir en el ascensor centenario, oír el vetusto crepitar del suelo de madera pulida bajo sus pies, descansar sobre un Chesterfield en uno de los innumerables salones o almorzar unos huevos poché en el comedor junto a otros grandes empresarios como él. Porque no todo el mundo podía ser socio del Nuevo Club. Un nombre curioso para una institución centenaria y tan conservadora, pensaba Arturo a veces. Porque la exclusividad era una de sus virtudes desde su fundación. Aquel club privado ejercía de refugio para los hombres más valiosos del país, los de mayor éxito. Un espacio cerrado donde poder alejarse de la plebeya zafiedad del mundo y sus molestas cargas. Bien era cierto que el tiempo había ido modificando el origen de los miembros del club. Antes estaba casi vedado para todo aquel que no perteneciese a la aristocracia, con una serie interminable de apellidos, o a militares de alta graduación. Pero paulatinamente los nobles fueron siendo sustituidos por profesionales de éxito. Y el brillo de las condecoraciones y las charreteras dejó paso al de las tarjetas oro y platino. Darwinismo económico, la selección natural del dinero.

—Hay que ver cómo está el centro de Madrid. Echado a perder con tanto inmigrante y tanta gentuza —dijo uno de los acompañantes de Arturo mirando hacia la calle a través de los balcones.

—Ya lo advirtió Ernst Jünger: «Nadie podía detener la marcha triunfal de la vulgaridad universal» —añadió otro de los hombres.

Pero Arturo no había encontrado la calma que buscaba en el Nuevo Club. Y la culpa la tenían aquellos tres tipos que habían solicitado sentarse a su lado nada más verle. La educación no le permitió negarse y ahora se arrepentía. A su derecha se sentaba Enrique de Diego, vicepresidente y consejero delegado del mayor banco de España con ramificaciones por todo el mundo, un batracio de estómago abultado y exasperante voz ahogada que había decidido hacía años entregarse a los placeres de la mesa sin importarle lo que le dijeran el espejo o la báscula. A su izquierda se encontraba Germán Díez Barroso, uno de los abogados más prestigiosos de la capital y dueño del bufete Díez Barroso y Asociados, un fauno de mirada despectiva al que le encantaba alardear de hombre hecho a sí mismo. Arturo siempre pensaba que, viendo el resultado, debería haber elegido mejor las piezas. Entre ambos se hallaba Francisco Núñez de Lara, presidente y CEO de la segunda constructora del país, un caníbal empresarial que devoraba competidores, los trituraba con sus muelas y los escupía hacia la indigencia. Aquellos hombres formaban parte del Consejo de Administración del Grupo9 y, por lo tanto, poseían un importante paquete de acciones de la compañía. Otro motivo por el que Arturo no podía impedirles que se sentaran a su lado. Sabía que tras aquella cháchara intrascendente sobre lo poco que les gustaba el mundo y todo lo que no tuviera que ver con ellos y sus lustrosos ombligos vendrían las preguntas verdaderas. El motivo real por el que querían hablar con él. Buscaban explicaciones. Y a Arturo no le gustaba tener que dar explicaciones a nadie.

—Cualquier día de estos permitirán que los socios puedan entrar en el club sin corbata —dijo el batracio espaciando las palabras mientras tomaba grandes bocanadas de aire—. Y si no, al tiempo.

—Ese día, amigo mío, dejaré de ser socio de esta ilustre institución y me haré monje cartujo —señaló el fauno.

Risas duras. Calada al habano. Y trago de coñac.

—Todos pensábamos que las mujeres jamás tendrían acceso al club y mira lo que ocurre ahora —añadió el caníbal.

—Solo pueden venir de visita. Aún no se les permite ser miembros del club —puntualizó Arturo.

—Por algo se empieza. Son los primeros pasos, las primeras concesiones. Os cuento lo que me pasó la semana pasada, para que veáis. Unos socios me invitaron a una montería en Extremadura. Una cosa bárbara. La finca tendría como unas mil hectáreas y estaba plagada de bichos. Bueno, bueno de no creerse. No os digo más que casi no hice caso a las putas.

—Por Dios, Paco —le recriminó divertido el fauno.

—Que por Dios ni que por Dios. A ver si uno ya no va a poder decir lo que le dé la gana ni en el club. Con lo que cuesta la cuota tengo derecho a hablar de putas por lo menos dos veces al mes. A lo que iba, el caso es que abatí un venado de dieciocho puntas. ¡Dieciocho! Una cosa espectacular de las que te pasan una vez en la vida. Estaba tan emocionado que subí varias fotos a mis redes posando con el bicho. Pues no os podéis hacer una idea de la cantidad de insultos y amenazas que recibí. La gente me escribía de todo. Asesino, ojalá te mueras, y no sé cuántas gilipolleces más. Que me dan igual, si te digo la verdad. Animalistas y comelechugas urbanitas, mamarrachos que no han pisado el campo en su puta vida. Eso no fue lo peor. Lo realmente grave fue que al día siguiente, desde el gabinete de prensa de la constructora, me dijeron que borrase las fotografías lo antes posible porque dañaban la imagen y la reputación de la empresa. ¡La reputación! ¡Tócate los cojones! Y mira que traté de explicarles que si el hombre lleva cazando toda la vida, lo beneficiosa que es la caza para el campo y el control de las especies. Pues no hubo manera y las tuve que borrar. Os digo que el mundo se va a la putísima mierda. Con perdón.

Risas falsas. Calada al habano. Y trago largo de coñac.

—Oye, Arturo —dijo el batracio—. ¿Cuánto hace que no le consultas al gitano?

—Oh, vamos —saltó el fauno—. No me digáis que seguís con esa superchería. Hombres hechos y derechos, empresarios de éxito yendo a ver a un adivino para que les lea el futuro.

—Muchos grandes hombres a lo largo de la historia han acudido a oráculos: Julio César, Napoleón, Churchill, Ronald Reagan, Hitler... —se defendió el banquero.

—Yo he ido varias veces, pero nunca me escoge —se quejó el caníbal.

—Hace mucho que no voy a verle —respondió Arturo—. Y en cuanto a si creo o no en sus poderes..., a veces basta con escuchar a otra persona decir lo que tú ya sabes para convencerte de qué es lo correcto.

—Bien dicho. Escucha, Arturo —dijo el batracio—, hay algo que me viene rondando la cabeza desde hace unos días y quería hablarlo contigo. ¿Qué es eso que se dice por ahí de que sufriste un ataque al corazón?

«Aquí vienen», pensó Arturo.

—Sí, yo también lo he oído. Un malentendido. Sin más. Fui a hacerme un chequeo rutinario. Alguien me vería entrar en el hospital y sacó conclusiones equivocadas.

—Pues ese malentendido ha hecho que las acciones de la compañía bajaran más de diez puntos —añadió agrio el caníbal.

—Disculpa, pero creo no haberte entendido bien. ¿Me estás diciendo cómo tengo que dirigir mi empresa? Tú que de televisión no sabes ni sintonizar los canales.

Los ojos de Arturo se clavaron en los del caníbal como dos hierros incandescentes.

—¡Te he hecho una pregunta! ¡¿Me estás diciendo cómo tengo que dirigir MI empresa?!

—Arturito, Arturito. No vaya por ahí. Que el que me busca me encuentra.

Los dos hombres mordían sus puros enseñando los dientes, como perros defendiendo sus huesos. Una imagen se formó en la mente de Arturo: la cara del caníbal surcada de hormigas negras y rojas, caminando por sus ojos abiertos. Abiertos pero muertos, sin vida. Y comenzó a fantasear con separar aquella cabeza del cuerpo. Arrancarla como si fuese la de un langostino cocido, el corcho de una botella de champán. La belleza en bruto de la violencia. Hasta que, por fin, el caníbal bajó la mirada.

—Arturo, por favor —intervino el batracio, conciliador—. Solo nos preocupamos por tu salud. Somos tus amigos, además de socios...

«Amigos —se dijo Arturo—. Esa palabra les provoca mal aliento cada vez que la pronuncian porque se les pudre en la boca».

—... de ahí que también nos inquiete el futuro de la empresa. Estos rumores se suman a tu cerrazón, negándote siquiera a valorar la oferta de fusión de Christiansen...

«Ahí está, aquí es donde querían llegar», pensó Arturo.

—... Una propuesta a todas luces razonable. Unirse a una multinacional solvente para encarar juntos el futuro de la televisión. Y ese futuro pasa por las plataformas de *streaming*.

—Adaptarse o morir, querido. Adaptarse o morir —añadió el fauno.

Asintiendo una y otra vez, Arturo depositó su copa, aún con un dedo de coñac, sobre la mesilla que tenía a su derecha. Sabía lo que significaba esa especie de tercer grado al que le estaban sometiendo. El sueco había contactado con ellos para recabar su apoyo en el Consejo de Administración. Necesitaba tener de su lado el mayor número posible de accionistas si quería arrebatar la dirección del Grupo9 a Arturo. Los tres hombres le estaban sondeando antes de tomar una decisión y elegir un bando. El tiempo de enseñar los dientes había pasado. Era el momento de morder.

—¿Te digo yo cómo tiene tu banco que estafar a los jubilados con las preferentes, Enrique?

—Arturo, no hace falta ponerse...

—¿O cómo engañar a tus clientes inflando las horas de trabajo, Germán? ¿O cómo generar una burbuja inmobiliaria que se lleve por delante la economía del país, Paco? Llevo más de treinta años al frente del Grupo9 y ni uno solo la empresa ha dejado de tener beneficios y de repartir dividendos entre sus accionistas. Ni siquiera cuando tuve que despedir a más de mil trabajadores me tembló el pulso. Y ahora aparece un sueco vestido de payaso, con esos aires de moderno europeo que me ponen enfermo, y os cuenta una versión renovada del cuento de la lechera. Y vosotros, deslumbrados con lo extranjero como caciques provincianos, venís a decirme lo que tengo o no tengo que hacer con mi empresa. ¿Quién cojones os creéis que sois? Me habláis de que las plataformas son el futuro, pero estáis muy equivocados. Las plataformas son el presente. El ahora, nada más. Una moda pasajera. Dinero rápido. Y cuando pase el boom, el sueco se largará a otra parte a seguir embaucando a paletos como vosotros con un cuento nuevo. Os quedaréis con las acciones de una empresa que no vale nada. ¿El futuro? ¿Queréis saber cuál va a ser el futuro? El futuro es de los viejos. Aquí no se muere nadie. Este país no produce otra cosa que ancianos. Y a los ancianos les gusta la televisión convencional. Saber qué tiempo va a hacer mañana, los concursos y las películas antiguas con las que recordar cuando fueron jóvenes. No esas moderneces de las plataformas, llenas de series para adolescentes mentales y sandeces políticamente correctas. Los viejos, ese es nuestro público y en él tenemos que centrarnos. Si no estáis de acuerdo, ya sabéis lo que tenéis que hacer. Aunque os digo una cosa: Christiansen me ha declarado la guerra. Y en una guerra solo hay dos bandos posibles: aliado o enemigo. Vosotros decidís de qué lado estáis.

Silencio. Atronador. Como las voces de los muertos.

Un camarero imberbe se acercó para recoger la copa de Arturo y depositarla en una bandeja.

—¿Pero qué haces? ¿Quién te ha dicho que retires mi coñac?

—Yo... yo... disculpe... Pensaba que ya había terminado.

—¿Pensar? Tú no estás aquí para pensar. Tú estás aquí para servirme. ¿Es que no te han explicado cuáles son tus funciones?

—Arturo, déjalo, no lo pagues con el pobre chico —dijo el fauno.

—¿Qué pasa? ¿Que también eres sindicalista?

—Don Arturo, le pido mil perdones —intervino el *maître* recién llegado, alarmado al escuchar las voces. Hizo un leve gesto con la cabeza y el camarero desapareció abochornado—. Disculpe al chico, no es excusa, pero lleva poco tiempo con nosotros. Le prometo que no volverá a ocurrir. Ahora mismo le sirvo otra copa de coñac, estaba tomando Lepanto, ¿verdad?

—Déjalo, Ricardo. Me marcho ya. No soporto estar en contacto con tanta incompetencia. Y no lo digo solo por el camarero.

Los tres hombres se pusieron de pie al escuchar aquello.

—Pero hombre, no te marches así —dijo conciliador el batracio.

—Sabes que nosotros estamos contigo —añadió el caníbal.

Arturo decidió ignorarlos mientras continuaba hablando con el *maître*.

—Dices que este incidente no se volverá a repetir. Estoy seguro de que tomarás las medidas adecuadas para evitar que vuelva a suceder. ¿Me he expresado con suficiente claridad?

El *maître* le miró a los ojos unos segundos más de lo necesario. Luego bajó la vista y asintió.

Arturo estaba poniéndose el abrigo que acababa de recoger en el guardarropa de la primera planta, cuando vio salir precipitadamente a la calle al joven camarero. Ya no llevaba puesto el uniforme y no paraba de frotarse los ojos enrojecidos. Al verlo, Arturo se sintió bien. Muy bien.

18

El sudor volvía pegajosas sus manos. «Las babas del miedo», pensó Josan frente al número 92 de la calle Lagasca sin decidirse a entrar. La enorme puerta con arco parecía una boca oscura ansiosa por devorarle. Tenía una cita con Sonia, la hija de Arturo, para hacerle una de esas absurdas entrevistas. Pero la indecisión le había cubierto de cemento los pies, dejándolo clavado en la acera. La estatua de un impostor derribada del pedestal. Al llegar a la calle Lagasca, Josan había buscado con la mirada el lugar donde podría encontrarse el puesto de vigilancia de Sito. A unos metros del número 92, los cristales tintados de un Citroën C3 descendieron unos centímetros a modo de saludo. El paparazzi podía ser muchas cosas, pero sabía hacer su trabajo.

La mente no dejaba de trabajar en su contra, generando mil motivos por los que no debería estar allí. «A ti ya no te concierne todo esto. El mundo ya no te interesa. ¿Por qué no te tomas un frasco de pastillas y cierras por fin los ojos? Soñar para siempre, tal vez el cielo sea eso. Vivir en tus sueños por toda la eternidad. Un mundo sin miedo ni dolor, donde nadie comete errores». Pero sabía que no podría hacerlo, que fallaría, como las otras veces. La mala suerte no le permitiría descansar hasta que pagase por lo que había hecho. Hasta que redimiera su culpa. Una deuda de vida. El peso del pecado y el alivio de la expiación. Además, necesitaba verla de nuevo. Aunque fuese convertida en aquel remedo que era su hija. Necesitaba volver a sentir lo que sentía. Volver a verse reflejado en aquellos ojos de agua. Volver a ser quien fue.

Sacó una moneda de su bolsillo. La mala suerte decidiría sus pasos. Lanzó el pequeño disco hacia arriba. Cara, se marcharía de allí. Cruz, entraría. Lo atrapó en el aire cuando descendía y al abrir la mano el lado de la cruz apareció sobre su palma. Y dejó que la monstruosa boca con forma de puerta se lo tragara entero.

La doncella condujo a Josan hasta el comedor.

—Si es tan amable de esperar aquí, la señorita Sonia vendrá enseguida. ¿Le apetece tomar algo mientras aguarda?

La música. Aquella melodía tantas veces escuchada. *Gnossienne número 1*, de Erik Satie. No podía distinguir si se oía en toda la casa o solo en su cabeza. La preferida de Ada, la mujer que ahora lo observaba desde las dos dimensiones del retrato que presidía la sala. Eso es lo que les ocurre a los recuerdos, que se van aplastando, achatando, hasta quedar reducidos a una fotografía, una imagen o un cuadro. El remordimiento volvió a empapar las manos de Josan.

—Algo fuerte. Y que sea doble.

—Es usted puntual —dijo Sonia al entrar en el salón—.

Nunca lo hubiera pensado. La puntualidad siempre me ha parecido un rasgo demasiado servil. Como si el tiempo de los demás fuese más importante que el propio. Por eso la gente relevante se hace esperar y nunca mira el reloj.

—Así que si llego a la hora fijada es porque no soy un tipo importante —dijo Josan sin apartar la mirada del cuadro, antes de llevarse a los labios el vaso que acababa de traerle la doncella. El beso ardiente del whisky. Brindando en silencio por ella. Por Ada.

—O tal vez ha sido puntual porque se moría de ganas de volver a verme.

Aquellas palabras atrajeron la atención de Josan hacia Sonia por primera vez. Los mismos ojos oscuros, como los pensamientos de un traidor. La misma sonrisa que podía asesinarte y devolverte a la vida. Y aquella expresión de altivo desdén tan atractiva como hiriente. Vestía una sencilla camisa blanca de corte masculino y unos vaqueros desgastados de aspecto cómodo. Una simplicidad en el atuendo que resaltaba su belleza.

—Creo que es mejor que empecemos con la entrevista —zanjó Josan.

—Teresa, por favor, sírveme lo mismo que está tomando el señor.

Preguntas preliminares. Las piernas de Sonia cruzadas una sobre la otra. La manoletina Manolo Blahnik fuera del talón, haciendo equilibrismos. El provocativo juego de la impaciencia.

—¿Qué le pasó a don Arturo el día de su cumpleaños? Hay rumores de que sufrió un ataque el corazón.

—Mi padre no permitirá que esa pregunta se incluya en el documental.

—¿Por qué?

—Porque afecta a la empresa. Y todo lo que afecta a la empresa debe tener el visto bueno previo del Rey Arturo. Me extraña que no lo sepa si trabaja en el Grupo9.

—Entonces ¿no va a contarme lo que sucedió en la fiesta de cumpleaños?

—No, que se lo cuente mi padre si quiere. Aunque creo que se publicó una nota de prensa. ¿No la ha leído? Pensaba que los periodistas estaban mejor informados. —Sonia dio un trago a su whisky. La manoletina se movía de un lado a otro como un metrónomo.

—De lo que también estoy informado es de que su padre va a modificar el testamento. ¿Qué le parece?

—Me parece que puede hacer lo que le dé la gana.

—Todo el mundo pensaba que el heredero sería Alonso, su hermano mayor. Y ahora, de repente, su padre lo cambia todo. ¿No me diga que no ha pensado que podría ser su nombre el que figurase en el nuevo testamento como beneficiaria?

Una risa despectiva estalló en la boca de Sonia, como un géiser.

—Lo que más ama mi padre es el poder. Y no se lo va a entregar a nadie. Nunca. Es algo consustancial a él, una parte de sí mismo. Morirá en su despacho, firmando cartas de despido y aprobando presupuestos. Si alguien lo quiere, tendrá que arrebatárselo por las malas. Es una tradición en esta familia. Digamos que tenemos cierta tara genética. Algo en nuestros cromosomas no funciona bien. No sabe cómo el Rey

Arturo se hizo con el control de la empresa, ¿verdad? Es un poco shakesperiano. Mi padre incapacitó a mi abuelo y lo encerró en una residencia. Consiguió que varios médicos declararan que tenía las facultades mentales perturbadas. Pero si habla con el abuelo, la versión es muy distinta. Según él todo fue un montaje de su hijo para hacerse con el poder. Desde ese día se odian. Como verá somos una familia muy entretenida.

—¿Y usted con qué versión se queda?

—Eso ya da igual. La realidad es que mi padre multiplicó por diez el valor del Grupo9. Algo que difícilmente habría conseguido el abuelo Ernesto.

—¿Le gustaría dirigir la empresa algún día? —«Una pregunta directa, como un tajo que busca la yugular», pensó Josan.

—Ahora mismo ni me lo planteo. —Sin titubear, mirando a los ojos de su interlocutor—. Estoy inmersa en otro proyecto. Uno que me afecta personalmente. Quizá un periodista como usted podría ayudarme. Seguro que sabe que mi madre murió asesinada hace cinco años...

Alarmas antiincendios. Aullando en la cabeza de Josan.

—... Pues el caso sigue sin resolverse. La policía, en un alarde de incompetencia, aún no ha dado con el culpable o culpables. Así que, como tengo tiempo y dinero, he decidido intentar descubrir lo que ocurrió. No me mire usted así, no estoy loca. Sé que es muy poco probable que dé con el autor, pero al menos removeré el asunto y tal vez consiga que la policía se ponga las pilas.

El sonido de un cerrojo que se cierra, una vez y otra vez...

—Lo más extraño de todo este asunto es que mi padre, con toda su influencia, no haya presionado al Ministerio del Interior para que continúen investigando. Es como si ya hubiera pasado página, como si no le importara. ¿Usted conoció a mi madre?

La guillotina cae sobre el cuello, el pelotón de fusilamiento abre fuego, la trampilla se abre bajo sus pies mientras la soga no permite el paso del aire. «Miente, miente», fue lo primero que pensó Josan. Pero se dio cuenta de que era una estupidez. La música de Satie, dejarle esperando frente al retrato. Era una trampa. Lo estaba poniendo a prueba.

—Sí, conocía a su madre.

—Entonces quizá pueda decirme cómo era en realidad. Los hijos tenemos una visión muy parcial nuestros padres. En sus últimos años de vida, Ada decidió quitarse el disfraz de madre abnegada. Porque eso es lo que era, un disfraz. Y decidió coleccionar noches en vela. Mi relación con ella ya era fría antes de marcharse a Boston. En los cinco años que estuve allí, apenas tuve contacto con ella. Y siento que los recuerdos que tengo de mi infancia no se corresponden con la desconocida en la que se convirtió. Tal vez por eso quiera investigar qué fue lo que pasó. Es una forma de acercarme a ella, de saber quién fue.

—Era una gran mujer.

—Oh, por favor. ¡Venga ya! ¡Todo el mundo me suelta los mismos clichés! Era una gran mujer, una gran madre, toda una dama, una luchadora... Basura. Ya sé que mi madre no era una santa. ¿Cree que no me han contado lo de su adicción a cerrar bares dejando una estela de amantes tras ella?

Seguía sonando la *Gnossienne número 1*. Y cada nota se clavaba en la espalda de Josan, como las puñaladas dadas a un tirano.

—No, Ada no fue un ejemplo como madre. ¿Sabe cuál es el primer recuerdo que tengo de ella? Nunca he podido olvidar uno de sus juegos favoritos. Le gustaba hacerse la muerta, tumbarse en su cama para que yo la encontrase así. Inerte, con los ojos cerrados. Solo se movía cuando me oía llorar. Yo tendría cinco o seis años, y aquello era aterrador para mí. Pero a ella parecía divertirle. Continuó con ese juego hasta que dejé de llorar al verla tendida. Entonces ya no le hacía gracia. Ahora que lo pienso, no me ha dicho de qué conocía a mi madre. Igual, sin saberlo, estoy delante de uno de sus amantes.

—Me parece que ha habido un error. Soy yo el que tiene que hacer las preguntas, no usted.

Sonia mostró una sonrisa triunfal a la vez que asentía para darle la razón. Pero en lo único que pensaba Josan era en salir de allí lo antes posible. Hizo tres preguntas más sin ninguna importancia. Miró su reloj para anunciar que tenía otro compromiso y debía marcharse enseguida.

Sonia acompañó al periodista hasta la puerta. Cuando estaba a punto de salir le agarró de la mano con fuerza.

—Me gustaría que nos viésemos otra vez... para que me cuente cosas de mi madre. ¿Puedo volver a llamarle?

Josan asintió deseando descender las escaleras y alcanzar la calle. Necesitaba dejar de respirar el aire de la vivienda, contaminado por el perfume de Ada.

—Claro, claro, cuando quiera.

—¿Mañana? —La mano de la mujer fue soltando poco a poco la de Josan hasta convertirse en caricia.

—Mañana —dijo este sintiendo como en su interior el corazón se hinchaba más y más, convertido en una pompa de chicle, hasta que explotó.

Desde el coche, protegido tras los cristales tintados, Sito fotografiaba a todos los que entraban o salían del número 92 de la calle Lagasca. La mayoría de las imágenes eran de miembros del servicio que sacaban de paseo a los perros, por supuesto, de marca (ese año se llevaban los pomerania y los bulldogs franceses) o de mensajeros que llegaban cargados de paquetes.

«Putos pijos —dijo para sí—, con su propia forma de vestir, de hablar... Si hasta tienen sus propias razas de perros. Eso sí, que sea la chacha filipina quien los saque a la calle».

En ese momento, en su objetivo se materializó la figura de Josan. Salía del portal tras la entrevista. La cámara lanzó una ráfaga, como si le ametrallara, hasta que el periodista dobló la esquina camino de la calle de Padilla. Sito examinó las imágenes en la pantalla de su Nikon.

—Mierda.

En la mayoría, Josan aparecía con una sonrisa boba en la cara. Con la felicidad candorosa de quien descubre que la vida, de pronto, tiene sentido.

—Maldita sea, otra vez no. No puedes volver a caer.

19

El teléfono emitió una de esas estúpidas melodías pregrabadas. Sentado en la parte de atrás de la berlina Audi, Arturo se prometió a sí mismo cambiar aquel molesto tono en cuanto llegara a su despacho. En la pantalla apareció el nombre de «Enterrador». Soltó un bufido de desdén antes de contestar.

—¿Has conseguido resultados en tan poco tiempo? Estoy impresionado.

—Todo lo contrario. Mira, ya he hablado con Alonso y con Sonia, y cada vez estoy más convencido de que tu idea de las entrevistas es una absoluta pérdida de tiempo. ¿Qué crees que me van a contar? Yo no soy un policía experto en interrogatorios. No se van a venir abajo confesando entre lágrimas: «Sí, fui yo quien intentó envenenar a mi padre».

Arturo comprobó en el espejo retrovisor que el chófer seguía con la atención puesta en la carretera y no en su conversación.

—En ningún momento se me pasó por la cabeza que eso

pudiera ocurrir, Enterrador. No tengo depositadas tantas esperanzas en tus habilidades. Lo único que tienes que hacer es agitar el árbol para que los pájaros se asusten y salgan volando. Eso es todo. Limítate a cumplir con lo que te he pedido, nada más. Llámame a finales de semana o si hay alguna novedad destacable.

—¿Y qué pasará cuando los pájaros salgan volando?

—Que yo estaré debajo, con la escopeta. Disculpa, pero ya he llegado a mi destino. Te tengo que dejar. Mantenme informado.

El Audi se detuvo majestuoso frente a la puerta del bar.

—Date una vuelta. Te avisaré cuando termine para que vengas a recogerme —dijo Arturo al chófer cuando este le abrió la puerta del vehículo. Luego enfiló hacia la entrada del local donde el gitano albino leía el futuro.

Unos dedos indecisos plegaron unos centímetros la falda haciéndola ascender.

—¡Que se alce el telón, que el gran misterio sea revelado! —dijo don Ernesto, haciendo crepitar el billete de cien arrugándolo y estirándolo con ansiedad.

—Si me sigo subiendo la falda —dijo Melinda con voz temblorosa—, usted me dará el billete. Me lo ha prometido.

—¡Bendito sea el dinero que hace que todo se ponga a la venta! Te daré el billete si me lo enseñas.

—Me parece que esto no está bien, don Ernesto.

—¿Hacer feliz a un pobre anciano te parece mal? ¿Qué hay de malo en que un viejo vuelva a sentirse vivo con un inocente juego entre amigos? Porque somos amigos, ¿verdad, negrita?

La sirvienta asintió, al borde del llanto.

—Y los amigos se hacen favores. Así que deja de quejarte y permite que admire el motivo, la causa y la razón de todas las cosas.

La doncella cerró los ojos y con gesto de desagrado tiró de la prenda hacia arriba, mostrando unas insulsas y proletarias bragas color carne. Una lágrima descendió por su mejilla como una esquirla de cristal.

—Oh, y ahí está el duende. Envuelto en los más finos ropajes.

—¡Bueno, ya está! ¡Deme el dinero! —gritó la sirvienta sollozando mientras se bajaba la falda.

El anciano, sentado en el sillón, se rebuscó en los bolsillos hasta que dio con su cartera. Extrajo otro billete de cien euros y lo hizo crujir arrugándolo junto con el otro.

—Doscientas veces le di mi amor a la bella Melinda. Cien euros más por descorrer la cortina y dejarme ver el sol negro. Necesito sentir su calor. El calor de vida.

—¡Me dijo que me daría el billete si me levantaba la falda y lo he hecho!

—¿Por qué te cuesta tanto hacer feliz a un pobre anciano en el ocaso de sus días? Solo quiero admirarte en toda tu belleza. Lo que para ti es un gesto normal: verte desnuda ante el espejo cuando te duchas, para mí es algo sublime, inalcanzable, divino. Doscientos euros por algo que haces a diario. Sin darle la menor importancia.

—Pero nadie me mira cuando me estoy duchando.

—Imagina que no estoy aquí. Si lo piensas un momento, casi es cierto, porque me queda poco tiempo en este mundo. Lo que haces es un acto de caridad, concederle el último deseo a un moribundo.

La sirvienta suspiró, enjugándose las lágrimas. No le gustaba aquello, la hacía sentirse sucia. Pero era mucho dinero. Sí, y ella necesitaba el dinero. En la República Dominicana se podían hacer muchas cosas con doscientos euros. Se alzó la falda de un tirón y muy lentamente fue apartando la tela de las bragas, dejando escapar los primeros rizos de su negro vello púbico. Por la boca entreabierta del anciano se asomó la punta de una lengua reluciente de babas, que tanteaba el aire como un gusano ciego. Los billetes seguían chasqueando entre sus manos.

Un sonido veloz. Pasos rápidos. Acercándose. Sonia abrió la puerta del cuarto de golpe.

—Abuelo, tengo que hablar con...

Al instante, Melinda se bajó la falda y la lengua del anciano regresó a su guarida. Apurada, la doncella saludó con la cabeza a la recién llegada y salió presurosa de la habitación.

Sonia miró a su abuelo, que se encogió de hombros con una sonrisa de divertida lujuria.

—¿Otra vez jugando a las muñecas con el servicio?

—Querida nieta, me acabas de ahorrar doscientos euros.

—Ha estado aquí ese hombre —dijo la joven sentándose junto a don Ernesto—. El periodista enviado por mi padre.

—Lo he visto cuando entraba. Debes tener cuidado con él. Lleva una figura oscura sobre los hombros. Aléjate de ese tipo. Trae consigo la mala suerte.

—Pero podría sernos de utilidad.

—Mira, en el mundo hay dos clases de personas: los que son como perros y los que son como gatos. Los perros obedecen sin protestar porque les gusta recibir órdenes. Pero los gatos... Los gatos solo nos toleran porque son conscientes de su tamaño. Si fuesen más grandes nos despedazarían. Averigua si ese periodista es perro o gato.

—Eso haré —dijo Sonia, posando sus labios en la frente de su abuelo.

Melinda aún sentía el calor de la vergüenza en sus mejillas. ¿Qué habría pasado si la señorita Sonia la hubiera descubierto con la falda subida delante de don Ernesto? No quería ni pensarlo. Despedida. Y después de saber el motivo del despido, la agencia no volvería a contar con ella. Con suerte volvería a fregar escaleras por menos de la mitad de lo que cobraba en la casa. Se prometió a sí misma no volver a hacer caso a aquel viejo verde. Aunque aquel dinero extra le venía tan bien... Decidió guardar la ropa recién planchada para pensar en otra cosa. Al meter la mano en el cajón, se dio cuenta de que la caja del medicamento había desaparecido.

20

El bar se llamaba Laberinto. Las persianas venecianas filtraban la luz del sol, dotando al local de un tono sepia semejante al de una foto antigua. Como si allí el tiempo tuviera prohibido el paso. Al entrar, Arturo comprobó que gran parte de los reservados de madera, tapizados en un terso cuero verde, estaban ocupados por hombres con trajes hechos a medida y corbatas de seda. Brillantes y agresivos como reptiles al sol, todos observaban al recién llegado. Arturo consultó con la mirada al camarero, que le respondió dirigiendo la vista hacia el fondo del local. En una mesa sencilla, situada sobre una especie de tarima, se hallaba sentado el motivo por el que todos se encontraban allí. El gitano albino vestía un trasnochado y absurdo frac con botines bicolor. La cara y el pelo blancos, como si se los hubiera embadurnado de harina, sorbiendo constantemente su repugnante pipermín de una antigua taza de cristal con el asa metálica.

Arturo se dispuso a esperar en uno de los taburetes que rodeaban la barra. Apenas se había sentado cuando la figura del gitano albino se alzó señalándolo con uno de sus blanquecinos dedos.

—¡Arturo Gómez-Arjona!

Hubo velados murmullos de protesta porque el elegido fuese el recién llegado. Pero todos conocían cómo funcionaba aquello. No había citas, ni listas de espera, ni orden de llegada. El futurólogo elegía cada día a quien quería ver de entre los que esperaban en el bar. A veces no se marchaba hasta haber satisfecho las consultas de todos sus visitantes, a veces no trataba con nadie.

Arturo se apresuró a tomar asiento frente al vidente. Siempre que se encontraba ante él, lo primero que le llamaba la atención eran sus ojos. No solo porque cada uno fuese de un color distinto (marrón el derecho, azul el izquierdo), sino porque también presentaban diferente tamaño, como si pertenecieran a dos rostros desiguales. Como si el vidente fuese una mezcla apelmazada de varias personas juntas.

—Le agradezco mucho...

El gitano albino alzó uno de sus dedos en el aire, lo que hizo callar a Arturo, para luego señalar un anticuado y oblongo maletín de médico fabricado en cuero que reposaba en una silla junto a la mesa. En su interior rebosaban sobres de distinto color y grosor, aunque todos ellos del tamaño de los billetes de quinientos euros.

—Disculpe. Lo había olvidado —explicó Arturo extrayendo de su abrigo un grueso sobre manila que depositó con los demás.

Otra característica del vidente eran sus dedos, blancos como orugas y llenos de anillos, todos ellos representando diferentes tipos de ojos. Sus manos se movían abriéndolos y cerrándolos delante de su cliente como abanicos en una extraña danza hipnótica.

—Don Arturo —dijo mientras sorbía con fruición el pipermín por entre sus dientes—, mis ojos se alegran de tenerlo delante.

—Necesito su ayuda. Hay varios asuntos que me preocupan.

—¿Qué desea conocer? ¿El pasado? —El albino se tapó el ojo derecho con la mano—. ¿O el futuro? —Ahora fue el izquierdo el que quedó oculto.

—El futuro.

Una media sonrisa se asomó al rostro del vidente. Los dientes amarillos contrastaban con el blanco de su rostro. Una gota verde de pipermín reposaba sobre su labio inferior como un brote de moho.

—El futuro. Todo el mundo quiere conocer el futuro. No saben que el futuro solo son preguntas. Y es en el pasado donde se hallan las respuestas. Está bien, si eso es lo que quiere...

El gitano albino acercó su rostro despacio mientras con una mano se tapaba el ojo izquierdo de nuevo. Arturo tuvo la clara impresión de que el derecho, de repente, comenzaba a crecer de forma desproporcionada. Y la pupila empezó a volverse vertical, como la de las serpientes.

—Puede hacerme las tres preguntas. —La voz del vidente sonó distinta, más fina, casi femenina. Casi infantil.

—¿Debo tener miedo al futuro?

El gitano albino tomó aire con fuerza, expulsándolo poco

a poco por la boca. El ojo marrón ocupaba ya la mitad de su rostro.

—Una amenaza se cierne sobre usted. Una amenaza real y muy cercana. En un futuro que bordea el presente.

—¿De dónde procede la amenaza? —preguntó Arturo observando como los anillos con forma de ojo parpadeaban en las manos del adivino.

—Viene de muy lejos y a la vez se encuentra muy próxima a usted. De alguna forma está relacionada con su familia.

—¿Esa amenaza acabará con mi vida?

El ojo marrón prácticamente ocupaba toda la cara del albino. Las manos albas formaron dos pantallas para que nadie en la sala pudiera contemplar aquella transformación.

—No, no veo su muerte en un futuro cercano.

Las dos manos se cerraron de golpe sobre el rostro. Pasaron varios segundos hasta que el vidente las apartó. Sus rasgos volvían a estar en su sitio. Y su sonrisa nicotínica regresó como un asesino volviendo al lugar del crimen. El camarero apareció para llenar la taza con el nauseabundo pipermín.

—Espero haberle resultado de ayuda.

—Más de lo que se imagina —dijo Arturo al levantarse de la mesa.

—¿Hoy no quiere llevarse mi presente? ¿El consejo gratis?

—Claro, no hay que romper las tradiciones.

Un sibilante sorbo de pipermín.

—No olvide que las pesadillas también son sueños, don Arturo.

Los dos hombres se sonrieron.

—No sé lo que significa pero gracias —dijo el empresario a modo de despedida.

El gitano albino dibujó con dos dedos una cruz en el aire mientras contemplaba como el hombre se alejaba para salir a la calle.

21

«Fumar mata», leyó Josan en el frontal de la cajetilla de tabaco que acababa de comprar. «A ver si es verdad», pensó mientras encendía un cigarrillo. Contempló entonces su imagen reflejada en el escaparate. No sabía qué era eso que le había crecido en la boca, parecía una sonrisa. Desde la entrevista con Sonia, aquella especie de sarpullido se repetía con cierta frecuencia. Y algo aleteaba en su interior cuando pensaba en que volvería a verla. ¿Qué le estaba pasando? ¿La vida le daba una segunda oportunidad? ¿Le abandonaría por fin la mala suerte? Pero no. Él estaba maldito. Aquello debía de ser otra trampa.

Es por el corazón por donde el diablo nos atrapa.

La única forma de ganarle la partida a un tramposo es apostando contra uno mismo. Dio una calada profunda al cigarrillo y sintió cómo el pernicioso humo penetraba en su organismo para descubrir que no podía contaminar nada. Que todo en su interior ya estaba podrido. El teléfono protestó en su bolsillo, reclamando su atención. En la pantalla apareció un número larguísimo, de empresa. Botón verde.

—¿Sí?

—Josan, soy Mario, de la tele, del Grupo9. No sé si te acuerdas de mí.

—Ah, sí —mintió Josan—, dime. ¿Qué quieres?

—Perdona que te moleste, no lo haría si no fuese importante. Es que ha pasado algo. Ayer vinieron tres tipos haciendo preguntas sobre ti, sobre don Arturo y... sobre doña Adelaida, su mujer. Repartieron pasta, mucha pasta, a quien hablaba con ellos. Joder, parecía que nunca se les acababan los billetes. Recorrieron los bares y restaurantes de la zona abordando a todos los que teníamos pinta de ser periodistas. Y te garantizo que la gente les contó todo lo que sabía.

—¿Cómo eran esos tipos? —dijo Josan erizándose.

—Eso es lo peor de todo, daban muy mala espina. La clase de gente que emite malas vibraciones. Además, eran muy raros. Parecían trillizos. Luego, cuando los veías de cerca te dabas cuenta de que no eran iguales, pero casi. Eso sí, los tres vestían de la misma forma. Parcas militares verdes, tipo mod. Dr. Martens negras con puntera de acero. Gafas de pasta negra, sobrecargadas de dioptrías, el pelo largo... Altos los tres, de entre veinte y treinta años. Y con pinta de saber repartir algo más que dinero.

A Josan la descripción no le dijo nada. No conocía a esos hombres.

—¿Qué fue lo que preguntaron?

—Bueno, querían saber cualquier cosa sobre don Arturo. Trapos sucios, ya me entiendes. Hicieron hincapié en el asesinato de la señora Adelaida y te puedes imaginar en qué más...

—Prefiero que me lo digas tú.

—En fin... También preguntaron por los rumores que circularon tras su muerte sobre que ella y tú, bueno..., ya sabes, erais amantes. No estoy diciendo que sea verdad, que quede claro, solo te cuento lo que se decía por ahí.

Carroñeros, revolviendo en la basura en busca de algo de valor. El tufo de las mentiras acumulándose durante años los había atraído. Su vida no era más que eso. Un vertedero de mentiras. Y alguien enviaba a los pájaros negros para que rebuscaran con sus uñas entre la inmundicia.

—Sé que mucha gente en el Grupo9 no te traga —continuó Mario—, no eres un tipo muy sociable que digamos, pero siempre me trataste bien en los programas en los que coincidimos. Por eso quería avisarte. Josan, esos tipos... Ten cuidado. Parecían cosa seria.

—Te debo una, Mario —dijo Josan antes de colgar. De alguna forma sabía que tarde o temprano alguien vendría. Por eso tuvo la extraña sensación de que los estaba esperando.

22

El aceite olía a romero y alcanfor. Las manos de Carlota lo extendían con delicada parsimonia por las piernas muertas de Alonso. Ensimismada en entregar caricias inútiles. Intentando dar calor a la carne sin vida, placer a la piel insensible.

—¿Por qué lo haces? —preguntó el hombre.

—Hay que cuidar lo que es tuyo, las cosas que te pertenecen.

Sonrisas cómplices brotaron en sus rostros.

—Me gusta que me trates como a un objeto. En un mundo materialista como el que vivimos, los objetos son más valiosos que los sentimientos. Los objetos lo son todo.

—Eres mi oscuro objeto de deseo. Ya lo sabes.

—¿Por qué oscuro?

Carlota arqueó una ceja con coquetería, como sabía que a él le gustaba.

—¿De verdad te lo tengo que decir?

—Prefiero que me lo demuestres.

La mujer le dio un golpe cariñoso con la toalla, levantándose de la cama donde Alonso permanecía tumbado desnudo.

—¿Qué vamos a hacer con ese tipo? El periodista que ha enviado tu padre.

—Sigues sin creerte ese cuento del documental.

El índice de Carlota dijo que no.

—Entonces tendremos que averiguar qué es lo que está buscando en realidad.

La cabeza de Carlota dijo sí.

—Podríamos darle un pequeño mordisco, para descubrir a qué sabe —propuso Alonso mientras la mujer le ayudaba a vestirse.

—Uno chiquitito, para empezar. Así se dará cuenta de que tenemos dientes. Y si nos gusta su sabor, prométeme que nos lo comeremos entero.

—Prometido.

Un beso selló el pacto. Uno húmedo, de amantes. No fugaz, de matrimonio.

Alonso se encontraba en su despacho cuando sonó el móvil. Número oculto en la pantalla. Dudó si debía responder. Le ponía enfermo no saber qué se iba a encontrar al otro lado.

—¿Diga?

—Buenos días, ¿Alonso Gómez-Arjona, por favor?

—Al aparato. ¿Con quién tengo el placer?

—Soy el comisario Solsona, de la Policía Nacional. Me gustaría hablar con usted en relación con la reciente agresión que ha sufrido su exmujer, doña Nuria Sempere.

El silencio se instaló en la línea durante un segundo, dos, tres...

—¿Y qué se supone que tengo yo que ver con ese asunto? No sé si sabe que han pasado casi veinte años desde que me dejó. Casi los mismos que llevo sin verla.

—Me llama la atención que no me pregunte por cómo se encuentra.

Un suspiro de cansancio.

—Me es indiferente.

—Deduzco que el divorcio no fue amistoso.

—Deduzca usted lo que le venga en gana.

—El caso es que no es la primera agresión que sufre la señorita Sempere. La han atacado produciéndole lesiones de mayor o menor gravedad más de treinta veces. Las agresoras siempre son mujeres que no tienen ninguna relación aparente con ella. Un hecho que se repite periódicamente justo desde el año en que se divorció de usted. ¿Qué coincidencia, verdad? Y ese es el problema, que a la policía no le gustan las coincidencias.

—Le repito que yo...

—Las agresoras, cuando son detenidas, reconocen los hechos sin ningún problema. Eso sí, todas repiten la misma versión, como si alguien se la hubiera enseñado previamente: que no saben por qué lo han hecho, que no conocía ni tenían nada contra su exmujer. Siempre lo mismo. Otra coincidencia. Se presentan ante el juez, alegan enajenación mental transitoria, les imponen una multa que pagan religiosamente y a la calle. ¿No le parece muy extraño?

—Más que extraño, aburrido. No tengo el más mínimo

interés en nada que esté relacionado con mi ex. Ni tampoco me importa en qué líos puede estar metida.

—Es evidente que existe un patrón en estas agresiones. ¿Se le ocurre quién podría desearle tanto mal a su exesposa?

—Desconozco con qué tipo de individuos se junta ahora ni la vida que lleva.

—¿Sabe una cosa? Tengo la teoría de que es una tercera persona la que planifica estos ataques. Por odio o por venganza. Las mujeres son solo herramientas, por eso no tienen ninguna vinculación con la víctima. Alguien en la sombra que no tiene problemas en pagar todas las multas. ¿Qué le parece mi idea?

—Parece el inicio de una novela barata. Y no suelo leer ese tipo de literatura.

—¿Por qué está a la defensiva, señor Gómez-Arjona?

—Porque no me gusta que la policía llame a mi casa para realizar acusaciones veladas contra mí. ¿Sabe con quién está hablando? Lo primero que haré cuando cuelgue será llamar al ministro del Interior. Estudiamos juntos en El Pilar, ¿no se lo había comentado? A ver qué le parece que uno de sus comisarios se dedique a acosar telefónicamente a la gente de bien.

—¿Acosarle? Yo no estoy acosando a nadie. Solo es una conversación entre...

—No sé si sabe que hay una serie de aplicaciones que graban tus conversaciones en el móvil. Yo tengo instalada una. Es muy práctica para evitar eso tan desagradable del yo te dije, tú me dijiste. Así que le haré llegar a mi abogado el contenido de nuestra charla para que sea él quien valore si se ha producido o no acoso. Y actuar en consecuencia.

—Creo, de verdad, que se trata de un malentendido.

—Y ya que estamos, me parece una buena idea hacerle llegar también la grabación a mi padre. Un caso de acoso policial puede resultar interesante para los informativos de su cadena de televisión.

Alonso esperó. Sabía que iba a llegar. Tarde o temprano llegaría. Siempre ocurría lo mismo.

—Le pido mil perdones. —Allí estaba. La deliciosa humillación. La paladeó con deleite—. No era mi intención molestarle ni hacerle sentir ningún tipo de presión por mi parte. Le prometo que no volverá a ocurrir y le ruego que este lamentable incidente quede entre nosotros —se arrastró el policía.

—No está mal, pero no es suficiente. Sus disculpas no suenan sinceras. Inténtelo de nuevo, señor comisario.

Alonso escuchó divertido la fuerte respiración del policía a través del teléfono. El orgullo está hecho de aristas y duele tragárselo. Sobre todo cuando no estás acostumbrado a hacerlo.

—Le pido mis más sinceras disculpas por esta llamada que está fuera de lugar, señor Gómez-Arjona. Sé que mi conducta merece un castigo. Pero soy un padre de familia con tres hijos que no tienen por qué sufrir las consecuencias de mi incompetencia. Apelo a su generosidad. No por mí, por ellos.

—Oh, conmovedora la utilización de sus hijos, aunque algo miserable, hay que reconocerlo... Eso sí, muy emotiva. Tiene suerte de que soy un blando. Le aconsejo que no me ponga a prueba otra vez, comisario. Soy un Gómez-Arjona.

Y acabo de demostrarle lo que eso significa. Por su bien, no vuelva a tratarme como a una persona cualquiera.

Alonso pulsó el botón rojo sintiéndose bien consigo mismo. Le gustaba pisar cucarachas, sentir el crujido de los negros cuerpos bajo su pie. Era algo repugnante. Pero también tenía una parte gratificante. Machacar al policía. Esa sensación de poder pleno, de desproporción entre un ser y otro, le hacía sentirse un dios. Perverso y vengativo, como solo las divinidades pueden serlo. Decidió darse un premio. Tomar su dosis, volver a verlo. Encendió el ordenador y llevó el cursor hasta la carpeta con la fecha más reciente. Dentro halló el documento. El programa de vídeo tardó unos segundos en arrancar. La imagen de su exmujer apareció en la pantalla, con su estúpida forma de caminar, el ridículo bolso para el táper colgando del hombro con el dibujo del aguacate y el inmundo vestido.

—¡Dale ya! ¡Dale ya a la mala puta!

Y llegó el puñetazo. Inapelable como un castigo bíblico. Las carcajadas brotaron lentamente del interior de Alonso, como un tren endemoniado acercándose. En la pantalla, la desconocida seguía golpeando a su ex en el suelo. Alonso pulsó el botón de Rewind. Las figuras se movieron hacia atrás de forma acelerada. Stop. Play. Y el puñetazo explotó de nuevo. Junto con las risas.

23

El camarero depositó con cuidado el ruso blanco sobre su esponjoso posavasos, como si se tratase de una joya etílica.

—Mi madre siempre me decía que había que desayunar un vaso de leche. Esta es la versión adulta.

Josan dio un trago y sonrió. Le gustaba el nombre del local, Hermosos y Malditos, y el camarero le caía bien. Ya lo conocía de otras ocasiones porque aquella era una de sus coctelerías favoritas. Con sillones tapizados en azul y palmeras de interior. En general, los bares elegantes constituían los únicos lugares donde perdía las ganas de quitarse la vida. Pequeños paraísos donde la existencia se limitaba a ser esa tolerable molestia entre una copa y la siguiente.

—¿Cómo va el día? ¿Han venido muchos clientes a contarte sus problemas? —le preguntó al barman.

Ataviado con una camisa blanca, chaleco de rayas y pajarita, el camarero apoyó los dos brazos sobre la barra como si fuesen columnas.

—La gente... Dios, ¡cómo detesto a la gente! Llevo años

aguantando que se presenten aquí pensando que tienen derecho a atormentarme con sus problemas de mierda solo porque les sirvo copas. No tienen el más mínimo pudor. ¿De verdad creen que me interesan sus miserias? La misma película todos los días, protagonizada por la misma pareja: el amor y el dinero. Son tan jodidamente previsibles. Casi sé lo que me van a decir con solo verles la cara al traspasar la puerta.

—¿Y a ti qué te preocupa? Los camareros no tenéis con quien desahogaros.

El barman miró hacia ambos lados buscando oídos indiscretos.

—Es duro aguantar todos los días la oleada de gilipollas. Tanto cretino ha ido erosionando mi humanidad. Si te soy sincero, lo único que me hace feliz es la idea de matar. El deseo de asesinar a todo el que entra en el local, con algunas excepciones, naturalmente...

Josan alzó el vaso para agradecer su exclusión.

—Sé que llegará el día en el que provocaré una gran matanza —continuó el camarero—. La sangre cubrirá todas estas paredes. Imaginar la sala llena de salpicaduras rojas es lo que hace soportables mis jornadas laborales. Ya nadie me contará sus mierdas nunca más. Que hablen las armas y callen los hombres.

—Es un buen proyecto. ¿Y qué es un hombre sin un sueño sino un esclavo?

—Ya estoy tramitando el permiso de armas. ¿El ruso blanco es de su agrado?

—Excelente, como siempre.

Una pareja reclamó la presencia del camarero llamándolo a voces desde la parte izquierda de la barra al tiempo que chasqueaban los dedos. El barman observó a Josan fijamente. En sus ojos una pregunta: ¿Se lo merecen o no se lo merecen? El periodista no tuvo más remedio que asentir.

Al quedarse solo, Josan consultó su reloj. La impaciencia le había hecho acudir a su cita con más de dos horas de antelación. Daba igual. Lo único importante era que volvería a estar con ella, con Sonia. Y sintió dentro de sí el placer disidente de cometer un error. Su plan. Sí, Sonia podía formar parte de su plan. Decidió castigarse el hígado, no el cerebro. Un trago de ruso blanco. No podía dedicarse solo a beber mientras esperaba, por muy tentador que resultase. Decidió entonces llamar al tal Bobby, el menor de los varones de la familia Gómez-Arjona. Un tono, dos, tres, cuatro. Saltó el mensaje grabado del buzón de voz: «Hola, si no respondo a tu llamada es porque no puedo o no quiero. Saca tus propias conclusiones y déjame un mensaje. Chao».

Era la cuarta vez que intentaba ponerse en contacto con él y estaba empezando a decantarse por la segunda opción. Aun así, decidió dejarle un nuevo mensaje: «Soy José Antonio Caramuel, de nuevo. El periodista al que su padre ha encargado realizar un documental sobre la familia Gómez-Arjona. Me gustaría saber cuándo le vendría bien que nos viésemos para poder entrevistarle. He dejado varios mensajes porque necesitaría que fuese lo antes posible. Espero su respuesta. Muchas gracias».

Si no recibía una contestación en un par de días, hablaría con el Rey Arturo para que tirara de las orejas a su hijo. Casi al momento sonó el teléfono. ¿Sería el tal Bobby? En la pantalla el nombre que apareció fue el de Sito, el paparazzi.

—Problemas, Juguete Roto —dijo nada más descolgar—.

Alicia me ha llamado. Le resulta imposible realizar el seguimiento a Mencía. El ritmo de vida que lleva esa tía no está a nuestro alcance.

—Cuántas veces tengo que repetirte que el dinero no es problema.

—Sabes que Sito es el más listo. Sito es el mejor, pero no se trata solo de dinero, es algo que va más allá. Para que te hagas una idea de lo que te hablo, Mencía estaba invitada a una venta privada solo para muy pijos, ya me entiendes, y Alicia la siguió hasta Milán. Al llegar se enteró de que la marca de lujo que organizaba la venta privada tenía alquilada una isla en mitad de lago Como. Unas lanchas esperaban a los superpijos para desplazarlos hasta allí y que disfrutasen con exclusividad de los modelos de la nueva temporada. Solo a los que estaban en la lista. Y Alicia, como te podrás imaginar, no estaba en la lista, por lo que no tenemos ni idea de con quién pudo estar Mencía en la isla, ni de qué habló, ni nada de nada. Después se fue a cenar al Gold, que por si no lo sabes es el restaurante oficial de Dolce & Gabbana, donde tienes que esperar meses para que te den mesa.

—Pues no, no lo sabía.

—Alicia, evidentemente, tampoco pudo entrar. Así que una vez más no conocemos qué fue lo que hizo ni con quién cenó nuestra amiga Mencía. Tras la cena, se fue a su hotel, el Excelsior Gallia, un establecimiento en el que pasar la noche sale por una burrada de euros. Que no sé lo que puede tener una habitación para costar tanta pasta. ¿Un parque de atracciones? Imagino que te dejarán destrozarla con un hacha nada más despertarte.

—Tengo entendido que puedes llamar al servicio de habitaciones para solicitar que te suban una orgía.

—¿Y sabes lo más curioso? Que Alicia intentó alojarse allí, porque tú me dijiste esa frase tan erótica de que el dinero no es un problema, pero no tenían habitaciones libres. ¿Cómo es que hay tanta gente con pasta en el mundo? ¿En qué nos hemos equivocado, Juguete Roto?

—En demasiadas cosas, Sito, en demasiadas cosas. Por lo que cuentas, va a ser más complicado de lo que imaginamos montar un seguimiento a Mencía.

—Espera, que la cosa no acaba aquí. A la mañana siguiente, nuestro objetivo, con la modestia que le caracteriza, tomó un vuelo privado con destino desconocido. Y se esfumó. Ahí os quedáis, muertos de hambre. Estábamos a punto de sobornar a un empleado del aeropuerto para que nos dijera dónde había aterrizado el avión cuando vimos que la misma Mencía había publicado un vídeo en Instagram desde la estación de esquí de Gstaad, en Suiza. La pregunta ahora es qué hacemos. ¿Le digo a Alicia que vaya a la puta estación y siga acumulando fotos de lo bien que entra y sale esta mujer de restaurantes, tiendas y hoteles de lujo? Porque la vida de la tal Mencía no está a nuestro alcance, Juguete Roto. Ella vuela y nosotros nos arrastramos por el suelo. Es lo que hay. Tú decides.

Un último trago al ruso blanco y Josan levantó el vaso, haciendo sonar los hielos como un sonajero para que le sirvieran otro.

—Es una pérdida de tiempo. Que regrese a Madrid y continúe con los seguimientos cuando vuelva Mencía.

—Segundo punto en el orden del día, tengo un colega que está ahora mismo en Boston haciendo un curso de fotografía. Cree que tiene talento artístico y toda esa mierda. El caso es que seguro que le vendría bien un sobresueldo. Si quieres le puedo pedir que investigue los años universitarios en Harvard de Sonia, la pequeña de la familia. Quizá encuentre algo que pueda interesarte, porque la vida que hace aquí es un auténtico coñazo. Paseos con el abuelito por el parque y poco más.

Sonia. A Josan le molestó escuchar su nombre en la boca de Sito, como si de alguna forma lo contaminase, lo ensuciara. Un dedo mugriento de uña negra surcando el blanco inmaculado de una tarta de nata. Una nívea rosa infestada de pulgones.

—Lo que me interesa de los hijos de Arturo es lo que hacen, no lo que hicieron. En eso es en lo que nos tenemos que centrar, ¿entendido?

—Meridiano. Por lo demás, ¿todo bien?

A Josan le extrañó la pregunta.

—Sí, todo bien. ¿Por qué lo dices?

—Los paparazzi nos dedicamos a hacer fotos de la gente en momentos en los que no quieren ser fotografiadas. Y eso hace que sepamos interpretar muy bien los gestos. Por eso sé que la primera vez cometes un error por ignorancia, pero si caes en el mismo agujero una segunda vez..., a eso se le llama estupidez.

—Los consejos son como billetes de lotería caducados. Cuando te los dan ya no valen nada.

—Es una Gómez-Arjona. No vuelvas a cagarla otra vez.

Haz tu curro, agarra la pasta y olvídate de ellos. Si dejas que juegue contigo quien no debe, acabas destrozado. No te molesto más. Tú sabrás lo que haces, Juguete Roto.

Josan pulsó el botón rojo. Aquella conversación le había puesto de mal humor. De repente, percibió a un hombrecito formado por dos dedos caminando por sus hombros. Se dio la vuelta y allí estaba. Sonia. Con esa sonrisa asesina que lo resucitaba.

—Sabía que la puntualidad era uno de sus defectos, pero llegar con tanta antelación roza la enfermedad —dijo mientras tomaba asiento en un taburete junto a Josan—. ¿Qué está tomando?

—Un ruso blanco.

—Imagino que lo de ruso significa que lleva vodka. Y por lo que veo también leche. ¿Algún ingrediente más?

—Licor de café.

—Me gusta. Despeja y atonta al mismo tiempo. Como el amor. Voy a pedirme uno. ¿Le apetece a usted tomar otro?

Josan asintió. Sonia llamó la atención del camarero. Señaló el vaso vacío y alzó dos dedos. Luego caminó hasta el perchero para colgar su abrigo negro con esa elegancia informal que es patrimonio exclusivo de la juventud. Vestía un holgado jersey de ochos del mismo color y unos vaqueros azules de aspecto caro. Josan intentaba no mirarla, pero era imposible. Como pasear por el Museo del Prado con los ojos cerrados, como dar la espalda a un amanecer. Y cuanto más la observaba más sentía aquella deliciosa debilidad extendiéndose por todo su cuerpo, un ejército rendido que abandona las armas sin resistencia ante lo inevitable.

—Espero no parecerle demasiado vulgar —dijo Sonia cuando regresó—, pero ¿qué tal si empezamos a tutearnos?

—Me parece muy bien —dijo sonriendo Josan.

—¿Cómo prefiere que le llame? ¿José? ¿Antonio? ¿José Antonio? ¿Juguete Roto?

—Todo el mundo me llama Josan.

—Pues encantada, Josan.

En aquel momento llegaron las copas. Sonia dio un trago a la suya. Restos de la bebida quedaron prendidos de su arco de Cupido hasta que su lengua los borró. Ese gesto hizo que el periodista se estremeciera. Porque era el mismo que tantas veces había visto hacer a su madre. A Ada. Se parecían tanto...

—Me siento halagada y a la vez molesta —dijo Sonia leyéndole la mente—. Cuando me miras, quiero decir. Porque tengo la sensación de que en realidad estás mirando a otra persona.

—Tienes muchas cosas de tu madre. Pero eso ya lo sabes.

—Mi madre, de ella precisamente quería hablarte. Ayer te escabulliste cuando te pregunté si fuiste su amante. Comprendo que no quieras contármelo.

Josan la miró fijamente, sin contestar. No hacía falta. Sonia estaba jugando con él porque sabía la respuesta. Vio cómo se llevaba el vaso a los labios y la manga del jersey negro descendió indiscreta, dejando al descubierto una cicatriz horizontal en la muñeca de la mujer. Al darse cuenta, Sonia se apresuró a esconderla, avergonzada.

—Yo también he intentado escribir cartas de despedida —dijo Josan mostrando tres marcas en su muñeca. Una por cada intento fallido de cortarse las venas—. Pero nunca he conseguido acabarlas.

Ambos se sonrieron con complicidad.

—¿Cuál es tu veneno? —preguntó Sonia—. Si quieres empiezo yo. Hubo un momento de mi vida en el que me negaba a aceptar quién era. Pensaba que no encajaba en el mundo. Que era una pieza equivocada del puzle. Hasta que un día fui consciente de que no gustar a los demás me daba igual, me dejó de importar que no aceptaran como soy. Poco a poco me di cuenta de que ellos tampoco me gustaban a mí. Soy como soy, no como a ellos les gustaría que fuera. Te toca a ti.

—Los errores. Pesan. Como losas. Llega un momento en el que ya no puedes con ellos. Te dejan sin fuerzas. Y solo encuentras una solución. La única forma de romper con el pasado es dejar de tener futuro. Soy un escapista. Cuando sientes que la vida es una prisión, la única salida que te queda es fugarte. Yo lo sigo intentando. No quiero quedarme hasta el final de la película si ya sé que acaba mal —dijo Josan.

—Brindo por ello.

Las copas chocaron, provocando ese instante mágico en el que el alcohol acerca más que nunca a dos desconocidos.

—¿Por qué nadie quiere remover el asesinato de mi madre? Parece como si todo el mundo estuviera mejor sin ella y no les importara lo que le ocurrió. ¿Por qué nadie quiere saber la verdad?

—La verdad. Un manto muy hermoso bajo el que esconder la fealdad del mundo. Si algo he aprendido del periodismo es que la verdad tiene muchas caras. Cada uno escoge la que más le gusta, convirtiendo a las restantes en mentiras. Lo que llamamos verdad es una forma de simplificar la realidad para quedarnos solo con una de sus versiones.

—¿Te hablo del asesinato de mi madre y tú me sueltas una reflexión filosófica de barra de bar? Te estoy pidiendo ayuda.

—¿Qué sabes del caso? —concedió el periodista.

—Lo que publicó la prensa. Hace seis años, mi madre apareció asesinada en la habitación del hotel Loob, uno de esos locales que suelen utilizarse para tener encuentros sexuales clandestinos. Por lo que contaban, mi madre era una clienta habitual. Igual tú sabes más de eso. Murió estrangulada. La habitación se limpió a conciencia y la policía no encontró huellas ni pistas. Ninguno de los empleados vio nada. No hubo ningún tipo de grabación ya que uno de los principales atractivos de estos hoteles es la discreción. Nada de cámaras. El principal sospechoso fue un peluquero, Pablo no sé qué, con el que mi madre había quedado aquella noche en el hotel. La policía comprobó que unos desconocidos le dieron una paliza aquella noche. Alguien quería evitar que llegara a su cita, pero no lo consiguió. Pese a las heridas, el peluquero se escapó del hospital. Fue él quien encontró el cuerpo sin vida de mi madre. El policía que llevó la investigación fue el inspector Alvargonzález. Ahora es el jefe de la UDEV Central, o algo así. He intentado hablar con él, pero no me devuelve las llamadas. Ni siquiera esgrimiendo el nombre de mi padre consigo que se ponga al teléfono. Tampoco he logrado localizar al peluquero. Lo cierto es que la gente que de una forma u otra estuvo involucrada en la investigación ha desaparecido. Solo he hablado con algunos viejos amigos y conocidos de mi madre que no estuvieron con ella la noche en que la asesinaron.

—¿Has conseguido el expediente del caso?

—No sabía que podía tener acceso.

—Y no puedes. Pero con dinero y con contactos podrías. Habla con Portela, es un abogado aficionado al juego. O lo que es lo mismo, siempre debe dinero. Tiene muchos contactos entre los funcionarios judiciales. Él te conseguirá el expediente.

—¿Lo ves? Tú eres periodista. Sabes qué pasos hay que dar. Necesito que me ayudes. Necesito saber qué le pasó. Necesito respuestas.

—¿Sabe tu padre que estás investigando la muerte de Ada?

Sonia se apartó como si de pronto se hubiera dado cuenta de que su acompañante apestaba a podrido.

—Tú también le tienes miedo, como todos. No, mi padre no sabe nada. Hace tiempo que no necesito su permiso para hacer lo que quiero. Eso es algo que no puede decir todo el mundo, ¿verdad? Así que es eso, tienes miedo de ofender al gran hombre y perder tu trabajo. ¡Qué decepción! No sé lo que pudo ver mi madre en alguien como tú.

Una sonrisa amarga se posó en los labios del periodista. Él tampoco supo nunca por qué Ada lo escogió. Por qué alguien tan especial como ella le señaló con el dedo de entre todos sus admiradores, convirtiéndole con ese gesto en un dios. Ni tampoco por qué después lo arrojó a la basura.

Sonia se puso de pie, pegando mucho su cuerpo al de Josan.

—Me parezco a ella, ¿verdad? Pues piensa que es Ada quien está aquí. Que es tu amante quien te pide que la ayudes. —Su mano acarició el rostro del periodista—. Hazlo por mí. Por Ada.

Josan le apartó la mano con rabia. Sus ojos reclamaban sangre como dos campos de batalla. Se puso en pie empujado por la ira y salió a la calle sin mirar atrás. De pronto algo le tiró del brazo. Al volverse, Sonia lo tenía agarrado.

—Perdóname, soy una imbécil... una insensible... una, una... No sé qué me ha pasado, lo siento, no tenía ni idea de lo que sentías por...

Entonces Josan la beso en los labios. Un beso desgarrador, desesperado, el último intento de agarrar el salvavidas antes de hundirse para siempre. Un beso que era mezcla de dolor y amor, con el que pedir perdón y decir te quiero, siempre te querré. Cuando aquel instante pasó, los dos se miraron confundidos.

—Había un segundo policía además de Alvargonzález. Ve al bar Cock. Pregunta por Sebastián. Él te hablará de tu madre.

Fue lo último que dijo Josan antes de salir corriendo entre los coches que le increpaban con el claxon. Huyendo de lo único de lo que nunca se puede escapar: de uno mismo.

Dentro del coche, Sito apretaba el disparador de la cámara como un francotirador. El beso de Josan y Sonia. Capturado en cien instantes distintos.

—Te lo advertí, pero no me has hecho caso. Deberías saber, Juguete Roto, que estar cerca del dinero me vuelve malo. Los errores de unos son el beneficio de otros. En este mundo loco que gira y gira, unas veces estás arriba y otras cabeza abajo. Y estas fotos valen mucha pasta.

24

—¡Buenos días, mis queridos asalariados! ¡El gran Bobby ha llegado!

El pequeño de los varones Gómez-Arjona entró en la planta noble del edificio del Grupo9 con la seguridad del propietario. Traje azul de raya diplomática, corbata verde claro de nudo tenso —como un puño— y zapatos ingleses hechos a mano, deslumbrantes y prohibitivos como un escaparate de Cartier. Su disfraz de alto ejecutivo rezumando profesionalidad le sentaba tan bien... Contrastaba con aquella enorme mancha gris que se extendía ante él. La mayoría de los espacios de trabajo eran así, grises. A juego con las caras grises de los empleados bajo los flexos, los rictus severos y grises de los muebles y el opresivo ambiente gris que se genera en ese presidio voluntario llamado horario laboral. «Aunque la escondas tras una decoración de lujo, una oficina siempre será una oficina», pensó Bobby.

—Elisa, corazón, ¿me podrías traer un doble *capuccino*?

Quiero estar despejado antes de que empiece la reunión del Consejo de Administración.

La cara de la secretaria cambió de tonalidad intentando mimetizarse con el color del papel pintado.

—Don... don Roberto... Llega usted tarde. La reunión ha comenzado hace más de una hora.

La sonrisa de Bobby se fue derritiendo como plástico quemado. Sus ojos incrédulos se desplazaron de la anodina secretaria a la sala de reuniones. En ese momento, la puerta se abrió para dejar salir a los miembros del Consejo de Administración, que daban por concluido el encuentro. Una masa azul marino de trajes de chaqueta, corbatas y discretos collares de perlas. Bobby reconoció en el grupo a su padre junto a su hermano mayor y se dirigió hacia ellos.

—¿La reunión no comenzaba ahora? ¿Por qué nadie me ha informado de que se había adelantado? —dijo al aproximarse.

—No se ha adelantado nada. Desde el principio la hora fijada era las nueve de la mañana. Ponerme en evidencia delante de mis socios se ha convertido en una costumbre para ti, una costumbre muy molesta, si quieres saber mi opinión —dijo Arturo.

—Pero yo... yo... ¡Alonso me mandó un correo citándome a las diez!

—Oh, puede que mi secretaria haya cometido un error. Es tan despistada. Luego hablaré con ella para comprobarlo —se defendió sin entusiasmo el mayor de los Gómez-Arjona.

—Si pasaras más tiempo en la empresa y menos... por ahí, no tendrías que depender de nadie para cumplir con tus obligaciones —sentenció Arturo lanzando una mirada despectiva a su hijo antes de avanzar con el resto del grupo hacia los ascensores.

Bobby se quedó plantado en el pasillo, contemplando cómo se alejaban dejándole atrás, muy atrás. Solo Alonso se volvió hacia él para dedicarle una sonrisa de superioridad, afilada como un bisturí, un latigazo que le escoció en su orgullo.

—Así que quieres jugar, ¿eh?, tullido de mierda. Pues ya verás lo bien que lo vamos a pasar. Aunque ten cuidado, no te vayas a hacer daño. Porque en este juego gana el último que permanece en pie.

La imagen no era muy buena, pero al menos el wifi del bar mantenía la conexión estable. En la pantalla, Mencía no dejaba de colocarse y recolocarse su melena, pelirroja en esta ocasión. Josan había decidido realizar una primera entrevista a través de Skype con la mayor de los Gómez-Arjona, ante la imposibilidad de cerrar la fecha concreta de su regreso a Madrid.

—No tengo mucho tiempo, la fiesta de Swarovski está a punto de comenzar y en cualquier momento requerirán mi presencia. Sin mí, la gala quedaría deslucida —dijo Mencía.

—Solo serán unas preguntas preliminares, una toma de contacto, si lo prefiere. La entrevista real la grabaremos cuando vuelva a casa —explicó el periodista, manteniendo la ficción del documental familiar.

—Con la cantidad de compromisos que tengo, comprenderá que me es muy difícil saber dónde voy a estar la semana que viene. De hecho, aún no he decidido si acudiré al desfile de Tom Ford, en Nueva York, o a la casa que tienen unos amigos en Maldivas. Me da pereza, hay tantos mosquitos allí. Odio los mosquitos. ¿Usted no? Su única función en la vida es la de molestarnos, como los remordimientos.

—Ya que dispone de poco tiempo, voy a empezar con las preguntas, si le parece bien. ¿Qué le ocurrió a su padre el día de su cumpleaños?

—Nada en absoluto.

—Pero hay rumores que dicen que sufrió un infarto.

—Habladurías mal intencionadas. A las familias de nuestra posición nos pasa continuamente.

—Lo que sí está confirmado es que su padre va a modificar su testamento. ¿Cree que usted podría ser la beneficiaria en detrimento de su hermano Alonso? Todo el mundo pensaba que él sería el sucesor de su padre al frente de la compañía.

Mencía soltó un bufido divertido antes de hablar.

—Por supuesto. Yo soy la más cualificada de los cuatro hermanos para dirigir la empresa. Y mi padre lo sabe. Nunca creí que le fuese a dejar la parte de libre disposición de su herencia a Alonso. Sería condenar a la ruina al Grupo9.

—Perdone que le sea tan franco, pero no da usted la imagen de futura directora del segundo grupo de comunicación de este país. Lo digo sin ánimo de ofender. Fiestas, desfiles, Maldivas, Suiza... La vida que lleva parece unas vacaciones continuas. En cambio, sus hermanos varones trabajan los dos dentro de la empresa desde hace años. ¿Por qué piensa entonces que usted será la elegida?

—¡Cuánto prejuicio! La gente suele pensar que como soy

guapa y rica debo ser tonta. Y lo entiendo, es una forma de autodefensa, un modo de canalizar su rabia y su envidia. Se sienten mejor al pensar que soy la típica rubia sin cerebro. Por eso no paro de teñirme, para desconcertarlos. Pobres adocenados, no me molesta que lo hagan. Bastante tienen con sus vidas rutinarias y mediocres. En las redes sociales, mis seguidores más fieles son los que me odian. Y créame, gano mucho dinero en las redes sociales. Me pagan por subir vídeos asistiendo a fiestas, probando productos... Estando de vacaciones, como usted ha dicho. Unos ingresos que me he buscado yo solita. Sin necesidad de que papaíto me consiga un trabajo. Sé lo que está pensando, que soy una frívola. La frivolidad es la forma más inteligente de encarar algo tan imprevisible e irracional como la existencia. Siempre me he dicho: si la vida es caprichosa, selo tú también.

—Parece que no tiene muy buena opinión de sus hermanos.

—Alonso y Bobby son dos enormes ceros a la izquierda. Creen que todo lo bueno que les pasa en la vida sucede porque se lo merecen. Y dirigir la empresa es para ellos una consecuencia natural. No conocen a mi padre, están descubriendo ahora cómo es en realidad. Y Sonia, bueno, se la podría calificar como un misterio. Se ha licenciado en Harvard y todo eso, y seguro que mi padre cuenta con ella, pero le falta experiencia, tanto profesional como vital. Siempre fue una niña solitaria y huraña, moviéndose entre las sombras. Mi madre no la soportaba.

—No lo sabía.

—Claro, ¿cómo iba usted a saberlo? La gran Ada, señora

de Gómez-Arjona, no era lo que se suele entender por una buena madre. Sus hijos... molestaban. Su vida no le gustaba y decidió construirse una segunda juventud, por decirlo de alguna forma. En las salas de fiesta que frecuentaba no admitían niños. ¿Sabe?, he recordado dónde le había visto antes. Estaba con ella. Con Ada. Juntos. En el Florida Park. Parecían tan enamorados que me marché de allí indignada. Un comportamiento idiota por parte de una hija asustada.

Los recuerdos se agolparon en la mente de Josan. Aquellas noches de alcohol y locura. Donde los besos sustituían a las palabras, el sexo era febril y todo valía con tal de seguir riendo, con tal de evitar la llegada del amanecer, con sus rígidas normas. Y de pronto, sin esperarlo, surgió el amor. Como una margarita silvestre brotando en mitad del asfalto. Condenada a morir aplastada por la vulgaridad de un neumático.

—No recuerdo haberla visto... Ada... su... su madre... fue una persona muy especial para mí.

—Oh, perdóneme. No era mi intención. Lamento haberle hecho sentir incómodo con mi comentario. No tiene que darme ninguna explicación. No juzgo a mi madre, ya no. Oh, me avisan de que la fiesta ha comenzado. Le tengo que dejar.

—Solo una pregunta más. En la entrevista que mantuve con Sonia, me dijo que su padre jamás dejará el poder por su propia voluntad. Me insinuó que era una especie de ley familiar.

—La ley del padre, sí. Los hijos tienen que arrebatarle el poder al patriarca. Parece que es algo que se ha repetido varias veces en mi árbol genealógico. A mí me gusta conservar las tradiciones. Sé que mi momento va a llegar. Y será pronto. ¡Chao!

Josan salía del bar después de hablar con Mencía cuando oyó que alguien a su derecha lo llamaba por su nombre.

—¿Es usted José Antonio Caramuel?

—Sí, ¿quién es...?

Un violento empujón y unos brazos fuertes lo metieron dentro de un coche que arrancó al instante. Todo duró un par de segundos. Estaba sentado junto a dos tipos con trajes baratos que lucían unas caras de las que se fabrican en los gimnasios. Frente a él, la nuca del conductor tenía unos pliegues de piel que parecían unos labios enormes haciendo pucheros.

—¿Pero qué es todo esto? ¿Adónde me llevan?

Un codazo en los riñones por respuesta. Estaba claro que a aquellos tipos no les gustaban las preguntas. Josan captó la indirecta. No volvió a abrir la boca en todo el camino.

25

Se hacía el silencio a medida que Arturo avanzaba por la redacción. Sus pasos acercándose provocaban que las voces bajaran en intensidad hasta desaparecer, los teléfonos dejaban de sonar y los teclados abandonaban su rítmico repiqueteo. La redacción convertida en un camposanto.

—Lobato, necesito hablar contigo un momento.

El director del programa *Hora 24*, el infoshow líder de las mañanas del Canal9, se puso de pie como si lo hubieran proyectado con un muelle.

—Don Arturo..., no sabía que iba a venir...

—He estado repasando la escaleta del programa de hoy y hay algo que no comprendo. Quería que me explicaras qué es eso del misterioso coche oscuro con el que abres el bloque de sucesos.

—Es algo de lo que se lleva hablando varios años. A la audiencia le va a encantar. Al parecer, un vehículo negro de alta gama aparece cada cierto tiempo en varias zonas marginales de la ciudad, como una maldición. Según algunos testigos a los que hemos entrevistado, el coche misterioso se dedica a recoger mujeres toxicómanas a cambio de dinero. Las que tienen suerte aparecen meses después sin querer decir dónde han estado. Otras no regresan nunca. Sospechamos que...

—¿Y dices que esa historia la han corroborado testigos? —interrumpió Arturo—. ¿Qué testigos? ¿Otros yonquis?

El director del programa se retorcía las manos como si quisiera hacerse nudos con los dedos.

—Bueno, sí, son toxicómanos..., pero estaban muy lúcidos cuando...

—No parecen una fuente muy fiable. Imagino que habréis hablado del tema con la policía. ¿Qué opinan de este asunto? ¿Existe alguna investigación abierta?

La incomodidad del director ya no solo le afectaba a las manos. Era como si, de repente, todas las extremidades le sobraran y no supiera qué hacer con ellas. Cruzaba los brazos de forma estúpida. Luego los dejaba colgando a ambos lados del cuerpo para, finalmente, esconderlos tras la espalda, al tiempo que cruzaba y descruzaba las piernas de manera espasmódica. Una marioneta agitada por el pánico. Arturo parecía disfrutar del momento, un enorme gato acercándose al indefenso pajarillo que acaba de caer del nido. Infundir miedo. Sin armas ni fuerza física. Otro placer que solo te otorga el poder.

—La... los... los agentes nos han reconocido que llevan escuchando el rumor desde hace años...

—¿Y?

—Y estuvieron investigando en varios poblados conocidos como supermercados de la droga...

—¿Y?

—Y no hallaron nada que probase la existencia del misterioso coche oscuro... Pero eso no significa que la historia no sea cierta. Ya sabe cómo son las cosas, la policía no se toma muchas molestias si las que desaparecen son yonquis...

Arturo se pasó la mano por la barbilla en un gesto artificioso. Simulando poseer algo tan insufrible y servil como la paciencia.

—A ver si te he entendido bien, me estás diciendo que lo único que has conseguido es el testimonio de dos toxicómanos contándonos un cuento de terror. Que la policía no ha encontrado ninguna prueba de la existencia del coche negro ni de las misteriosas desapariciones. ¿Y quieres abrir la sección de Sucesos con esta historia de fantasmas? ¿Desde cuándo hemos dejado de dar noticias en *Hora 24* y nos hemos pasado a la ciencia ficción? Esto no es lo que espero de un director de mi cadena. Borra esta estupidez de la escaleta. Y si tengo que volver a bajar para algo parecido estás despedido. No es una advertencia, Lobato. El cáncer, a veces, da segundas oportunidades. Yo no. ¿Queda claro?

El teléfono de Arturo vibró en su bolsillo. Miró la pantalla, extrañado. Era su secretaria.

—Perdone que le moleste, don Arturo, pero tiene una visita esperando en su despacho.

El hombre dentro del traje estaba sentado en un sillón cuando Arturo entró en la sala. Alfiler de corbata con un rubí que le daba un extraño toque afeminado; gemelos de oro del tamaño de monedas de dos euros con sus iniciales y una majestuosa peste a la colonia Fahrenheit, de Dior, envolviéndolo como una mandorla mística. Parecía lo que era: un carnicero rico haciendo ostentación de su patrimonio hasta en el olor. Emiliano Cabanillas había comenzado su carrera en una pequeña carnicería en Murcia. Ahora era el dueño de la mayor productora de carne del país, con más de quince mil empleados y ramificaciones por medio mundo, además de pertenecer al Consejo de Administración del Grupo9 y ser uno de sus accionistas. Al verlo, una palabra se formó en la mente de Arturo: problemas.

—Siento molestarte tan temprano, supongo que estarás muy atareado...

—Siempre tengo tiempo para mis socios. —Arturo remarcó la palabra socio en lugar de amigo, algo que no pasó inadvertido al recién llegado—. ¿Te apetece tomar algo? ¿Café, té...?

El hombre dentro del traje desechó el ofrecimiento con un gesto. Aquel movimiento hizo que el tufo dulzón de su perfume se extendiese aún más por la habitación como una pandemia. Arturo no pudo evitar arrugar la nariz con desagrado.

—No voy a quedarme mucho tiempo, tampoco lo necesito para lo que he venido a decir. Ya sabes que no sé dar rodeos. Mira, Arturo, tú y yo ya no somos unos críos. Sabemos cómo funciona el mundo y qué es lo que lo hace moverse. Se puede resumir en una palabra: pasta. Y el sueco, el tal Christiansen, está ofreciendo mucha pasta por las acciones del grupo. Y cuando te digo mucha, quiero decir muuucha. Lo he estado hablado con otros accionistas y piensan como yo. La OPA hostil del sueco va a salir adelante, Arturo. Voy a vender.

Creo que es lo mejor para la empresa, las plataformas son el futuro. Quería que lo supieras de mi propia boca.

Arturo agachó la cabeza. La barbilla tocando su pecho para evitar mirar aquella excrecencia con forma humana que tenía delante.

—Aún controlo gran parte de las acciones. Tengo un treinta por ciento de la empresa y cada uno de mis hijos cuenta con un cinco por ciento más.

—Christiansen ya ha comprado o tiene el apoyo del otro cincuenta por ciento del accionariado. Son ellos los que elegirán a la nueva directiva, no tus hijos y tú. Estás fuera. Y si eliges ir por las malas, solo serás un jarrón decorativo en el Consejo de Administración.

Espasmos. En la espalda. Las manos crispadas, convertidas en zarpas. El poder, pensó Arturo, le estaban arrebatando el poder. Punzadas de dolor por todo su cuerpo. Sintiendo que le abrían en canal para extirparle sus órganos. Porque eso era el poder para Arturo: parte de su ser. El suelo por el que pisaba se había convertido en brasas incandescentes que le quemaban la carne. No podía ser, aquello no estaba sucediendo. Pero al alzar los ojos, allí estaba aquel hombre ridículo, con su ridícula sonrisa de conmiseración y sus ridículas justificaciones.

—Arturo, hemos sido los tiburones más grandes de la piscina durante mucho tiempo, quizá demasiado. No nos hemos adaptado a los cambios y ahora ha llegado otro tiburón mucho mayor. Con más hambre y más dientes. Si te enfrentas a él, te devorará. Así son las empresas. No tienen sentimientos ni memoria. Solo beneficios o pérdidas. No es nada personal, son negocios —dijo Emiliano poniéndose de pie para marcharse.

—No esperaba que te rebajaras soltando esas frases de película barata. «No es nada personal, son negocios». ¿Qué mierda significa eso? ¿Que me apuñalas por la espalda pero te sigo cayendo bien? ¿Y qué es eso de que no es personal? ¡Claro que es personal! ¡Me queréis echar de la empresa que fundó mi padre!

—Lamento que te lo tomes así, esperaba una reacción más profesional por tu parte —respondió el hombre dentro del traje con una nube de colonia alrededor.

—Hablando de profesionalidad... —Arturo abrió un cajón del que sacó unos documentos—. Yo también tengo algo para ti. Siempre me ha gustado saber con quién me asocio. Existen varios informes de colectivos animalistas denunciando la situación en la que tienes a tu ganado: hablan de enfermedades, condiciones insalubres, engorde con anabolizantes... Eso está muy feo, muy pero que muy feo. Adjuntan vídeos donde se ve a tus empleados maltratando a las pobres bestias. Sería una pena tener que emitirlos en mis telediarios. Una verdadera pena.

—Lo que de verdad da pena es ver lo desesperado que estás. Te crees que las gilipolleces de cuatro perroflautas me asustan. Emite lo que te salga de los cojones, payaso. Y asúmelo de una vez, ya no eres el puto Rey Arturo. Estás fuera.

—Oh, ¿pero qué tenemos aquí? ¿Este de la foto eres tú? ¿Y qué hacías desnudo? Qué vulgar es eso de tener pelos en la espalda. En cambio, la chica apenas tiene vello púbico. Claro, a su edad. ¿Cuántos años le echas? ¿Once, doce?

Los ojos de Emiliano se volvieron lechosos y turbios, como los del pescado poco fresco. Y con su misma expresión mortecina.

—¡Era una puta y me dijeron que tenía dieciocho años! ¿De dónde la has sacado?

—Te sorprendería la de material que intentan venderle a una cadena de televisión. Gente desesperada y desaprensiva que está dispuesta a cualquier cosa por dinero. ¿No lo decías tú antes? La pasta es lo único importante. Estoy pensando en tu mujer y en tus hijos cuando vean esta imagen. Lo duro que debe de ser descubrir quién es en realidad el hombre con el que llevas tantos años casada y el padre al que admiran. No es nada personal, son negocios. Asúmelo, puto carnicero, si vendes tus acciones, estás fuera.

Emiliano hacía rechinar sus dientes con los puños cerrados. Respiraba de forma pesada, como un animal cansado de intentar escapar de la jaula.

—La foto, quiero la puta foto.

—Sigue portándote bien y tu secreto estará a salvo conmigo. Ahora lárgate y llévate esa peste a colonia contigo.

Cuando el empresario cárnico salió, Arturo cogió el teléfono. Había parado un golpe, pero la pelea continuaba.

—Voy a enviarte la lista con los nombres de los principales accionistas del Grupo9. Quiero que se la hagas llegar a todos los directores de programas y al jefe de informativos. Que todos nuestros redactores se pongan a recabar los trapos sucios que tengan algo que ver con los nombres de la lista. Y quiero que se pongan con ello desde este preciso instante.

26

El coche se detuvo ante la puerta de la Comisaría General de Seguridad Ciudadana. El uniformado alzó la barrera móvil sin pedir la documentación a los ocupantes del vehículo. Se llevó la mano a la visera, haciendo el saludo militar cuando pasaron a su lado.

«Policías», pensó Josan. Los tipos que se lo habían llevado a la fuerza en plena calle eran policías. El descubrimiento no lo tranquilizó. Si los agentes tuvieran algo contra él, lo habrían detenido, sin más. Sirenas, coche patrulla, grilletes a la espalda y rostro contra el suelo. Aquello era otra cosa. Algo extraoficial, algo grave. Los tipos con cara de mancuerna lo sacaron del vehículo tirando de sus brazos sin contemplaciones. Mejor no hacer preguntas porque sus riñones ya sabían la respuesta. Entraron por la puerta principal del edificio. Ninguno de los otros agentes que se encontraban allí les prestó la más mínima atención. Unas escaleras pulidas por el uso hasta la planta baja y lo empujaron al interior de una celda mal iluminada. La puerta se cerró con un chasquido metálico.

Los hombres con cara de mancuerna desaparecieron. No habían abierto la boca en todo el trayecto.

—Ah, es el mejor sonido del mundo. El cerrojo de una celda al cerrarse. Es..., ¿cómo explicarlo? La onomatopeya de la justicia.

La voz venía de una de las oscuras esquinas del calabozo. Josan no se había percatado de que no estaba solo. Los listones de luz que entraban por la diminuta ventana enrejada apenas dejaban pasar algo de claridad al cubículo. Tras la voz, vino el ruido de unos pasos. Acercándose lentamente a la zona iluminada. Los rayos de sol alumbraron unos brillantes zapatos marrones de piel pulida. A medida que avanzaban hacia Josan el resto del cuerpo se fue materializando. Unos pantalones de vestir grises, una chaqueta del mismo tono para completar el traje, una corbata de seda que no hacía juego. Y por fin, el rostro del hombre, en cuyo centro brillaba una sonrisa maliciosa como una cuchilla curva.

—Tenía la esperanza de no volver a verte, Enterrador.

—Yo tampoco, inspector Alvargonzález.

—Comisario principal, Enterrador. Hace tiempo que dejé de ser un simple inspector. Ahora dirijo la Unidad de Delincuencia Especializada y Violenta. De repente, una lluvia de galones dorados cayó sobre mis hombros. Fue una suerte lo del asesinato de aquel pendón, la tal Ada. Todos salimos ganando. Tú, yo, el Rey Arturo...

El hombre parecía dar pasos de baile cuando se movía, entrando y saliendo de la zona iluminada. Apareciendo y desapareciendo, como un actor con miedo escénico sobre las tablas. Tenía el pelo más blanco de lo que Josan recordaba, cortado a capas, lo que le daba un aire sofisticado, casi intelectual. Algo que contradecía su mirada de demente, fruto de los años pasados pateando las calles y contemplando a diario las peores obras de la condición humana.

—¿Por qué me has traído aquí?

—¿No te gusta, Enterrador? Pero si esta hubiera podido ser tu casa.

Mientras hablaba, pasando de la luz a la oscuridad, Alvargonzález jugaba con un cilindro metálico que se intercambiaba de una mano a otra, haciéndolo girar entre sus dedos.

—Algunos hilos en mi telaraña han comenzado a vibrar, advirtiéndome de que algo se está moviendo, cuando todo debería permanecer inmóvil. Preguntas, Enterrador. Susurrantes y sibilantes preguntas. Están haciendo preguntas. Y las preguntas son peligrosas, porque pueden despertar respuestas. Respuestas que deberían seguir dormidas. Respuestas que deberían estar muertas.

La oscuridad engullía su cuerpo hasta hacerlo desaparecer, para luego regurgitarlo hacia la luz en una extraña danza.

—Preguntas sobre la trágica muerte de Ada, la borracha. Preguntas sobre el cruel asesinato de Ada, la casquivana. Preguntas, preguntas, preguntas. Ahora soy yo quien hace preguntas, Enterrador. Y si no me gustan las respuestas, te regalaré una cara nueva —dijo acercando el cilindro metálico al rostro de Josan para que pudiera verlo. Era una porra extensible automática.

—Tres hombres —dijo alzando el índice, el corazón y el anular—, pelo largo, gafas de pasta y chaqueta militar. Todos iguales, como gemelos endemoniados. Se hacen llamar los Hanson. ¿Sabes quiénes son?

—No tengo ni idea.

El policía pulsó el botón del cilindro. Una barra metálica con una bola de acero en la punta saltó impulsada por un resorte en dirección al rostro de Josan, que la esquivó por centímetros. El golpe produjo un profundo agujero en la pared.

—¡Pero qué haces! ¡Estás loco! ¡Te estoy diciendo la verdad!

—Era solo una prueba, Enterrador, una pequeña muestra de lo serias que son mis intenciones.

Alvargonzález colocó la punta de la porra metálica contra el suelo. Luego cargó todo el peso de su cuerpo sobre el arma para volver a introducir la barra retráctil y que la porra recuperase su posición inicial.

—Esos tres gemelos hacen preguntas. Preguntas que hurgan en la basura. En nuestra basura. Y eso es peligroso, Enterrador, peligroso para todos. Porque cuando la remueves, la basura desprende un desagradable olor. Un hedor que atrae a las ratas. No nos gustan las ratas, Enterrador. No queremos que vengan las ratas.

—Te prometo que no sé quiénes son esos tres ni por qué preguntan por la muerte de Ada. Ni siquiera sé por qué estoy aquí.

Alvargonzález volvió a desaparecer en la oscuridad.

—Tú no me ves, Enterrador. Pero yo sí te veo a ti. Veo lo que haces, veo con quién vas. Soy una araña que está en el centro de su tela. Escuchándolo todo. Observándolo todo. Percibiéndolo todo. Estás aquí por ella, por Sonia, la hija pequeña de Arturo. La que tiene la misma cara de zorra que su madre.

El insulto hizo que Josan cerrara los puños con rabia.

—Ella también hace preguntas. Preguntas insidiosas y malintencionadas. Quiere saber. No conoce el valor intrínseco de la ignorancia. Y me ha dado por pensar, Enterrador. ¿No te habrás enamorado también de la hija, verdad? ¿No la estarás ayudando, en un enfermizo intento de expiación? Sería un ejercicio de estupidez por tu parte, pero alguien que no es capaz ni de quitarse la vida demuestra ser muy estúpido. De ahí mis dudas.

—Estás mal de la cabeza. He visto a los hijos de Arturo porque el gran hombre me lo ha pedido. Pregúntaselo si no me crees. Y que te cuente él, si quiere, los motivos.

La cuchilla curva volvió a brillar en mitad de su cara.

—Escondiéndote detrás del Rey Arturo no te librarás de la araña, Enterrador. Estuvimos de acuerdo en cerrar la bolsa de basura. Si ahora alguien la abre, todos perdemos. Tú el que más.

—¿Qué pasa? ¿Tienes miedo de que te sacudan los galones de tus hombros como si fuesen caspa?

La porra extensible volvió a atacar. Josan apartó la cabeza tarde y la bola de metal le produjo un corte en la mejilla.

—Ese es el tipo de respuestas que no me gustan. No olvides que tú eres el puto eslabón débil de la cadena, el que peor lo va a pasar si todo se sabe.

—No tienes que recordármelo. Te repito que no estoy ayudando a nadie y que no sé quiénes son esos tres ni por qué quieren saber lo que le ocurrió a Ada.

—No me gustas, Enterrador. Nunca me has gustado. Estás maldito. Traes la mala suerte contigo. Todo lo que tocas se pudre —dijo Alvargonzález, señalando con la porra extensible a Josan mientras dejaba que las sombras se lo tragasen—. La araña te estará vigilando. Lo que está enterrado no debe volver a la luz. Tú te dedicas a enterrar, esa es tu labor. No dejes de echar tierra encima.

Escuchó el sonido de la puerta de la celda al abrirse y la sombra del policía se desvaneció. Josan esperó cinco minutos largos hasta estar seguro de encontrarse solo. Entonces se puso en pie y salió del calabozo. Avanzaba temiendo que alguien le descubriera. Al subir a la planta principal, varios agentes lo vieron. Pero ninguno de ellos le dio el alto. Nadie preguntó dónde iba ni qué hacía allí. Todos lo ignoraron. Entonces se dirigió a la puerta principal con el corazón golpeando fuerte su esternón. Hasta que por fin alcanzó la calle.

27

Amalgama de cuerpos en la oscuridad. Retorciéndose, viscosos, como gusanos ciegos. Caníbales hambrientos de carne humana. Manos convertidas en ojos. Dedos que palpan, acarician y arañan. Se introducen y buscan. Bocas famélicas. Deseando besar, deseando chupar, deseando lamer. Serpientes en lugar de lenguas. Sexos erectos, tótems del goce, varas de zahorís detectando saliva, semen y sudor. Las tres eses del placer. Labios comestibles, epidermis adherente, carne dulce. Sin nombres, sin rostros, sin palabras. Sin complicaciones.

Bobby encendió un cigarrillo en la puerta del Madness. La piel aún le olía a sexo. Le gustaba esa sensación. Sentirse sucio y pervertido tras pasar un rato en el cuarto oscuro del local. Follar con desconocidos. Carnalidad en bruto. Placer al por mayor. Juanjo, su pareja, no entendía que, de vez en cuando, le apeteciera comerse una hamburguesa, el kétchup chorreando por sus dedos, aunque en casa tuviera caviar. Juanjo..., el famoso escritor. Con sus libros de autoayuda repletos de grandilocuentes obviedades. Las cosas no iban bien entre los dos. Quizá por eso sus visitas al Madness se habían vuelto más frecuentes. El caviar comenzaba a oler a descomposición. Bobby llevaba tiempo percibiendo que su pareja le hacía de menos. Eran pequeños detalles, tonterías que no tendrían importancia por sí solas, pero que en conjunto venían a demostrar que lo menospreciaba. Como si no fuese lo suficientemente bueno para él. Y eso le hacía pensar que tal vez Juanjo solo estuviera con él por ser el hijo de Arturo Gómez-Arjona. Por tener acceso directo al gran hombre.

—Todos piensan que soy un imbécil —dijo Bobby hablando solo—. Cuando me miran solo ven a un inofensivo inútil. Un bufón sin gracia. Juanjo, mi padre, el cabrón de Alonso, que me la jugó en la reunión del Consejo, hasta Mencía y Sonia. Bueno, a saber lo que se le pasa por la cabeza a Sonia. Pero están muy equivocados. Voy a demostrarles de lo que soy capaz para hacerme con la empresa. Y les escupiré en la cara cuando vengan a rogarme que les deje rebañar las migajas.

Una sonrisa negra invadió su cara mientras un ejército de hormigas recorría su piel. Sentirse perverso era tan agradable. Aún percibía los efectos de las pastillas de éxtasis. Fue entonces cuando reparó en los dos mendigos frente a él. Discutían a grandes voces por ver quién se quedaba con la puerta de un supermercado 24 horas para pedir limosna.

—Caballeros —les gritó Bobby sacando un billete de cincuenta euros de su cartera Louis Vuitton—. ¿Por qué seguir discutiendo cuando se puede solucionar a puñetazos? El que quede en pie se lleva el premio.

Los sintecho se miraron sin comprender.

—¿Quieres que nos peguemos por dinero? —preguntó el más alto de los dos. Boca sin muchos inquilinos, barba de profeta y gorro de lana sucio con el logo de Disney—. ¿Pero qué cojones te crees que somos? ¿Animales?

—Métete el puto dinero por donde te quepa, gilipollas —soltó el más bajo. Piel cuarteada por la intemperie, ojos de color rojo alcoholismo y manos abotargadas—. Tenemos más dignidad que tú, payaso.

Bobby sacó de nuevo su cartera y extrajo otro billete de cincuenta. Alzó la mano mostrándoselo a los dos hombres junto con el primero.

—Se puede comprar mucho alcohol con cien euros —explicó.

Los dos sintecho se miraron comprendiendo.

El puñetazo impactó en la cara del más alto. Un cabezazo como respuesta reventó la nariz del más bajo. La sangre le cubrió la boca, convirtiendo su escasa sonrisa en una grumosa mancha roja. Más golpes y más patadas. Con la rabia del desesperado. Los ojos inyectados en odio. La brutalidad despojando a los dos mendigos del don de la palabra. Solo gruñían y enseñaban los dientes. La gente que pasaba por la calle los ignoraba con una mezcla de indiferencia y miedo. Bobby se reía contemplando la escena mientras encendía otro cigarro.

—Muy bien, lo estáis haciendo muy bien. Solo puede haber un ganador.

Los sintecho se lanzaron uno contra otro como fieras, sin nada que perder. Rodando por el asfalto. Los puñetazos sustituidos por mordiscos. Las uñas negras buscando la humedad de los ojos. Las bocas mordiendo la carne blanda. Y de fondo las carcajadas del hombre de los cien euros. Restallando en la noche, como la punta de un látigo, para espolear a la violencia. La comedia y la tragedia. Dos grotescas muecas retorciéndose sobre la pira ardiente en la que se consume la vida.

El vestido de raso negro con la espalda al aire de Sonia actuaba como una red de arrastre que se llevaba tras ella las miradas masculinas y algunas femeninas. Había pertenecido a su madre y le pareció una buena idea ponérselo para ir al Cock, uno de los locales que frecuentaba cuando aún estaba viva. Al sentarse en la barra comenzó a estudiar las caras de los camareros. Todos la observaban anhelantes, todos menos uno, que bajó la vista en cuanto sus ojos se encontraron.

—Tú debes de ser Sebastián, ¿verdad? —exclamó ella señalándole con el dedo.

El barman se le acercó con los ojos clavados en el suelo.

—¿Qué desea tomar?

—¿Sabes quién soy, verdad?

El tal Sebastián levantó la cabeza un instante para asentir.

—Es usted Sonia, la hija pequeña de la señora de Gómez-Arjona.

—Dicen que me parezco mucho a mi madre. No sé qué opinas tú, tengo entendido que la trataste bastante.

—El parecido es... impactante. Casi da miedo. Cuando la he visto entrar por la puerta, con ese vestido..., por un momento he pensado que los fantasmas existen y les gustan los cócteles.

—¿Qué bebía ella? Mi madre. ¿Cuál era su cóctel favorito?

—La señora Ada, siempre que nos honraba con su presencia, pedía un tom collins. Decía que era como un perfume bebible.

—Pues ponme un tom collins. Y no te vayas muy lejos. Necesito que me sigas hablando de ella.

Minutos después, la bebida se materializó ante Sonia. Dio un sorbo y comprobó que su madre sabía lo que se bebía.

—Traté bastante con la señora, pero no creo que me considerase un amigo —dijo Sebastián mientras sacaba brillo a las copas—. Quizá yo no sea la persona más indicada para hablarle de ella. Por cierto, ¿cómo ha dado conmigo?

—Me gustaría que me hablara de la noche en que la asesinaron —ordenó Sonia ignorando la pregunta del barman.

—¿Por qué me pregunta a mí? Estuve trabajando aquí aquella noche y ese día ni la vi. No me enteré de su muerte hasta la mañana siguiente.

—La barra de un bar es como la orilla del mar. El lugar donde llegan los restos de un naufragio. Usted la conocía, seguro que ha oído cosas. Los amigos de mi madre hablarían de esa noche. Un crimen sin resolver siempre genera muchos rumores. Quiero que me los cuente.

—Ser camarero sería mucho menos complicado si no tuviésemos orejas. Escuché historias, señorita. Pero lo único que le voy a dar es un consejo: deje el asunto como está.

—Qué curioso, ahora que me fijo, los camareros además de orejas también tienen boca —replicó Sonia dejando un billete de cien euros sobre la barra—. Hay un hermano gemelo esperando en mi monedero si cambia los consejos por información.

Los cien euros desaparecieron dentro del bolsillo de la chaquetilla blanca del camarero.

—Muchos amigos de su madre comentaron que pasaron cosas raras en la investigación. —Sebastián bajó la voz en tono confidencial—. En un primer momento, la policía intentó por todos los medios culpar del asesinato al peluquero.

—El amante de mi madre.

—Era un pobre hombre. Eso le salvó. Aquella noche, un par de tipos se acercaron a él cuando salía de su casa rumbo al hotel donde había quedado con su madre. Sin mediar palabra, le dieron una paliza. Alguien no quería que acudiese a su cita. Unos chavales que estaban haciendo botellón por la zona lo grabaron todo con sus móviles. Tal vez por eso los tipos no se ensañaron. No le hicieron nada grave. Chapa y pintura, nada de motor. El SAMUR lo trasladó al hospital, pero el peluquero se escapó. Tenía que llegar al hotel como fuese. Su madre causaba ese efecto en los hombres. Cuando estaban con ella eran héroes, pero al abandonarlos se transformaban en monstruos. A usted pronto le sucederá lo mismo. El peluquero fue quien encontró el cadáver. Y la policía le quiso cargar con el marrón. Si no llega a ser por el vídeo y el testimonio de los chavales, ahora mismo se estaría duchando con cien hombres más. Los agentes tenían un interés desmedido en cerrar el caso a toda costa. Y luego está lo de la habitación del hotel.

—¿A qué te refieres?

—No encontraron ni una huella. Todo estaba limpio, incluso las sábanas estaban por estrenar. Me lo contó uno de los patrulleros que estuvieron allí la noche del crimen. El encargado aseguró a la policía que la ropa de cama no pertenecía al hotel. Alguien había limpiado la habitación a fondo. Alguien que sabía lo que se hacía.

—¿Recuerda cómo se llamaba el encargado?

Sebastián se encogió de hombros.

—No lo recuerdo. Creo que nunca lo he sabido. Lo único que sé es que todos los que estuvieron implicados de una forma o de otra con el crimen se han esfumado. El peluquero, el encargado, incluso uno de los policías que llevó el caso.

—Es todo muy extraño —replicó Sonia dando un trago al tom collins.

—Los agentes han tratado el crimen de su madre como si fuese una herida. Primero intentaron cerrarlo y luego taparlo. Lo importante era que no se infectara de prensa y de rumores, como si a alguien le interesara que se olvidara lo antes posible.

—Y piensa que ese alguien es mi padre, ¿verdad?

—Eso lo ha dicho usted. Yo no tomo el nombre de Dios en vano. Mire, un mes después del asesinato vinieron a hacerme una visita los dos policías que llevaban el caso. El más viejo, no recuerdo su nombre, se quedó fuera, esperando. El que habló conmigo fue un tal...

—Alvargonzález —acabó la frase Sonia.

—El mismo. Es un tipo que da escalofríos. Parece que aún lo estoy viendo sentado delante de mí, extendiendo la mantequilla en su tostada con un cuchillo mientras me hablaba de una asociación de sordomudos que estaba haciendo una labor sensacional para integrar a ese tipo de gente. Al principio, yo no entendía nada. No sabía de qué me estaba hablando. Pensé que estaba loco. De repente, me agarró por la nuca y me puso el cuchillo en el cuello. Entonces ordenó que sacara la lengua. Cuando obedecí, comenzó a untármela de mantequilla mientras me advertía que no hablara con nadie de Ada. Se tomó su tiempo, como si disfrutase con la situación. «Un corte, solo un pequeño corte y, ¡zas!, ya eres miembro de la asociación de sordomudos», me decía el muy hijo de...

—¿Y no tienes miedo de que vuelva con todo lo que me has contado?

—He encontrado doscientas buenas razones para hacerlo. Además, uno se cansa de vivir atemorizado. No es bueno para el estómago.

Sonia alzó su copa para brindar por las últimas palabras y el camarero le respondió con una sonrisa.

—¿Recuerdas cuál era el nombre de alguno de esos tipos que dices que se han esfumado? El segundo policía, el peluquero, el encargado del hotel...

—El peluquero se llamaba Pablo..., ¿cómo era...? Santa, Santos o algo así. Del resto ya le he dicho que no me acuerdo. ¿Le apetece otro tom collins? Invita la casa.

—Te lo agradezco.

Cuando Sebastián desapareció, Sonia empezó a darle vueltas a todo lo que le había contado. Falsos culpables. Escena del crimen manipulada. Policías más preocupados por atemorizar a los testigos y amigos de su madre que por resolver el asesinato. Si entierras algo, nadie lo ve. Y si nadie lo ve, no existe. Aquello apestaba a la forma de hacer las cosas de su padre. ¿Quería evitar el escándalo o había algo más?

—¿Tenía mi madre enemigos? —preguntó Sonia cuando el camarero le trajo el cóctel.

—No que yo sepa, más allá de las envidias que despertaba. Era una mujer muy hermosa que sabía divertirse. Se convertía en el centro de atención allá donde fuera. Me viene a la cabeza una noche, aún trabajaba en el Harrison 1933. Su hermana, la señorita Mencía, estaba celebrando algo con un grupo de amigos, no recuerdo el qué, cuando apareció su madre con el séquito de admiradores que siempre iba tras ella. Inmediatamente acaparó todas las conversaciones y las miradas de los asistentes. Era algo que siempre ocurría. Pero no por eso dejó de molestar a su hermana, imagino que ya sabe cómo es. Le gusta ser la protagonista. Se acercó a su madre y le dijo: «Ya va siendo hora de que asumas la edad que tienes». Fue un comentario muy desagradable, impropio de una hija. En su descargo, he de decir que la señorita Mencía se encontraba un poco bebida. Ada compuso su mejor sonrisa de gran dama y le preguntó si había hecho los deberes antes de salir de casa, prometiendo que si aprobaba todas las asignaturas le compraría una bicicleta. Aquello provocó una carcajada general y la pobre Mencía abandonó precipitadamente el local, humillada. Nunca más las vi volver a coincidir.

Sonia dejó sobre la mesa los otros cien euros, que corrieron a reunirse con sus hermanos gemelos en el bolsillo de Sebastián.

—Ha sido muy enriquecedor hablar contigo, me gustará volver a hacerlo.

—Siempre es usted bienvenida en este local, señorita.

Josan esperó a ver salir a Sonia para entrar en el Cock. Se sentó en la barra y esperó a que Sebastián se le acercase. Al ver llegar al camarero, extrajo un sobre de su abrigo negro y se lo entregó.

—Es la primera vez que me pagan por decir la verdad —dijo el barman sopesando el bulto.

—¿Lo habrías hecho si no te hubiera pagado?

—No, seguro que no. Aquel policía me lo dejó muy claro. Es igual que su madre, Josan.

—Ya lo sé.

—Eso es lo que me preocupa. Que lo sepas. Llevo mucho tiempo detrás de una barra y sé reconocer a la gente. Sonia es una mujer trampa, como su madre. Y una cosa es caer en la tentación y otra muy distinta caer en una trampa. No sé lo que estás haciendo ni lo que pretendes con todo esto. Solo te digo una cosa: si te lanzas al vacío lo normal es que te choques con algo y que ese algo te haga daño.

—No te preocupes por mí, tengo un plan.

—¿Sabes lo que dijo Mike Tyson?: «Todo el mundo tiene un plan hasta que recibe la primera hostia».

—Hace mucho que recibí la primera hostia. Ahora ha llegado el momento de empezar a devolverlas.

28

Una olla fría de carne gelatinosa y verduras crudas flotando en un caldo espeso. Eso era Londres. Con su eterno cielo gris como una tapadera gigante. Christiansen contemplaba desnudo las vistas de la ciudad desde el enorme ventanal de su loft, situado en la Northumberland Avenue. Frente a él se alzaba el London Eye. Aquella noria para turistas otorgaba un aspecto circense al perfil de la ciudad. La capital de un imperio convertida en un parque temático para adictos a los selfis, apestando a comida rápida, cerveza rancia y curri. Prefería la homogeneidad de Estocolmo. Cerrada y confiable como una cuadrícula. Pero no se podían hacer negocios desde Estocolmo. Por eso estaba allí, a pesar de que tras el Brexit muchas empresas habían cambiado su sede, y se habían instalado en ciudades como Frankfurt o Múnich. Pero qué son los alemanes sino ingleses sin estilo. Así que decidió quedarse en Londres. En aquella olla fría de carne gelatinosa y verduras crudas.

Dio un sorbo a su té Yellow Gold, a cuyas hojas se les

daba una pincelada de oro de veinticuatro quilates, de ahí su nombre, y volvió la vista hacia el interior de la vivienda. En la enorme cama dormían un hombre y una mujer desnudos, apenas cubiertos por las sábanas de raso. Con ese delicioso abandono en su postura que solo proporciona el sexo. Christiansen acababa de decidir que disfrutaría una vez más de los dos antes de invitarlos a abandonar su casa cuando unos nudillos tocaron la puerta del dormitorio con temor. Al abrirla, se encontró con una de las mujeres hipertrofiadas de su escolta. Llevaba un teléfono Vertu en la mano. No se inmutó al ver a su jefe desnudo. Estaba acostumbrada.

—Siento molestarle, señor, pero tiene una llamada.

—Oh, no. ¿Cuántas veces os he repetido que os encarguéis vosotras? Tratar con la gente se ha vuelto una experiencia decepcionante. La inmensa mayoría de las llamadas son una pérdida de tiempo, parloteo insustancial, lugares comunes repetidos hasta la saciedad. Por eso nunca llevo un móvil conmigo. Os pago para que me mantengáis al margen de toda esa aberración.

—Es una llamada desde España. Urgente. El abogado me ha pedido que le diga dos palabras: hemos perdido.

Christiansen agarró el teléfono.

—¿Qué es eso de que hemos perdido?

—Señor Christiansen, siento molestarle. Sé lo que le desagrada recibir llamadas...

—Señor Garrigues, le aconsejo que en este momento sea lo más conciso que pueda, se lo digo por su bien.

—La OPA hostil. No la vamos a sacar adelante.

—¡¿Qué?¡ ¡¿Cómo que no?! Teníamos compromisos

para hacernos con el control del cincuenta por ciento de las acciones del Grupo9.

—Algunos accionistas se han echado para atrás en el último momento y no nos han vendido su paquete accionarial.

—¡Pues haberles ofrecido más por ellas!

—No se trata de un problema de dinero.

—¿Qué es lo que ha pasado entonces?

—Arturo Gómez-Arjona. Eso es lo que ha pasado. Por lo que hemos podido descubrir, ha amenazado con sacar a la luz informaciones comprometidas de algunos accionistas. Informaciones que no solo acabarían con su reputación sino también con su costumbre de andar libres por la calle, no sé si me entiende.

Christiansen devolvió el móvil a la mujer culturista a pesar de que aún se oía la voz del abogado al otro lado. Una vena comenzó a hincharse en su frente, como si una lombriz se hubiera colado bajo su piel. Entrecruzó todos sus dedos hasta hacer crujir los nudillos mientras cerraba los ojos. Inspiró, espiró. Despacio. Una vez, dos veces, tres..., hasta que su furia se fue evaporando.

—Habrá que enseñar a don Arturo lo que te pasa cuando juegas en el patio de los mayores —dijo a su guardaespaldas sin abrir los ojos—. Ha llegado la hora. Suelta a los perros.

Día de trajes y corbatas. La vestimenta para oficiar otro rito al dinero. Sombras azules y grises de corte recto. Camisas con iniciales bordadas, tan lisas como rostros adolescentes.

Collares y pendientes de perlas. Bolsos con el logo de marcas de lujo, los símbolos con los que identificar a los devotos de la religión verdadera.

Los coches de azabache con los cristales tintados se detuvieron. Arturo Gómez-Arjona dio la bienvenida a los recién llegados en la puerta de entrada del edificio del Grupo9. Le acompañaban los miembros del Consejo de Administración y sus dos hijos varones, Alonso y Bobby. Aquel era un día importante. Los directivos de una multinacional tecnológica acudían a la sede de la empresa para firmar un acuerdo de colaboración que haría ganar millones a las dos compañías. La multinacional proporcionaría todo el soporte tecnológico a las cadenas de televisión y las emisoras de radio de Arturo, situándolas así en la vanguardia de los medios en España. Mientras el Grupo9 se comprometía a crear contenidos en exclusiva para la plataforma de la tecnológica a un coste mucho menor que el de otras productoras. Dos colosos se unían para crear un monstruo mayor.

Sonrisas y apretones de manos entre los hombres. Mejillas juntas, besos dados al aire para las escasas mujeres. Emparejamientos según rango. Arturo Gómez-Arjona con el CEO de la multinacional. Y detrás el resto de los oficiantes, fieles deseosos de ver con sus propios ojos el prodigio de la multiplicación del dinero.

—Reformamos el edificio hace un par de años —comentó Arturo a su invitado una vez dentro de la sede del Grupo9.

—Ha quedado muy bien. ¿El suelo es de mármol?

—Solo el de las plantas de los directivos, como podrá usted entender.

La comitiva se detuvo frente a las puertas de los dos ascensores. Bobby se adelantó para pulsar el botón de llamada cuando le detuvo un técnico con un uniforme gris y un cinturón con herramientas.

—Lo siento, pero los ascensores están averiados. Nos han avisado de que hacen unos ruidos extraños y podría ser peligroso utilizarlos. Creemos que es cosa de los rodamientos, deben de estar funcionando mal.

La cara de Arturo se ensombreció. Aquello dejaba en evidencia a la empresa delante de los directivos de la multinacional. Y lo que era peor, le dejaba en evidencia a él.

—Podemos coger los ascensores que utilizan los periodistas en la primera planta. Siempre que no les moleste tener que subir un pequeño tramo de escaleras —propuso Bobby, solícito.

Arturo se volvió hacia el CEO tecnológico, que se encogió de hombros con una sonrisa.

—Un poco de ejercicio nos vendrá bien para hacer sitio a la comida. Está demostrado que las máquinas fallan menos que los humanos, por eso es tan llamativo cuando ocurre —reconoció el directivo.

—Y no hay que pagarles un sueldo —apuntó Arturo.

Risas cínicas rindiendo pleitesía a los jefes. Todos comenzaron a subir los primeros peldaños. Todos menos Alonso, sentado en su silla de ruedas.

—Papá, ¿qué pasa conmigo?

Arturo se volvió, algo molesto por aquel nuevo contratiempo.

—Puede esperar aquí hasta que vuelvan a funcionar los

ascensores —propuso el técnico—, no creo que tardemos mucho, calculo que será cosa de unos minutos.

—Ya lo has oído. Solo serán unos minutos —dijo Arturo volviendo a poner en marcha a la comitiva.

Alonso se quedó solo en el *hall*, viendo como el grupo desaparecía escaleras arriba sin que nadie mirara atrás. Un lastre al que se simula no ver hasta que desaparece.

Arturo y el presidente de la tecnológica tomaron el primer ascensor. El resto esperaron al segundo.

—Mi hermano, con su discapacidad, aporta una imagen integradora y humana a la empresa —dijo Bobby al resto de los directivos mientras observaban la cuenta atrás en la pantalla sobre la puerta del elevador.

Todos los trajeados asintieron.

—Pero hay que reconocer que, en algunas situaciones, lo de la silla de ruedas es un auténtico tostón.

Todos los trajeados se rieron.

Cuarenta y cinco minutos más tarde, la masa de trajes descendía por la escalera entre risas y palmaditas en la espalda, evidenciando que el acuerdo se había firmado. Alonso, fuera de sí, aún estaba esperando junto a las puertas de los ascensores. La cara enrojecida por la rabia y la impotencia. Nada más ver a su padre, hizo girar las ruedas de su silla con fuerza para ir su encuentro.

—¡Me habéis dejado aquí tirado! ¡Te he llamado al móvil por lo menos veinte veces! —El tono bajo no lograba disimular la ira de sus palabras.

—Ya sabes que siempre lo pongo en silencio cuando tengo una reunión importante. No te has perdido nada —dijo

Arturo, dando unas palmadas condescendientes en el hombro de su hijo—. Vamos, no te separes del grupo. No quiero que te pierdas también la comida.

Y siguió avanzando hacia la salida junto a su nuevo socio.

—Debe de ser duro tener un hijo así —dijo el CEO tecnológico.

—Podía haber conseguido todo lo que se hubiera propuesto. Y ahora, míralo. Paga las consecuencias de su mala cabeza —respondió Arturo, a sabiendas de que Alonso estaba detrás escuchando la conversación.

Bobby se quedó rezagado a propósito, dejando que el grupo avanzara hasta quedarse solo. Cuando comprobó que nadie reparaba en él, fue al encuentro del técnico de los ascensores.

—Doscientos euros, ese era el trato —soltó mientras le entregaba el dinero.

—No tenía ni idea de que iba a ganar más simulando una avería que reparándola. Si mañana necesita que vuelvan a estar estropeados, cuente conmigo.

—No creo que sea necesario, pero lo tendré en cuenta.

En ese momento, Bobby vio cómo, a través de la puerta de cristal de la entrada, la mirada de Alonso se clavaba en él como el garfio de un carnicero en la carne muerta. Entonces levantó la mano en su dirección agitando todos los dedos mientras permitía que la crueldad tirase de la comisura de sus labios hasta formar su sonrisa más sádica.

—¿Quién se ríe ahora, hermanito?

29

—¿Qué le apetece tomar hoy? —consultó el camarero del Hermosos y Malditos.

—Ponme un tom collins, si eres tan amable. Una amiga decía que era como beber perfume —respondió Josan, sintiendo el arañazo del recuerdo en la espalda.

Consultó su reloj de nuevo. Un gesto que no paraba de repetir siempre que esperaba a Sonia. Como si tuviera un tic. A pesar de que las manecillas se negaran a avanzar. Sonia... Lo había llamado aquella mañana porque quería verle. Necesitaba contarle algo urgente. Lo más inteligente habría sido negarse, pero la vida sería mucho más aburrida si solo hiciésemos cosas inteligentes. Sobre la cabeza de la hija menor del Rey Arturo flotaba un enorme cartel luminoso con la palabra PROBLEMAS a modo dc advertencia para todo el que lo quisiera ver. Y sin embargo allí estaba, mirando el reloj como un novio impaciente. Si los problemas vienen a buscarte es una descortesía dejarles esperando. El camarero trajo el tom collins y lo depositó en el posavasos, la alfombra roja de los cócteles. En el otro extremo de la barra, unos oficinistas no paraban de intentar llamar la atención del camarero repitiendo «oye, oye» sin parar.

—Otros putos gilipollas que se han pensado que soy un perro —dijo este a Josan sin hacerles el menor caso—. Samuel Colt fue el inventor del revólver, pero la idea se la dio un camarero, hágame caso.

Una mano sobre su hombro y Sonia se materializó en la banqueta de al lado. Llevaba una gabardina Burberry sobre un jersey beis de cuello alto de cachemir y unos pantalones negros de vestir.

—Lo he intentado, prometo que de verdad lo he intentado. Pero me ha resultado imposible ser puntual. Me parece demasiado esfuerzo para tan poca recompensa. Además, eso de la exactitud... es más propio de las máquinas. Los seres humanos somos encantadoramente imperfectos. ¡Qué aburrida sería la vida si no cometiésemos errores! ¿No te parece?

—Hay errores que no se pueden perdonar. Sobre todo por uno mismo.

—Eso ocurre porque la sociedad nos obliga a ser perfectos. Cuando aceptas que no eres infalible, te liberas. Soy una gran defensora de cometer errores. ¿Eso que tomas es un tom collins?

Josan asintió.

—El cóctel favorito de mi madre. Yo también me estoy aficionando, ¿sabes? —comentó mientras solicitaba la bebida al barman.

—¿Para qué querías verme? —preguntó Josan.

—Contacté con el tal Portela, el abogado del que me

hablaste, para conseguir el informe policial del asesinato de mi madre. Un tipo peculiar, da la impresión de estar siempre enfadado. Como si no le gustase nada ni nadie en el mundo.

—Solo es feliz cuando gana en el juego. Póquer, sobre todo. Algo que no suele suceder.

—Con las cartas no lo sé, pero a nosotros nos ha hecho una buena jugada. Mira, esto es lo que he conseguido.

Sonia entregó a Josan una carpeta repleta de folios. Al abrirla, el periodista comprobó que la mayoría de lo que había escrito estaba tachado con gruesas franjas negras que no permitían su lectura.

—He comprado un montón de folios emborronados. Por supuesto, no le he dado la cantidad que me pedía. Los ricos somos ricos, principalmente, porque no tiramos el dinero.

—El informe de una investigación policial censurado —dijo Josan—. Eso solo está al alcance de gente que está muy arriba.

—Tú también crees que mi padre está detrás, ¿verdad? Que de alguna forma está involucrado en el asesinato.

—Puede que lo único que pretenda sea evitar que el caso se convierta en un espectáculo. Él, mejor que nadie, sabe cómo funcionan los medios. Conoce lo permeables que son algunas instituciones para los periodistas.

—Puede que ese sea el motivo y puede que no. De momento, prefiero pensar que es cierto y que el gran Arturo solo quiere preservar el buen nombre de mi madre. Bueno, ¿y ahora qué hacemos?

—¿Hacemos? Tú, dejar de remover el asunto. Yo, seguir bebiendo.

—Oh, venga. No me hagas rogarte otra vez. Pago yo las copas.

Josan extrajo su paquete de tabaco. Lucky Strike, un golpe de suerte. Tal vez Sonia fuera eso. Un golpe de suerte.

—Te saldría más barato asignarme un sueldo. Vamos a hacer una cosa. —Josan se sacó una moneda del bolsillo—. Elige.

—Cara. Si gano yo, me ayudas con el crimen de mi madre.

—Y si sale cruz, me dejarás en paz y no volverás a llamarme.

—Dudo mucho que sea eso lo que de verdad quieres.

La moneda ascendió en el aire. Luego cayó sobre la mano del periodista, que golpeó con ella la barra del bar antes de descubrirla. Cara. Lo que esperaba. Cada vez se le daba mejor engañar a la mala suerte.

—¡He ganado, el azar ha decidido que te pongas de mi parte! Muy bien, ¿por dónde seguimos?

—No tengo ni idea.

—Eso no ayuda, señor periodista. —El rostro de Sonia se ensombreció de pronto, como si dentro de ella se hubiera apagado una luz—. ¿Sabes?, dijiste algo que no para de darme vueltas en la cabeza. Y me gustaría que dejara de hacerlo. El otro día, al hablarme del asesinato de mi madre, me contaste que, aparte de Alvargonzález, en la investigación intervino un segundo policía. ¿Cómo puedes saber eso? En el informe no aparece o está tachado.

Los ojos de Sonia eran dos lanzas térmicas derritiendo la coraza de Josan. Este sacó despacio un cigarrillo del paquete y se lo colgó de los labios para ganar tiempo. «Piensa, maldita sea. Piensa algo rápido. ¿Qué le puedo contar? Tiene que creérselo. Vives rodeado de mentiras, ¿y ahora no se te ocurre ninguna? Piensa, piensa...».

—Yo era amigo de tu madre. La policía lo descubrió y vinieron a tomarme declaración. Los dos agentes, Alvargonzález y el otro. Por eso lo sé.

El rostro de Sonia perdió su tensión, como la carpa de un circo que se desmonta.

—¿Y no recuerdas su nombre?

—No creo que me lo dijera.

—¿Podríamos conseguirlo?

—Quizá se publicara en algún medio, aunque lo dudo. El nombre no ha trascendido porque les interesaba que permaneciera así, oculto. Alvargonzález era la cara visible del caso. Acaparó toda la atención mediática. Quería colgarse la medalla que le hiciera ascender. No veo cómo podríamos saber la identidad del segundo policía. Si le pedimos a un agente que nos lo busque en sus archivos, saltarán las alarmas Y Alvargonzález le iría con el cuento a tu padre. Fin de tu investigación. Mira el informe, alguien se ha tomado muchas molestias para que nada relacionado con el asesinato de tu madre trascienda.

—Sebastián, el barman del Cock, me habló también del encargado del hotel. Llamé para saber si seguía trabajando allí o algún compañero se acordaba de él. No tenían ni idea de lo que les hablaba. Me dijcron que el hotel tenía nuevos dueños y que habían remodelado toda la plantilla. No guardaron ningún archivo de los antiguos trabajadores. Puerta cerrada. Calle sin salida. Solo nos queda el peluquero, el tal Pablo Santos.

—Haré unas cuantas llamadas a ver si consigo enterarme

de algo. Pero quiero que me prometas una cosa. O si no, esto se acaba aquí y ahora.

—Lo que sea —respondió Sonia.

—Si encontramos al asesino, no quiero que acudas a la policía. Tienes que acabar con él, da igual cómo lo hagas. Pero debe morir. ¿Estás de acuerdo con esto?

—No entraba en mis planes llamar al 091, Juguete Roto. Me parece justo. Además, con dinero siempre se encuentra a alguien dispuesto a hacerte un favor.

El camarero del Hermosos y Malditos había formado una pistola con sus dedos con la que disparaba disimuladamente a los clientes. En medio del tiroteo imaginario, Josan comenzó a dar vueltas a su vaso, con la vista clavada en el Manhattan en miniatura que formaban las botellas tras la barra.

—Siento lo del otro día, no debería haberte besado.

—A pesar de que fuesen mis labios, los dos sabemos que no era a mí a quien besabas. Así que no veo por qué deberías pedirme disculpas.

Sonia se levantó del taburete y dejó que uno de sus dedos recorriera despacio la boca del hombre.

—Me gustaría que algún día dejaras de utilizarme para besar al fantasma de mi madre. Avísame cuando tengas claro para quién son tus besos.

Y caminó hacia la puerta dejando tras de sí la nostalgia de su presencia.

—¿Se puede saber a qué hora llegaste anoche?

—A las a ti qué coño te importa, minuto arriba, minuto abajo.

Bobby se revolvió en la cama, recolocándose el antifaz que le protegía de la luz del día, mientras Juanjo, vestido con un enorme kimono rojo, levantaba las persianas sin contemplaciones y abría las ventanas con la energía que proporciona la indignación.

—Querido, el antifaz es una prenda de lo más útil —explicó Bobby con voz de sueño—. Te permite alargar la noche todo lo que quieras, pero se necesita la colaboración de los demás, guardando silencio. Le he dicho al servicio que no me molestase. ¿No te has enterado?

—Es que yo no soy el servicio.

—Eso es lo que tú te crees.

Juanjo se quedó parado, mirando a su pareja sin dar crédito a lo que acababa de escuchar.

—No te reconozco. Este no eres tú. ¿Qué te está pasando? Desde que vuestro padre dijo que iba a cambiar su testamento os estáis volviendo todos locos.

—¡Cómo no! ¡Ya salió el gran Arturo Gómez-Arjona! —Bobby arrojó el antifaz al suelo y saltó de la cama, desnudo, en dirección al cuarto de baño del dormitorio—. ¿Crees que no sé lo que pretendes? ¿Que no me doy cuenta de por qué estás conmigo? Pero deja que te diga algo: para mi padre solo eres un puto marica sin talento. Si no fueras mi pareja, ni te dirigiría la palabra.

La barbilla de Juanjo Uceda comenzó a vibrar, intentando retener las lágrimas.

—¿Eso es lo que piensas de mí? ¿Que solo estoy contigo por interés? Si es así, me parece que ya no tengo nada que hacer en esta casa.

—Estupenda interpretación del tercer acto de *Madame Butterfly*. Me voy a dar una ducha. Ah, antes de que te marches, quiero que sepas que todos los objetos de plata de la casa están contados.

Bobby cerró de un portazo el cuarto de baño y se introdujo en la ducha de paredes de cristal. Accionó la columna de hidromasaje y cerró los ojos. Para ascender hay que soltar lastre. Y él quería ascender. Primero se encargó de su hermano Alonso. Toro Sentado no se esperaba la jugada de los ascensores. A Bobby se le dibujó una sonrisa al recordarlo. Su padre fue testigo de su inutilidad. Uno menos. Sonia no contaba, de momento. Con Juanjo fuera de juego, le tocaba el turno a la mundana de Mencía. Si lograba dejarla en evidencia, Bobby sería la única opción real para heredar la empresa. Si aun así el Rey Arturo se negara a entregarle la corona, habría que seguir los consejos de Freud y «matar al padre». Pero aún era pronto para pensar en eso, ahora debía concentrarse en humillar a Mencía. Y se le estaba ocurriendo una idea genial. Solo necesitaba unas cuantas joyas de imitación. La estupidez de su querida hermana haría el resto. En ese instante, entre el vapor del agua caliente pudo contemplar la visión de parte de su rostro en el espejo. Y lo que vio le dio miedo.

30

Los espacios cerrados tienen la cualidad de modificar su ambiente ante la llegada de un elemento que les sea extraño. Como si cambiaran de humor ante una visita no deseada o una novedad impuesta. Josan lo percibió nada más entrar en el chalet. Alguien había estado en su casa, quizá todavía se encontraba allí. Después de verse con Sonia en el Hermosos y Malditos, había decidido quedarse en el local acompañado del camarero con instintos asesinos y un numeroso grupo de amigos, todos con el mismo nombre: tom collins. Su cabeza había comenzado a centrifugar. Blanqueando los pensamientos negros que había traído el alcohol. No tenía ni idea de qué hora era y tampoco le importaba. Solo sabía que la madrugada estaba muy avanzada cuando introdujo la llave en la puerta. Inmediatamente percibió que algo no iba bien. Encendió las luces y gritó «hola», lo que de inmediato le pareció una soberbia estupidez.

—Hola —respondió alguien desde el interior. Sonido de pasos acercándose al salón. Y la figura de Carlota, la asistente de Alonso, se materializó ante él con el aire relajado de una anfitriona que da la bienvenida a sus invitados. Llevaba una gabardina negra y unos zapatos de tacón del mismo color, brillantes como charcos de aceite. A Josan le extrañó que no vistiera nada rojo. Caminaba hacia él con una botella de Absolut en una mano y en la otra un vaso con hielo picado y una rodaja de lima.

—Te preguntaría qué haces aquí. Pero si traes vodka, todo lo demás puede esperar.

—Oh, toma. Tienes pinta de necesitarlo —respondió Carlota tendiéndole el vaso.

—Todo el mundo necesita un vodka, aunque algunos no lo sepan. El allanamiento de morada no era necesario. Aún me quedaban un par de botellas en el congelador.

—Da igual. —La mujer caminaba por la sala con el aplomo de un terrateniente que mide sus posesiones—. Nunca hay suficiente vodka. ¿No me enseñas la casa? Me gusta verte mover las piernas. Es tan sugerente.

—No quiero que me tomes por un mal anfitrión, pero has entrado en mi casa, aún no sé cómo, de madrugada y sin ser invitada. ¿Cuánto tiempo vamos a seguir jugando a que eso es algo normal?

La mujer se acercó despacio. Cada movimiento formaba parte de una coreografía íntima. Se desabrochó la gabardina, dejando entrever un corpiño de lencería roja. Agarró a Josan por la nuca y lo atrajo hacia sí. Sus rostros casi se tocaron. Entonces Carlota sacó medio palmo de lengua sonrosada con el que lamió la mejilla del hombre. La cabeza de una cerilla acariciando el raspador.

—¿Por qué no dejas de hacer tantas preguntas y te centras en disfrutar del momento? No sé si te has dado cuenta de que te ha tocado la lotería.

Josan retiró la cara antes de hablar.

—Si ganas un premio sin haber participado en el sorteo, sospecha.

—Oh, no me digas que te doy miedo. Es mucho más divertido subirse a una montaña rusa que viajar en metro, Juguete Roto.

—Si veo algo brillar delante de mí siempre pienso que se trata de un anzuelo, no una joya.

Una ceja cargada de escepticismo ascendió unos centímetros en el rostro de la mujer.

—¿Sabes una cosa? Tienes razón.

La navaja automática centelleó al salir del bolsillo de la gabardina y trató de morder el cuello de Josan.

—Eres uno de esos, ¿verdad? De los que prefieren elegir el camino difícil. Pues lo haremos a tu manera. Dime, ¿qué coño significa esa mierda de las entrevistas? Porque no me trago lo del documental. ¿Para qué te ha enviado Arturo? ¿Qué te ha mandado averiguar? O me lo cuentas o empiezo a descubrir cómo eres... por dentro.

En la cara de Josan apareció una expresión divertida.

—Si le pones una navaja en el cuello a un suicida, no te extrañe que se lo tome como una proposición.

Entonces el periodista apretó su cuello contra el filo. Carne y piel se separaron como un párpado, dejando paso a las primeras lágrimas de sangre. La visión del líquido rojo hizo que Carlota apartara el arma.

—Estás muy jodido, ¿lo sabes, verdad? Puto loco.

Cada carcajada del periodista provocaba un nuevo borbotón de plasma. La mujer caminó hacia la puerta con paso decidido. De repente se detuvo, como si hubiera olvidado algo importante. Volvió sobre sus pasos y pasando un dedo por el cuello del hombre rebañó unas gotas de sangre. Luego, sin pensárselo, se metió el dedo en la boca. Las risas de los dos se mezclaron en una extraña despedida mientras Carlota se alejaba camino de la noche.

La lluvia emborronaba las calles, como si se observaran a través de los ojos de un miope. Al subinspector Villanueva le gustaba desayunar solo. Sentado en la mesa más alejada de la puerta del bar, disfrutaba sumergiendo la punta de una porra en la taza de café con leche. Había otro local mucho más cerca de la entrada del Complejo Policial de Canillas al que acudían todos sus compañeros. Pero él prefería caminar cinco minutos más y disfrutar de su desayuno en soledad. Ya tendría todo el día para hablar de trabajo con ellos, no hacía falta empezar tan pronto. Un mordisco y la masa húmeda le llenó la boca. Al observarse la mano, descubrió que algunas gotas furtivas del líquido pardusco descendían camino del interior de su manga. Estaba secándolas con una servilleta de papel cuando un hombre entró en el bar. Al retirarse la capucha de la empapada parka militar, dejó a la vista una melena oscura y unas gafas de pasta negra, empañadas por la diferencia de temperatura que existía entre la calle y el interior del local. Limpió los cristales con el faldón de la camisa mientras observaba el interior, achinando los ojos como si buscase a alguien. Volvió a ponerse las gafas y se dirigió directamente a la mesa de Villanueva.

—Por fin le encuentro —anunció tomando asiento.

—Disculpe, no creo que nos conozcamos y me gusta desayunar solo.

—Lo sé, subinspector. —El recién llegado tomó una porra del plato de Villanueva, la mojó en su café y se la llevó a la boca—. Por eso le hemos elegido. Mmm. En este momento mis arterias están gritando de espanto. Pero, maldita sea, ¡cómo están estas porras!

El policía comenzó a ponerse de pie muy lentamente.

—Me da igual si tienes problemas mentales, quieres suicidarte o simplemente eres gilipollas. Un aplauso en la cara no te lo quita nadie. Sal a la calle si tienes lo que hay que tener.

—De hecho —el hombre de las gafas de pasta hablaba con la boca llena—, sí creo que tengo lo que hay que tener.

En ese momento extrajo un teléfono móvil. Pulsó un botón y en la pantalla apareció la imagen de una joven de unos catorce años con el uniforme del colegio. Estaba atada y amordazada. A cada lado, haciendo guardia, se apreciaban la figura de dos hombres, aunque solo se les veía la cintura.

—¿La reconoces? Es la pequeña Sofía, tu hija. Deberías comprobar que entra en el colegio cuando la llevas en coche. Pero papá tiene mucha prisa. Papá es un hombre muy ocupado.

—Hijo de la gran...

El policía se abalanzó contra el hombre de las gafas y lo agarró por la pechera. El tipo se dejó hacer sonriendo.

—¿Qué intentas? ¿Te demuestro que tengo secuestrada a tu hija y lo único que se te ocurre es pegarme? Sé que no tienes costumbre, pero piensa un poco. Deberías darte cuenta de quién lleva los pantalones en la relación que acabamos de establecer.

El tipo de las gafas de pasta se liberó del policía de un manotazo. Cogió otra porra del plato y señaló con ella la silla que ocupaba el subinspector.

—Ahora siéntate y escucha, madero. Si quieres que la única preocupación de la pequeña Sofía vuelva a ser su aparato de ortodoncia tienes que hacer algo por mí. Vas a entrar en el Complejo Policial y me vas a traer un nombre. El caso del asesinato de Adelaida Álvarez del Moral, la esposa de Arturo Gómez-Arjona, lo llevaron dos policías. Uno se llamaba Alvargonzález. Necesito saber el nombre de su compañero y todos los datos que me puedas conseguir sobre él. Dirección, teléfono, lo que tengáis. Pero sobre todo el nombre. Si en media hora no vuelves con lo que te pido, le haremos una revisión completa a la pequeña Sofía. Puesta a punto, cambio de aceite, limpieza de filtros, delco húmedo... Y el tiempo comienza a contar...

El hombre de las gafas de pasta pulsó el botón con el símbolo del micrófono en la pantalla de su móvil.

—¡Ya!

Al escuchar la orden, en la pantalla, los dos hombres se bajaron los pantalones y comenzaron a estimular sus penes ante la cámara. Siempre sin mostrar sus rostros.

—Hijo de la gran puta, como le hagan algo a mi hija te juro que...

—Blablablabla —el tipo de las gafas continuaba hablando mientras masticaba la porra—. Mira, madero, esto puede quedarse en un mal recuerdo para la pequeña Sofía, algo que con el tiempo se transforme en una anécdota con la que divertir a sus amigas; o puede convertirse en un trauma con consecuencias permanentes. Tú decides. Ah, y si se te pasa por la cabeza volver con tus amiguitos para someterme a un tratamiento con toallas mojadas y guías telefónicas, quiero que sepas que desconozco dónde tienen retenida mis socios a la pequeña Sofía, así que sería una pérdida de tiempo. Y hablando de tiempo —dijo señalando a la pantalla—, no sé cuál señala los minutos y cuál los segundos, pero esas dos manecillas cada vez se mueven más deprisa. Corre, papuchi, corre.

31

Vestido de cóctel de satén negro con escote recortado a la espalda de Givenchy. Gafas de carey modelo Manhattan de Oliver Goldsmith. Guantes largos y collar de perlas con vueltas. Mencía reencarnada en Audrey Hepburn, con un recogido alto, frente al escaparate de Tiffany & Co. en el número 10 de la calle Ortega y Gasset. En su mano, una caja verde de Manolo Bakes repleta de pequeños cruasanes.

—¿Me puedes explicar otra vez qué es lo que tenemos que hacer? —preguntó Tita tratando de encajar su iPhone 13 Pro en un trípode.

—¡A ver si te centras, rica! Tiffany, en colaboración con esta pastelería..., déjame que mire en la caja..., Manolo Bakes, ¿quién con un mínimo de buen gusto le pone Manolo a una pastelería? En fin, como te iba diciendo, ambas empresas han tenido la idea de unirse para rendir homenaje a la película *Desayuno con diamantes*. Y se les ha ocurrido hacer una campaña publicitaria. ¿Adivina a quién han elegido para ser la nueva Audrey Hepburn del siglo XXI? A tu amiga Mencía

—explicó—. No tienen gusto para los nombres de las tiendas pero sí a la hora de seleccionar a las protagonistas de sus anuncios.

—¿Y por qué han pensado en ti? Igual es porque te ven así, una mezcla de lujo y vulgaridad.

—Tu envidia es tan evidente como tu rinoplastia y tu mamoplastia.

—Claro, y este ataque gratuito no es envidia. Vamos a dejarlo, ¿qué se supone que tengo que hacer?

—¿Pero cuántas veces te lo voy a tener que repetir? Solo tienes que hacerme fotos y algún vídeo mientras yo miro el escaparate mordiendo un manolito.

—¿Un qué?

—Estos pequeños cruasanes se llaman así, qué quieres que te diga. Por descontado que no me voy a comer ni una sola de estas bombas calóricas. Pero tiene que parecer que lo hago. Como en la película. No creo que sea tan difícil.

—¿No sería mejor contratar a un fotógrafo profesional?

—Tita, en serio, ponerte tantas mechas está afectando a tus neuronas. Como te he explicado ya, no sé ni cuantas veces, quieren que sea una campaña publicitaria diferente. Fresca, alejada de la artificiosidad. Centrada en combatir la chabacanería imperante en las redes sociales a base de buen gusto y lujo. La elegancia es revolucionaria entre tanta mediocridad. Algo rompedor, vanguardista, transgresor... Alejado de lo convencional. Por eso me lo propusieron a mí, por eso y porque tengo más de...

—Cuatrocientos mil seguidores. No me lo repitas otra vez —repuso Tita poniendo los ojos en blanco.

—¿Puedes empezar a pulsar el botón rojo o también tengo que explicarte cómo se hace?

La cámara del iPhone 13 comenzó a disparar a la vez que Mencía adoptaba todo tipo de posturas antinaturales. Dentro de la tienda Tiffany & Co., los empleados miraban hacia fuera a través de los escaparates sin entender lo que estaba sucediendo en la calle.

—¿Quiere que salga a decirles algo? —preguntó el guardia de seguridad al encargado.

—Ni se te ocurra. A los locos es mejor no provocarles.

Sentado frente a Alonso, el hombre masticaba chicle con la boca abierta. Cada nueva dentellada venía acompañada por un insufrible chasquido húmedo. El olor a menta química inundaba todo el despacho. El tipo había acudido a la llamada del primogénito de los Gómez-Arjona. Parecía algo urgente.

—¿Podrías dejar de hacer eso? Es repugnante. —Alonso disfrazó la orden en una pregunta. Hizo un gesto y Carlota apareció ofreciendo un pesado cenicero de cristal al visitante.

—¿El chicle? No puedo tirarlo. He dejado de fumar, ¿sabe? Por salud. Me ayuda para calmar los nervios.

—Puedo asegurarte que si continúas mascando esa porquería tu salud va a sufrir un repentino empeoramiento.

El tipo escupió despacio, dentro del recipiente de cristal, la masa amorfa y blancuzca. Carlota salió de la habitación con el cenicero y su inquilino.

—Bah, hace rato que ya había perdido su sabor. ¿Para qué me quería?

—Necesito más vídeos de mi exmujer.

—¿No le parece un poco precipitado? Acaba de salir del hospital.

Alonso hizo girar las ruedas de su silla para acercarse al tipo que tenía delante.

—Te pagaré el doble.

El hombre se pasó la mano por la barbilla, ganando tiempo antes de aceptar. Había visto el ansia de Alonso en otros rostros. La misma desesperación frenética provocada por la adicción. Y los adictos pagan lo que sea por acabar con la comezón que les devora por dentro.

—Te estoy diciendo que te pagaré el doble. ¿Qué problema hay? ¿No encuentras mujeres que quieran hacerlo?

—No, no es eso. Candidatas hay de sobra. Algunas hasta quieren repetir, pero ya les he dicho que es imposible. Por la reincidencia, usted me lo explicó. He de reconocer que su idea es genial. Retorcida y genial. Mujeres desconocidas dan palizas a su ex sin motivo aparente. Si la policía las detiene, no pueden acusarlas de violencia machista. Solo de agresión. Una loca a la que se le ha ido la cabeza y lo paga con la primera infeliz que se le cruza. Multa, indemnización y adiós. El dinero lo soluciona todo. Y como la pasta no es un problema para usted... yo solo tengo que estar por la zona, grabándolo todo con el móvil.

—Exacto. Es preciso que lo vuelvas a hacer para mí.

—El triple.

Alonso se recostó sobre el respaldo de su silla de ruedas. Como si esas dos palabras le hubieran golpeado en la cara.

—La policía se puso en contacto con usted, me lo acaba de

contar. Eso significa que hacerlo ahora es más arriesgado. Han sido demasiados ataques seguidos como para no levantar sospechas. Si no quiere esperar, el precio es el triple.

El silencio se materializó en el despacho como un espíritu invocado por los dos hombres. Pulso de miradas del que ninguno de los dos salió ganador.

—Lo sientes, ¿verdad? —habló por fin Alonso—. No existe una sensación como esa. El poder. Agigantándonos por dentro. Llenándonos de una inquebrantable confianza. Convirtiéndonos en dioses, indestructibles, implacables. Caminando por encima del suelo. Cada sueño, cada deseo, se cumple. Todo está permitido porque todo se encuentra a tu alcance. Por eso no hay nada peor que perder el poder. Pocos pueden soportar ese descenso a los infiernos, donde aguardan los demonios de la resignación, el conformismo, la pasividad... Así que crees que puedes venir a mi casa y chantajearme...

—¡De ningún modo, don Alonso! No se trata de eso. Entienda que en estos momentos es más peligroso...

—Pero si lo comprendo. Tienes una buena mano y quieres jugarla. Ha llegado la hora de mostrar nuestras cartas. Pagaré el triple, sin problema...

El tipo se removió en el sillón sintiéndose ganador. Su cabeza comenzó a imaginar lo que haría con el dinero.

—... pero no a ti. Se lo daré a otro. Hay mucha gente sin escrúpulos que haría cualquier cosa por una cantidad así. Serían capaces de entrar en tu casa, cualquier noche, y traerme una parte de tu cuerpo como recuerdo. ¿Qué crees que debería pedirles? ¿Una oreja? ¿Un dedo? ¿Un ojo?

El cráneo del hombre se iba hundiendo a medida que Alonso hablaba hasta fundirse con sus hombros.

—¿Y bien? ¿Sigues pensando que debo pagar el triple?

El tipo negó con la cabeza.

—El vídeo de mi exmujer. ¿Lo podrás tener para la semana que viene?

El tipo afirmó con la cabeza.

—Perfecto, es agradable que volvamos a entendernos. Me gustaría que esta vez la imagen no estuviera tan movida. Y te agradecería que grabaras desde más cerca. Gracias por todo. No hace falta que Carlota te acompañe hasta la puerta, ¿verdad?

El hombre salió del despacho arrastrando los pies, como un boxeador que acaba de perder el título. Cuando se quedaron solos, la asistente se agachó para besar en la mejilla a Alonso.

—Cariño, cuando te pones cruel me pareces taaan sexi.

—La crueldad es un privilegio de los poderosos. ¿Sabes que hay estudios que la asocian a la inteligencia? Los científicos han observado comportamientos crueles en animales con un cerebro desarrollado, como las orcas. Parece que arrancan las aletas a las rayas solo para divertirse. ¿Me preparas un alexander, si eres tan amable?

—Ahora mismo. Por cierto, siento mucho no haber conseguido nada del periodista. Lo intenté por las buenas y por las malas, pero no contaba con que estuviera mal de la cabeza.

Alonso le quitó importancia con un gesto de su mano.

—Da igual para qué lo haya enviado mi padre. Lo importante es que sabemos que lo ha enviado. Eso solo puede significar que está tramando algo.

—Disfruta viendo cómo sus hijos se destrozan entre ellos para conseguir la herencia. Eso es lo que está haciendo, parece que no le conocieras. Él toca la música y vosotros bailáis solo para divertirle.

Alonso se quedó pensativo. La mirada perdida en algo lejano, muy lejano.

—Tal vez sea hora de abandonar el baile.

Avanzó con su silla hasta la mesa del despacho, donde se encontraba el teléfono inalámbrico. Buscó en la agenda hasta que encontró el número que necesitaba.

—¿Diego? Soy Alonso.

Al otro lado, el abogado de Arturo resopló.

—Buenos días, ¿en qué te puedo ayudar?

Desde que anunció el cambio de testamento, su teléfono no paraba de sonar. Y al otro lado siempre estaba alguno de los hijos de su cliente intentando sonsacarle información.

—No me voy a andar con rodeos. ¿Ha decidido mi padre quién será el nuevo beneficiario?

—No me pongas en un compromiso. Sabes perfectamente que no puedo responderte a eso. Trabajo para tu padre, no para ti.

—Está bien, está bien. Aunque creo que sería inteligente por tu parte comenzar a ser más amable conmigo. Por lo que pueda pasar en el futuro.

—Prefiero que me valoren por mi profesionalidad antes que por mi servilismo.

—Yo no lo calificaría así, a ver si consigo que me respondas a algo. En el anterior testamento, ¿era yo el beneficiario?

—Te repito que...

—Ya sé, ya sé. Es muy molesto que seas tan rígido. Ahora que lo pienso, la rigidez es una característica de los muertos. Quizá deberías pensar en ello.

El primogénito de los Gómez-Arjona escuchó como el abogado tragaba saliva.

—¿Estás queriéndome decir algo, Alonso?

—¿Qué crees que te puedo estar diciendo, Diego? Solo somos dos amigos charlando sobre la muerte y la rigidez. Nada más. Lo único que quiero es que me digas si mi nombre ha aparecido alguna vez en el testamento de mi padre. ¿Es mucho pedir?

Un denso telón de silencio cayó entre los dos hombres.

—No, Alonso. Tu nombre nunca ha estado escrito en ninguna de las versiones del testamento de tu padre. Jamás.

32

El camarero uniformado del Delphina, en la calle Serrano, llenó la copa de Bobby con Bollinger Special Cuvée. Después depositó la botella en una cubitera y realizó una reverencia.

—¿Cómo era aquella frase de Dorothy Parker? «Tres son las cosas que nunca lograré: envidia, profundidad y suficiente champán». Me define a la perfección.

El local estaba decorado en tonos blancos y azules, destilando elegancia y sobriedad. Clasicismo con el toque justo de sofisticación tan del gusto del barrio de Salamanca. Sentado en uno de los sillones tapizados en añil, el menor de los varones Gómez-Arjona dio un largo trago antes de seguir hablando por su Galaxy Z Fold 4.

—Deberías estar aquí. Champán y caviar. El *brunch* de la gente bien. Pero no estoy tomando un caviar cualquiera, no. Un Oscietra Paris 1925, con su delicado aroma a nuez y sus toques afrutados. No esa masa mantecosa del Beluga que tanto te gusta... ¿Cómo que por qué te llamo? Puede que hayamos dejado de ser pareja, Juanjo, pero creo que podemos ser amigos. Estamos en el siglo XXI.

Otro trago de champán y Bobby solicitó al camarero que volviera a llenarle la copa.

—¿Celebrando? ¡Claro que estoy celebrando algo! ¡Soy un genio! ¿No me digas que no te has enterado? Pero si no se habla de otra cosa.

—...

—Como predije, Mencía no es que cayera en mi trampa, es que se tiró de cabeza. ¡Manolitos y Tiffany! ¡Aún me cuesta creer que sea tan idiota! No puedes negar que es brillante. A cualquier persona normal le hubiera sonado raro. ¿Diamantes y bollos, perlas y café con leche? Pero a la imbécil de mi hermana seguro que le pareció de lo más normal que una de las más prestigiosas marcas de lujo se aliara con una pastelería para hacer una campaña publicitaria. Y lo más increíble: ¡que la eligiera a ella para ser la protagonista nada más y nada menos que homenajeando a Audrey Hepburn! Es que cuanto más lo pienso, más me desternillo. Si vieras las fotos y los vídeos. Ni en mis mejores sueños podría imaginar que fuesen tan bochornosos. «Mamarrachapija» es ahora mismo *trending topic* en España, en dura pugna con «Zampabollosrubia», no te digo más.

—...

—Mencía es el hazmerreír del país. Las redes no paran de ridiculizarla. Ya la están llamando «Manolita la fantástica». Y lo mejor de todo, tanto Tiffany como Manolo Bakes han emitido sendos comunicados desmarcándose de la supuesta campaña publicitaria. Cito textualmente: «que solo existe en la cabeza de su protagonista, con la que no tenemos ninguna vinculación y con la que jamás nos hemos puesto en contacto». ¡Mencía es la loca oficial!

Bobby pinzó el móvil entre su hombro y su cabeza para tener las manos libres y así poder depositar una pequeña montaña de caviar sobre un panecillo.

—Oh, deberías venir a probar esta maravilla. ¿Cómo que estás trabajando? ¡Trabajar es una indigencia impropia de gente como tú y como yo! Piensa en lo malo que debe de ser trabajar que hasta te pagan por ello. No sé dónde escuché esa frase pero se me ha quedado grabada. ¿Tienes que escribir? Bueno, reconocerás que eso no es del todo trabajo. Espera, espera que no te lo he contado todo. Me encantan las redes sociales, la gente es maravillosa cuando exhibe su odio así, sin aderezos ni tapujos. Con la visceralidad de una casquería. Uno en Twitter le recomendaba a Mencía que mañana se plantara en el escaparate de Cartier con un paquete de dónuts. ¿No te parece genial?

—...

—Al Rey Arturo no le debe de estar haciendo nada de gracia. Esta vergüenza pública implica que la lista de posibles candidatos a la herencia se simplifica. Primero me cargué a Toro Sentado y ahora a la loca de los cruasanes... ¿Sonia? Otra perturbada. No me preocupa, ella vive en un eterno segundo plano. Así que creo que ahora mismo soy quien cuenta con más posibilidades. ¿Por qué no vienes aquí? Acabo de pedir otra botella de Bollinger. Hacer el mal es como beber sin sed, innecesario pero muy placentero, además de divertido.

Josan quería localizar a Pablo Santos, el último amante de Ada antes de ser asesinada. ¿Qué era lo que sabía de él? Su carrera se había desarrollado en los distintos canales de televisión, peinando bustos parlantes y disimulado canas a presentadores de todo tipo. Tenía que comenzar por ahí. Desempolvó su agenda y tiró de contactos. Empezó a llamar a las cadenas. En todas le dijeron lo mismo: Santos se había esfumado después del asesinato. Había desaparecido sin dejar rastro, como si la tierra se lo hubiera tragado. Conociendo a Arturo y Alvargonzález, quizá fuese eso lo que le había ocurrido. Preguntó a sus contactos por los compañeros más cercanos a Santos. En todas partes le repitieron el mismo nombre: Marisa Álvarez, una maquilladora con la que coincidió trabajando en un puñado de programas. Por el tono y las risas que oía al otro lado del teléfono, a Josan le dio la impresión de que la maquilladora y el peluquero compartieron algo más que espacio de trabajo.

Por lo que pudo averiguar, la tal Marisa había dejado la televisión años atrás. Cambió el trato despótico de las estrellas de medio pelo por unos clientes mucho más educados: los muertos.

En la funeraria para la que trabajaba le dijeron que Marisa Álvarez tenía servicio aquella mañana en el Tanatorio Sur. Al llegar, aparcó el BMW en el parking. A su alrededor solo vio personas tristes que caminaban con la cabeza gacha y la vista perdida. Zombis del dolor. La escena le recordó a un lunes por la mañana, cuando la gente se dirige a sus trabajos. Dentro del coche, Josan buscó alguna foto de la maquilladora en su móvil. Era una atractiva pelirroja que poseía una de esas sonrisas capaces de cambiarte la vida, de iluminar una ciudad entera. Santos era un tipo afortunado. En la recepción le dijeron que la señorita Álvarez estaba ocupada en ese momento, pero que dentro de diez minutos se tomaría un descanso. Josan esperó hojeando catálogos de ataúdes y modelos de lápidas. «Una buena forma de pasar el tiempo para un suicida», pensó. A los diez minutos exactos, una cabellera de fuego se dirigió hacia la puerta de la calle.

Josan encontró a Marisa en la entrada, apoyada contra la pared mientras fumaba con asco.

—Odio fumar, pero es la mejor excusa para tomarte un descanso. Además, el olor a tabaco mata la peste de los químicos. Sé quién eres. Te veía por los pasillos de Canal9, creo que hasta te maquillé alguna vez.

—Lo siento, pero yo no lo recuerdo.

—No te preocupes, es normal. Los presentadores no tienen ojos para otra cosa que no sea el espejo. Para ellos, la gente a su alrededor solo existe para estar a su servicio. ¿Algún familiar? —Marisa señaló hacia el interior del tanatorio con la barbilla.

—¿Cómo? No, no estoy aquí por eso. Te buscaba a ti.

—Vaya, ¿y qué quiere de mí el gran Josan después de tantos años?

—Hablar de Pablo Santos.

La sonrisa de la maquilladora apareció como un amanecer cargado de amargura. A pesar de ello, Josan sintió calor al contemplarla.

—¿No te enteraste? Desapareció. Le acusaron del asesinato de una rica y en cuanto retiraron los cargos se largó. No le culpo. Yo habría hecho lo mismo. La policía estaba empeñada en cargarle el asesinato. Por cierto, se contaba por ahí que tú estabas liado con la muerta. Ya sabes cómo es la tele. ¿Por eso estás aquí?

—Me gustaría encontrar a Pablo Santos. ¿Sabes algo de él?

Una calada profunda. Un tentáculo de humo saliendo retorcido de su boca.

—¿Sabes? Hubo un tiempo en el que estaba loca por ti. Te veía por los pasillos... Siempre elegante, con pasos decididos y un desafío en la mirada. Eras la viva imagen del éxito. ¿Qué coño te pasó? Lo tenías todo para triunfar. Eras guapo, contabas con el favor del público y la cadena te dio un programa hecho a tu medida. Pero tu estrella se apagó.

—No se apagó, mi estrella se volvió negra. Santos. Necesito dar con él.

Colilla arrojada al suelo con desdén para luego ser pisoteada.

—No tengo ni idea de dónde puede estar. No sé si te servirá de algo, pero lo vi hace cosa de un año.

—¿Aquí, en Madrid?

—No, en Marbella. Yo estaba de vacaciones. Iba con una mujer a la que me presentó como su esposa. Una extranjera con aspecto de pájaro. No recuerdo el nombre. Con las mujeres con las que ha estado Santos y acabar con esa garza... ¡Cómo es la vida!

—¿Te dijo si ahora vivía allí?

—No se lo pregunté y él no me lo contó.

—¿Recuerdas algo más?

—No, solo charlamos un momento. Hola, cuánto tiempo. Qué tal todo. Y de ahí no pasamos. Me dio la impresión de que no estaba cómodo al encontrarse conmigo.

—Supongo que esto es mucho más tranquilo que trabajar en la tele.

—No hay tanta diferencia. Igual que allí, tengo que maquillar a muertos para que parezca que están vivos. Pagan mejor y aquí los clientes tienen las manos quietas. A los muertos hay que dejarlos en paz, Josan. Porque si no lo haces, intentan vivir dentro de ti. Y eso te va matando poco a poco.

A Josan no se le habían olvidado los trucos de periodista. Si Santos estaba casado, constaría en alguna parte. Y, según la maquilladora, se había encontrado con Santos en Marbella. Así que contactó con el Registro Civil de Málaga. Después de que los funcionarios se pasaran su llamada de una extensión a otra, logró que le confirmaran que don Pablo Santos Lacalle era el flamante esposo de doña Brigitte Vermeulen.

Segundo paso: llamar al Registro de la Propiedad de Málaga. Necesitaba confirmar dónde vivía el matrimonio. Prefirió dar el nombre de la mujer. Algo le decía que el peluquero se había tomado muchas molestias para que nadie diera con él. Las tres cerezas en línea. Todas las luces de la máquina tragaperras se encendieron. Había ganado el especial. La tal Brigitte Vermeulen, ciudadana belga, era propietaria de una villa en Puerto Banús y también del Vermeulen Hair & Beauty Marbella by Paolo Santini, en la calle Ribera de la misma localidad. Lo tenía. A Josan casi le entró la risa. Pablo Santos era ahora Paolo Santini. Parecía evidente que el peluquero no era el lápiz más afilado del bote.

Pensó en llamar a Sonia para contarle lo que había averiguado, aunque prefirió ir a verla. Un gato negro se le quedó mirando al cruzarse con él. La mala suerte le decía que no era una buena idea. Y aun así no podía quitársela de la cabeza. El recuerdo de Ada tenía mucho que ver, pero no era solo eso. Y sin embargo había algo en ella...

Estaba anocheciendo. El cielo tenía ese tono azulado, irreal, casi marino, preludio de la llegada de la noche. Josan se asomó a la esquina de la calle Lagasca procurando que nadie le descubriera. Aparcado, unos metros más allá del número 92, se encontraba el Citroën C3 de Sito. Extrajo el móvil del bolsillo de su abrigo y seleccionó el número del paparazzi.

—¿Qué pasa, Juguete Roto? —dijo Sito a modo de saludo.

—¿Cómo va todo?

—Tranquilo. La pequeña de la familia no da mucho juego. Esta chica lo que tendría que hacer es echarse un novio, ¿no crees?

—O una novia. Si no hay mucho movimiento, preferiría que echases una mano a Alicia. Mencía ha vuelto a Madrid y parece que ha liado una buena en las redes con no sé qué de unos diamantes y unos cruasanes.

—Tú pagas, tú mandas.

Al momento, Josan vio encenderse los faros del coche, como si cobrara vida. Un minuto después, lo observó perderse entre el resto del tráfico. Abandonó entonces la protección de la esquina para dirigirse hacia el portal mientras marcaba el número de Sonia. En ese preciso momento, la joven salió de su edificio con prisa, como si llegara tarde a alguna cita.

Parecía que hubiese estado esperando a que Sito se marchara para bajar a la calle. Pero eso no era posible, a no ser que hubiera descubierto que la estaban vigilando. La vio sacar el móvil y mirar la pantalla. Era Josan quien llamaba. Y sin embargo volvió a guardarse el teléfono en el bolsillo, sin contestar. El periodista decidió acelerar el paso para alcanzarla cuando los vio. Eran tal y como se los había descrito Alvargonzález. Pelo largo, gafas de pasta, parkas militares verdes y botas con puntera de acero. Los Hanson. Avanzando desde el fondo de la calle. Iban a por ella.

Josan tenía que avisarla. Gritó su nombre.

—¡Sonia, cuidado!

La mujer se volvió hacia él, sorprendida. Su cara era la máscara del desconcierto. Luego se volvió hacia los tres tipos, que se habían quedado paralizados al verse descubiertos, como si no supieran qué hacer. Al fin, Sonia comprendió lo que sucedía. Comenzó a correr en dirección a Josan, que, tras cogerla de la mano, se internó en la calle de Ortega y Gasset. Sortearon el tráfico a la carrera sin mirar atrás. A su espalda quedaron los chirridos de los frenazos y los improperios de algunos conductores. Lo que cada vez se escuchaba más cerca eran los pasos de los tres tipos. Fuertes y decididos. Como la obstinación. Tomaron la calle Castelló, donde se mezclaron con un grupo de oficinistas que celebraban con gin-tonics el final de su jornada laboral. Eso les permitió sacar algo más de ventaja. Torcieron por Don Ramón de la Cruz pensando que los habían despistado. Pero el ruido de las pesadas botas seguía creciendo a su espalda. Cada vez más cerca. Al llegar a Núñez de Balboa, Josan miró hacia atrás. Sus ojos se toparon con los de sus perseguidores, que mostraban los dientes mientras corrían. Depredadores hambrientos. Estaban a menos de diez metros. No lo iban a conseguir, eran mucho más rápidos que Sonia y él. Con la rabia que da la desesperación, aceleró el paso. Doblaron hacia Ayala y, tras unos metros, Sonia tiró de él hacia un lado, donde se encontraba la entrada de un garaje. Se quedaron muy quietos. Estaba oscuro y en pendiente. Con suerte no los verían. Permanecieron abrazados en el fondo, expectantes. La oscuridad lo envolvía todo como un enorme puño cerrado. La respiración entrecortada haciendo que sus cuerpos se rozasen. De pronto, el bronco ruido de las suelas al chocar con el asfalto. Los tres tipos se detuvieron muy cerca de donde se escondían. El abrazo se hizo más fuerte. Las voces sonaban indignadas. Un momento de duda y uno de los tres tipos gritó órdenes. Las botas volvieron a sonar, alejándose. En la oscuridad, Josan intentó separarse, pero Sonia no se lo permitió. Sus cuerpos estaban pegados el uno al otro. El olor de ambos sudores mezclándose. El roce de los labios haciéndolos temblar. Todo estaba oscuro, no podían verse, solo tocarse.

—Ya se han ido —habló Josan.

—Lo sé.

—Podemos salir, si quieres.

—No, no quiero.

Ella acercó aún más su cara mientras hablaba.

—¿Quieres volver a besar a mi madre? Ahora no se ve nada, puedes imaginar que soy ella.

—No, no quiero.

—¿No quieres besarla a ella o no quieres besarme a mí?

—Ya no sé lo que quiero. Ya no sé a quién quiero.

—Tal vez yo pueda aclararte las cosas.

Entonces Sonia lo besó. Sus manos, frenéticas, convertidas en serpientes hambrientas, desabrocharon con torpeza el pantalón de Josan en busca de su sexo. Sin soltarlo, Sonia le dio la espalda deshaciéndose de su pantalón con una mano mientras con la otra dirigió al hombre hasta que estuvo dentro de ella. El deseo febril lo volvió todo salvaje, animal. El recuerdo de Ada descascarillándose en la mente de Josan con cada acometida. Cada vez más rápido. Los gemidos apagados, el sudor dulce. La mujer le tomó por la nuca para que sus bocas volvieran a encontrarse. Para que no pudiera pronunciar otro nombre que no fuera el suyo. Sonia, Sonia, Sonia. El sexo se volvió un arma. Y todos los espejos de la ciudad se rompieron de parte a parte.

33

La noche se asemejaba a la boca de un gigante, las escasas estrellas convertidas en dientes de oro. Josan se despertó en medio de aquella semioscuridad. Supo que se encontraba en su habitación sin tener que utilizar los ojos. La familiaridad que desprenden los objetos conocidos. Palpó al otro lado de la cama buscando el cuerpo de Sonia, pero solo halló el desagradable tacto del vacío. Se incorporó sobre sus codos con la resignación del amante abandonado. Fue entonces cuando distinguió su silueta en el balcón. Se encontraba desnuda, como la verdad. Su piel parecía estar en llamas por el reflejo anaranjado de la luz de las farolas. Una diosa flamígera recién salida del infierno. Hablaba por teléfono. Por sus aspavientos, parecía evidente que estaba enfadada. De pronto, volvió la cabeza hacia el interior de la habitación, como si hubiese notado el peso de la mirada del hombre. Josan se hizo el dormido, no supo muy bien por qué. Al poco escuchó el sonido de los pies descalzos de la joven sobre el parqué, como besos robados. Percibió el calor de su cuerpo deteniéndose junto a la cama. Inmóvil. Observándole. Un depredador nocturno en busca de un movimiento. Una sombra alimentándose de oscuridad. Josan casi podía oír el ritmo de sus pensamientos, decidiendo qué tenía que hacer con él. El tiempo convertido en una laguna de aguas estancadas, sin cauce por donde avanzar. De repente, el ambiente en la habitación se relajó, como si la casa al completo se hubiera librado de un espíritu maligno. Sonia se introdujo entre las sábanas y frotó su sexo contra el cuerpo del hombre, reclamando placer. Él intento besarla, pero ella lo rechazó. Era el tiempo de la carne cruda, no del amor. Con un golpe de cadera, se sentó a horcajadas sobre Josan. Era como abrazar una piedra al sol, dura y cálida. No hubo besos ni ternura. Solo embestidas violentas, cargadas de rabia. Dos bestias devorándose sin saciarse nunca. Sus caderas subiendo y bajando como el cuchillo de un asesino.

—¿Quiénes eran esos tipos? Los que nos perseguían ayer.

Ya había amanecido. Josan permanecía en la cama mientras observaba a Sonia vestirse. Era una de esas maravillas que solo son percibidas cuando se está enamorado. La forma de colocarse la melena detrás de la oreja, la cara de concentración al atarse los zapatos, los rítmicos tirones para introducirse en los vaqueros...

—¿Me estás escuchando? —exclamó divertida Sonia abrochándose los botones de la camisa.

—Creo que son los mismos que estuvieron haciendo preguntas por las inmediaciones de la cadena. Varios compañeros me avisaron.

—¿Y qué querían saber?

—Cualquier cosa relacionada con el asesinato de tu madre.

Sonia dejó de vestirse y clavó su mirada en la de Josan.

—Venían a por mí.

—Creo que sí. Deberías hablar con tu padre. Que te ponga protección. Por lo que sé, esos tipos son peligrosos.

—Me parece que no. Si el Rey Arturo me pone guardaespaldas, no me podré acostar con quien me dé la gana —soltó mientras se acercaba a la cama para besar a Josan.

—Esto no es un juego, esos tipos son cosa seria.

—Me encanta que te preocupes por mí. Tengo que irme. Hablamos.

Al quedarse solo, Josan salió de la cama y se preparó un café. El líquido pardo le supo a oficina, así que decidió dotarlo de alma con un chorrito de brandi. Se llevó la taza al cuarto de baño dispuesto a darse una ducha. Contempló su rostro en el espejo. Era la cara de un idiota enamorado. Y le encantaba sentirse así. Hasta que empezó a fijarse en todas aquellas arrugas, orugas agitándose bajo su piel. Unidas unas a otras como procesionarias. Corrompiendo todo aquello que había sido. Y el brandi del café comenzó a cuchichear en su oído.

—Eres un viejo, Josan. Tienes cincuenta años. Mírate. Mírate bien. ¿Una chica de veinticinco años se enamoraría de eso?

Apartó la mirada del espejo. No, Sonia sentía algo por él. Estaba seguro. ¿Por qué habrían pasado la noche juntos si no fuese así?

—Te está utilizando. Quiere algo de ti. Ya sabes el qué. Vives una vida construida con mentiras. Pero nunca te has mentido a ti mismo. No empieces ahora.

Volvió a mirarse en el espejo. Las orugas negras se agitaban en su cara, arrugándola como un plástico que se quema. Y Josan tuvo miedo.

—Sabes que es verdad. Sabes que tengo razón. Sonia intenta manipularte. Solo eres una marioneta en sus manos. Cortará los hilos cuando se aburra de ti.

Buscó en la agenda de su teléfono el número de Sito.

—Juguete Roto, estas no son horas de llamar a un hogar indecente —dijo con voz somnolienta el paparazzi.

—Tu amigo, el de Boston. Dale mi teléfono. He cambiado de idea. Quiero que investigue el pasado de Sonia.

Los vampiros salían del *after hours* protegidos por sus Ray Ban, evitando así que la luz del día los carbonizase con sus obligaciones y normas. La insufrible visión de la cotidianidad se desplegaba ante ellos. Eran las diez y media de la mañana. Y las alarmas de los despertadores habían hecho que los miles de perros de Pávlov que habitaban la ciudad comenzasen a babear camino de sus trabajos. A Bobby la escena le pareció repelente. Vidas basura, baratas y sin sustancia, como... comida basura. Aaah, aquella sensación de superioridad era tan gratificante. Todos esos muñecos de cuerda con forma de oficinista que desfilaban ante él, ¿sentirían alguna vez algo parecido? Quizá cuando ganase su equipo de fútbol. ¡Cuánta zafiedad! Aquel pensamiento le provocó una risa que se transformó en un ataque de tos. Encendió el cigarrillo especial, con una cresta de cocaína adherida, como para dar por concluida la fiesta. El denso humo le taponó el paladar mientras chisporroteantes bengalas se encendían en su cerebro. Consultó su móvil: treinta y cuatro llamadas perdidas, todas ellas de Juanjo. ¡Qué pesadez! Estaría en mitad de una de sus crisis creativas.

—¿Dónde estabas? —preguntó el escritor nada más responder la llamada de Bobby.

—Dos cosas: ni eres mi padre ni tengo dieciséis años, así que no sé a qué viene esa pregunta.

—¿No te has enterado? He intentado hablar contigo desde ayer por la noche. Hay novedades sobre Mencía.

—Déjame adivinar: le van a poner su nombre a un bollo. «Mencialenas: en cada paquete, una neurona de regalo».

—No te lo vas a creer. Ahora mismo hay una concentración en la puerta de Tiffany, cientos de chicas se han juntado para comer cruasanes frente a los escaparates de la tienda y así mostrar su apoyo a tu hermana. Y no paran de llegar más. La convocatoria está circulando por las redes sociales. Su eslogan es: «Cruasán y perlas». Tu plan ha salido al revés. Los ataques contra Mencía han sido tan desproporcionados que la gente se está poniendo de su lado. Creen que tu hermana es víctima de una injusticia y ha despertado una ola de simpatía y solidaridad imparable.

—Eso no puede ser. ¿De qué narices me estás hablando?

—En solo un día, sus seguidores en las redes casi se han duplicado. Suma ya más de setecientos mil. El hashtag #todossomosmencía es trending topic.

—Eso... eso no significa nada. Cualquiera sabe que en el mundo hay más tontos que listos, es normal que se identifiquen con ella.

—La cosa no acaba ahí. Tiffany y Manolo Bakes acaban de anunciar que han llegado a un acuerdo para llevar a cabo una campaña publicitaria conjunta. El eslogan será «Manolitos y diamantes». Con los vídeos y las fotos de tu hermana.

Bobby se quitó las gafas de sol con rabia antes de hablar, el sol contrajo sus dilatadas pupilas de golpe.

—¿Me tomas el pelo? Pe... pero eso es imposible. ¿«Manolitos y diamantes»?, solo con oírlo ya te entra la risa. Esa idea fue la mayor estupidez que se me ocurrió para ridiculizar a mi hermana. Pensé que solo una anoréxica mental como ella creería que una campara así pudiera existir. ¿Y ahora me estás diciendo que se va a hacer realidad? ¿Con Mencía de protagonista?

—Bobby, Bobby, tienes un extraño don para joder todo lo que tocas. Lo extraño sería que las dos empresas no aprovecharan una oportunidad así. Mejoras la imagen de la compañía, generando una corriente de simpatía hacia tu marca, y además te aseguras un público potencial de casi un millón de personas.

—Juanjo, dime que esto no está sucediendo. ¡Mencía en un anuncio de Tiffany! ¡Yo he hecho que Mencía sea la protagonista de un anuncio de Tiffany! Es una maldita pesadilla. La coca que he tomado debía de estar en mal estado y me hace delirar.

—Y no solo eso. Tu hermana acaba de confirmar en una entrevista en la radio que todo el dinero que gane con esta publicidad lo donará a varias organizaciones que se dedican a combatir el acoso en internet. ¿Qué te parece? Ha jugado bien sus cartas. Querías destruirla ante los ojos de tu padre y le ha dado la vuelta a la situación. Me da la impresión de que no es tan tonta como creías. Cuidado con lo que arrojas a la basura, porque lo que ahora desechas mañana puede convertirse en un tesoro.

Bobby apretó el botón rojo, cortando la comunicación. Ya tenía suficiente con soportar todo el tema de Mencía como para encima tener que soportar a Juanjo y sus estúpidas frases de autoayuda. ¿Pero qué le pasaba a todo el mundo?, ¿se había producido una lobotomización masiva a la población mientras estaba en la discoteca?, ¿es que él era el único que se daba cuenta de que toda esa historia era una magnífica estupidez? El teléfono volvió a vibrar, reclamando su atención. ¿Sería Juanjo queriendo continuar torturándole con nuevas noticias sobre santa Mencía? Al mirar la pantalla comprobó que no era el nombre de su ex el que aparecía, sino el de Elisa, la secretaria de su padre. Su cuerpo se estremeció al pensar cómo aquellas inocentes letras agrupadas podían augurar tantas malas noticias.

—¡Hola, Elisa, cariño! ¿Cómo estás? —Intentó disimular su inquietud.

—Don Roberto, su padre quiere que acuda a su despacho. Inmediatamente.

—Mi querida Elisa, te he dicho mil veces que me llames Bobby. ¿Puedes adelantarme el motivo por el cual mi padre siente esta repentina necesidad de tenerme cerca?

—Mientras tenga facturas por pagar, seguiré llamándole don Roberto, que es como su padre me ha indicado que lo haga. En cuanto a los motivos, como imaginará, don Arturo no suele compartir las decisiones que toma con su secretaria.

34

Una ducha y un atasco en la M-30 después, Bobby abría la puerta del despacho de su padre. Se sorprendió al ver que Mencía estaba allí. Vestida con el clásico traje de tweed en negro con bordes blancos y falda de Chanel. Destilaba elegancia y sobriedad. Dos virtudes de las que andaba escasa. Lo miraba con esa insoportable suficiencia de los ganadores.

—Buenos días, papá. Hermanita, qué alegría verte. ¿De qué vas disfrazada? ¿De mujer competente?

—Paciencia. No vas a tardar mucho en saber de qué voy vestida.

—Podías haber tenido el detalle de traer unos cruasanes para almorzar, ahora que eres la musa de la pastelería industrial.

—Toma asiento, Roberto, por favor —cortó Arturo haciendo un gesto imperativo a su hijo. Bobby se dejó caer en uno de los mullidos sillones de cuero.

—Prefiero que me llames Bobby, creo habértelo comentado en alguna ocasión.

—Roberto, tus preferencias me son del todo indiferentes, creo que yo también te lo he comentado en alguna ocasión. Quería verte para tratar un tema algo peliagudo. Alguien envió una falsa propuesta a tu hermana para que protagonizara una campaña publicitaria. Desconocemos el origen de la oferta espuria, pero parece evidente que lo que pretendía era dejar en mal lugar a Mencía.

—¿No estarás insinuando que yo...?

Arturo levantó una mano y las palabras dejaron de salir de la boca de Bobby.

—Como iba diciendo, alguien pretendía humillar, vejar públicamente a tu hermana. Y durante algunas horas lo consiguió. Fue el hazmerreír de todo el mundo. Sin embargo, el escarnio duró apenas un día. Gracias a su buen hacer y sus conocimientos sobre el funcionamiento de las redes sociales y las nuevas tecnologías, Mencía ha conseguido convertir un episodio doloroso en un rotundo éxito.

—No conozco mucho los pormenores de este asunto, pero por lo que he oído, la suerte también ha tenido algo que ver. Por no decir bastante.

—La suerte es la explicación que dan los fracasados al éxito de los demás. Tus resultados al frente del área digital de la empresa llevan tiempo siendo decepcionantes.

Bobby lo vio venir.

—No, papá, no lo hagas...

—Nuestra web es la que suscita menos visitas de entre las grandes cadenas, apenas creamos contenidos propios y nuestra presencia en redes se podría considerar testimonial.

—Estás cometiendo un error...

—Por no hablar de los ingresos que genera. Comparar nuestras cifras con las de la competencia provoca una profunda tristeza en la sección de contabilidad. Tristeza que comparto con dolor. Por todo ello, y después de que Mencía haya dejado sobrada constancia de su valía, la nombro directora general del área digital del Grupo9 con carácter inmediato.

—Ese es mi cargo. No puedes humillarme de esta forma, papá.

—No se trata de ninguna humillación, Roberto. Estoy tratando de encontrar cuál es tu lugar en la empresa, el puesto en el que puedas desarrollar todas tus aptitudes. Nada más. Le he estado dando muchas vueltas y, junto con tu hermana, he decidido que pases a formar parte del área editorial de la compañía. Estoy convencido de que te gustará, además allí coincidirás con Juanjo. Ocuparás un cargo ejecutivo en cuanto domines todo lo que hay que saber sobre vender libros. Claro que si no estás de acuerdo, siempre puedes buscar otro trabajo fuera de la empresa.

Bobby se incorporó del sillón muy despacio, rojo de ira.

—¿Crees que no me doy cuenta de lo que ocurre? ¡Me despides porque soy gay! ¡Maldito homófobo! ¡Me voy a encargar de que todo el mundo sepa lo que eres!

—Primero: no te despido, te traslado. Segundo: te traslado porque eres un incompetente. Con quien te metas en la cama me trae totalmente sin cuidado. Y tercero: voy a darte un consejo, no deberías amenazarme. El último que lo hizo acabó vendiendo pañuelos de papel en el metro, de vagón en vagón. Y tú no has utilizado el transporte público en tu vida. Ahora, si me disculpáis, tengo otros asuntos que tratar.

—Papá, no es justo.

—Roberto, el tema se acaba aquí. En este momento no lo entiendes, pero confío que en el futuro te des cuenta de que he tomado esta decisión por tu bien.

En el habitáculo del ascensor, Bobby se esforzaba por no mirar en el rostro de su hermana, la V de «victoria» dibujada en su sonrisa.

—No sé si darte una bofetada o las gracias —soltó Mencía.

—Haz lo que te dé la gana. Vendré otro día a llevarme mis cosas del despacho.

—Descuida, ya he ordenado que las empaqueten para enviártelas a tu casa.

—¡Qué eficiente!

—Es tan fácil superar a mi predecesor en el cargo.

El ascensor se detuvo en la planta segunda, donde se encontraba el área digital. Mencía se bajó allí. Justo cuando las puertas comenzaron a cerrarse de nuevo se volvió para decirle algo a Bobby.

—¿Quieres que con tus cosas también te envíe una caja de manolitos o no está el horno para bollos?

—¡Hija de...!

Las puertas se cerraron a escasos centímetros de la cara de Bobby. Aún podía oír las carcajadas de su hermana colándose por el hueco del ascensor mientras empezaba a descender. Tuvo la sensación de que a partir de ahora sería lo único que podría hacer: descender.

35

Al anciano le gustaba caminar, una costumbre que había adquirido en sus años como policía. Todas las mañanas, si el tiempo lo permitía, daba un paseo matutino por el pueblo mientras aprovechaba para hacer la compra. En realidad, hacer los recados solo era una excusa que se ponía a sí mismo, un motivo para seguir levantándose por las mañanas. Desde que falleció su mujer, cada vez le costaba más todo y no le encontraba sentido a nada. Le gustaba sentir el frío seco de la sierra de Madrid estirándole del rostro. Respirar ese aire con olor a leña quemada, tan puro que dolía cuando entraba en los pulmones. Por eso se habían trasladado a Collado Mediano cuando se jubiló. Buscaba la tranquilidad que solo proporciona la soledad. Pero desde que su esposa murió, esa deseada soledad le pesaba más, como uno de esos verdugos que se subían sobre los hombros de los ahorcados para partirles el cuello.

Antes de entrar en su casa, un chalet de madera construido en pino báltico estilo alpino, se limpió las botas en el felpudo y abrió la puerta. En el pueblo nadie cerraba con llave, algo de lo que el anciano se arrepintió en cuanto vio a los tres tipos cómodamente sentados en el salón. Lo primero que llamó su atención fue comprobar que los tres parecían iguales. Pelo largo, gafas de pasta, botas altas y parkas militares verdes. Sabía por qué estaban allí. Llevaba años esperándolos.

—¡Sorpresa! Esta vez los tres osos han llegado a casa antes que Ricitos de Oro —anunció uno de aquellos hombres poniéndose de pie. Con tranquilidad, sacó un revólver del bolsillo trasero de su pantalón y presionó la parte alta de la cabeza del anciano con el cañón—. El inspector Herráez, supongo.

—Ya no soy inspector, me jubilé. Sé por qué estáis aquí. Sabía que vendría alguien tarde o temprano. El asesinato de aquella mujer, la millonaria. No hace falta que me hagáis daño. Os lo contaré todo.

Los dos tipos que permanecían sentados se miraron con estupor.

—¿Cómo que no hace falta que te hagamos daño? ¿Pero para qué hemos venido entonces? —señaló uno de los Hanson. En la mano llevaba unas tenazas de carpintero.

—¿Es que ya nadie se resiste, aunque sea un poco? ¿Dónde ha quedado el orgullo, el amor propio? ¡Gente como tú hace que este trabajo sea mucho más aburrido! —añadió el tercero con enfado.

—¿Pero qué más queréis? Si os he dicho que lo voy a contar todo.

—Siéntate ahí, anda, que te lo voy a explicar —indicó el que tenía el revólver—. Mira, está muy bien que colabores y todo eso, pero nuestro trabajo no consiste en venir aquí y que nos cuentes lo que queremos saber por las buenas: nuestra labor es sacártelo a golpes. Y nos gusta lo que hacemos. ¿Comprendes ahora que estemos frustrados? ¿No podrías negarte a cooperar, aunque sea un poquito? Los chicos están deseando darte de hostias, míralos.

—E... estáis completamente locos.

La resignación se reflejó en la cara de los tres Hanson.

—Hablas de ética en el trabajo y lo único que obtienes son insultos e incomprensión. El mundo se va a la mierda. Vale, venga, cuéntanos lo que pasó la noche que asesinaron a Adelaida de Gómez-Arjona. A ver si dices algo que no nos guste y podemos arreglar la mañana.

El anciano miró a los tres extraños con desconcierto antes de empezar a hablar.

—Era de madrugada y yo estaba de guardia. Recibimos el aviso de un posible homicidio en uno de esos hoteles para parejas con habitaciones por horas. Había aparecido una mujer, presuntamente asesinada, en una de sus suites. Pero desde que llegué al lugar del crimen me di cuenta de que todo era muy extraño. Lo primero que me llamó la atención fue que el inspector Alvargonzález ya se encontrase allí, dando órdenes a todo el mundo. Actuaba como si llevase el caso cuando ni siquiera pertenecía a Homicidios.

—¿Y eso no es normal? —preguntó el de las tenazas jugando con ellas a morder el aire.

—Digamos que era algo fuera de lo común, aunque a la postre fue él quien se encargó de todo el asunto. Luego entendí por qué. Hablé con los uniformados y me dijeron que

Alvargonzález había llegado incluso antes que ellos. Un dato curioso si se tiene en cuenta que fueron los coches patrulla los que nos avisaron a nosotros, a Homicidios.

—Entonces, ¿el tal Alvargonzález fue el primero en saber que se había cometido un asesinato? ¿Cómo pudo hacerlo?

—Porque su implicación en el caso iba mucho más allá de la de un mero investigador. Y eso no es todo.

El que tenía el revólver comenzó a hacerlo girar con un dedo como un cowboy. Le gustaba lo que estaba oyendo.

—Cuando llegué al hotel intenté entrar en la habitación donde se hallaba el cuerpo desnudo de la mujer. Alvargonzález apenas me dejó asomarme con el pretexto de que debíamos esperar a la científica. Por el olor a desinfectante era evidente que alguien había limpiado el cuarto a conciencia. Algo que luego se confirmó. El equipo de recogida de pruebas no encontró una sola huella, ni restos de ningún tipo. Incluso se molestaron en cambiar las sábanas por unas sin estrenar. Quien limpió la habitación era un profesional.

—¿Un policía, tal vez? —intervino el tercer Hanson.

—Dado el grado de minuciosidad, esa sería una explicación bastante plausible.

—No soporto a la gente que dice «plausible» —soltó el de las tenazas.

—A mí me ocurre lo mismo. Matar pedantes es defender la igualdad. La pedantería es la forma dialéctica de demostrar al resto que eres mejor que ellos. ¿Te crees mejor que nosotros, madero? —amenazó el tercer Hanson.

—Dejadle hablar. Los bises, al final del concierto. Continúe, por favor —calmó los ánimos el del revólver.

—Pero que no vuelva a utilizar «plausible» que me conozco.

—Ni «proferir».

—¿Le dejamos continuar? Gracias.

Herráez miraba a los tres hombres con una mezcla de miedo y desconcierto. Le parecían una especie de hermanos Marx violentos.

—Alvargonzález lo controlaba todo, no me dejaba trabajar. Le amenacé con dar parte a mis superiores porque el único agente de Homicidios en la escena era yo. Se burló de mí. Ya había detenido a un sospechoso y eso era todo lo que importaba. Se trataba del amante de la mujer. Lo tenían esposado dentro de un coche patrulla. Bajé a hablar con el tipo. Estaba temblando y lloraba cuando entré en el vehículo policial. Parecía muy conmocionado. Apenas podía articular palabra. Tenía la cara hinchada y llena de golpes. Le pregunté quién le había hecho aquello y me contó que unos tipos le habían agredido antes de ir al hotel. Reconoció que había sido él quien había encontrado el cuerpo de la mujer, ya sin vida. Se trataba de Ada, la esposa de Arturo Gómez-Arjona. Al oír ese nombre empecé a comprender. La mujer de uno de los hombres más poderosos del país aparece muerta en un hotel de citas. Asesinato y dinero. La mejor combinación para hacer crecer los problemas en un caso. Alvargonzález me explicó la situación. Y fue muy persuasivo.

—El tipo, el hostiado, ¿cómo se llamaba? —preguntó el del revólver.

—Pablo Santos era peluquero de un canal de televisión, no recuerdo cuál. Reconoció que mantenía una relación sentimental con la mujer asesinada. Me dijo que, tras encontrar el cadáver, llamó inmediatamente a la policía. Casi al instante, apareció Alvargonzález en la escena del crimen acusándole de ser el autor. Sin más explicaciones, lo esposó y les dijo a los agentes que lo mantuvieran retenido. Más adelante, durante la investigación, se comprobó que tenía coartada. La historia de la paliza era cierta, comprobamos que Santos fue trasladado al hospital a la hora en que se cometía el asesinato. Además, unos jóvenes grabaron un vídeo de la agresión.

—¿Por qué le acusó Alvargonzález? ¿Tenía alguna prueba contra él? —preguntó el del revólver sin dejar de hacerlo girar alrededor de su dedo.

—Un tipo con signos de violencia en la escena de un crimen. Yo también lo hubiese detenido. No, eso no fue lo peor que hizo... que hicimos.

—Oh, venga ya. Basta de pausas dramáticas. Son insoportables.

—Podemos continuar, por favor. Siga.

—Cuando salí del vehículo policial tras hablar con el sospechoso, se me acercó un tipo. Dijo que era el conserje del hotel. Estaba visiblemente alterado. A pesar de ello, me describió cómo había visto llegar a la mujer. La conocía porque era cliente habitual y solía elegir ese lugar para tener encuentros con sus numerosos admiradores. Poco después vio entrar a un hombre al que también reconoció. Era uno de los amantes de Ada. Le pregunté si se trataba del peluquero, el hombre que habíamos detenido, y me dijo que no. Que el tal Pablo Santos llegó más tarde, después de que apareciera el policía.

—Según el conserje, un agente llegó antes que el tal Santos. ¿Cómo supo que era policía? —afirmó el de las tenazas.

—Lo supo después, cuando le tomó declaración. Era Alvargonzález.

El silencio se hizo en el salón ante aquellas últimas palabras.

—¿Mi teoría? —continuó el expolicía—. Ada había quedado con el peluquero, pero en su lugar apareció un antiguo amante que, por despecho, celos o por el motivo que sea, acabó con su vida. Asegurándose antes de que Pablo Santos no se presentara a la cita. El asesino avisó a Alvargonzález para que limpiara el estropicio. Estaba en ello cuando apareció el peluquero, convirtiéndose en un candidato perfecto para cargar con el muerto.

Los Hanson se miraron entre ellos.

—Dice que el conserje del hotel reconoció al hombre que llegó tras la víctima, que era otro de sus amantes. ¿Le dijo su nombre?

—No quise saberlo. Aquello era mierda pura y no quería verme envuelto más de lo necesario. El conserje se esfumó. Igual que el peluquero en cuanto quedó demostrada su inocencia. Alguien les pagó para que desaparecieran. ¿Por qué lo sé? Porque yo ayudé a crear sus nuevas identidades. A los pocos meses del asesinato me ofrecieron la jubilación anticipada junto con una generosa gratificación de parte de don Arturo Gómez-Arjona. Supuestamente como agradecimiento por mis esfuerzos en la resolución del asesinato de su esposa. ¿Qué resolución? Una forma elegante de callarme la boca. Como al resto.

—El marido de la víctima pagando a los implicados para que se esfumen. Si eso es cierto, solo hay una explicación posible —reflexionó el del revólver.

—No estoy orgulloso de lo que hice. Pero era mucho dinero el que me ofrecían. Asesinato y dinero, ya se lo he dicho, el mejor fertilizante para que los problemas crezcan. Por eso siempre he sabido que tarde o temprano alguien vendría.

—Una cosa más: el conserje, ¿cómo se llamaba?

—Expósito... no sé qué más. Espere que haga memoria... Gonzalo, ¡Gonzalo Expósito! Pero le dimos un nombre nuevo: Víctor García. Un nombre perfecto para pasar desapercibido. Así ningún entrometido daría con él.

Los tres hombres se pusieron de pie.

—El madero nos lo ha contado todo.

—Sí, es verdad.

—Pero ha sido malo, malo.

—Cierto. Cierto.

—Que levanten la mano los que piensen que merece un castigo.

Los tres tipos levantaron la mano.

—¿Pero qué más queréis? Os he dicho todo lo que sé.

—Necesitas un acto punitivo que te libere de la culpa.

—Es por tu bien.

El de las tenazas miró al anciano con una sonrisa desquiciada y sin mediar palabra le soltó un puñetazo en la nariz. Se escuchó el crujir de los huesos y la escandalosa sangre con sus gritos rojos brotó al instante.

—Espero que lo entienda. Somos adictos al trabajo.

36

—Oh, vamos. No seas mala. Dame un poco de chocolate.

—Ay, don Ernesto, no me sea latoso. No ve que estoy atareada.

Melinda caminaba de un lado a otro ocupándose de colocar la plata en su lugar una vez limpia mientras el anciano trataba de seguirla apoyado en su andador.

—Enséñame tu chocolate, que hoy tengo bajo el azúcar.

—Demasiado goloso, eso es lo que es usted —respondió la sirvienta con una sonrisa coqueta en los labios. Ernesto se introdujo una mano en el bolsillo con la que empezó a hacer crujir los billetes al arrugarlos.

—¿Escuchas eso? Te gusta, ¿verdad? Es el sonido más excitante del mundo. Además, ¿para qué tienes un cuerpo de chocolate si no es para que alguien se lo coma?

Melinda miraba en todas direcciones. La tentación haciéndole dudar, con la necesidad como aliada.

—Te daré doscientos euros, negrita. Pero esta vez quiero que me lo enseñes todo. La fresa y el chocolate. Quiero comerme el postre entero, como un niño bueno, hasta tener la cara llena de churretones.

La sirvienta se paró delante del anciano. La mirada desafiante de quien cree que domina la situación.

—Tres. Quiero trescientos, la tarifa ha subido, viejo verde.

Le gustaba insultar al anciano, disfrutar del nuevo poder que tenía sobre él. El hombre sacó un fajo de billetes del bolsillo, prendido con una pinza metálica.

—Las mujeres aprenden rápido a manejar su poder. Un poder sucio, de rameras. Para comerte una tableta de chocolate, primero hay que partirla.

El sonido de la puerta de la casa al abrirse hizo que el anciano ignorara de repente a Melinda, como si se hubiera desvanecido. Guardó el dinero en su bolsillo y se dirigió al encuentro del recién llegado desoyendo las protestas de la sirvienta.

—Sonia, ¿eres tú?

—Sí, abuelo.

Ambos se sentaron en el sofá del salón. Muy cerca, como confidentes.

—¿Alguna novedad? —preguntó el anciano.

—Todo apunta a que tenías razón. Tus sospechas estaban fundadas.

—Eso es bueno para nuestro plan. Los secretos son armas.

—No te preocupes. El camino se abre a cada paso que damos.

—Bien. El fin último de la vida de un hombre es causar catástrofes, destruir imperios, decapitar reyes.

Sonia besó al anciano en la mejilla.

—Me gusta cuando hablas así. Me das miedo.

—Ese es el mejor elogio que podrán hacerte nunca. No lo olvides. Tú también me das miedo, nieta mía.

37

La ventanilla enmarcaba un paisaje de Marinetti. En el vagón de clase preferente, los viajeros hablaban de negocios a través de sus teléfonos móviles. Beneficios, pérdidas, ajustes, gastos, compras. El dinero comunicándose consigo mismo en un repetitivo monólogo eterno. La felicidad es una tabla de Excel, el amor escondido en las cuentas corrientes, los valores solo tienen importancia si son bursátiles.

Cuando Josan le cogió de la mano, Sonia la retiró de un tirón mirándolo con una mezcla de ira y desconcierto. Una máscara que se aparta solo un instante para volver a ajustarse al rostro. Al momento, fue ella quien se la agarró con fuerza. El AVE se dirigía a Málaga. Después de que Josan le contara que había localizado al peluquero, la joven le pidió que la acompañase. Quizá ese fuera el motivo por el que el periodista se tomaba tantas molestias. La esperanza de pasar más tiempo con Sonia. Aunque ya no sabía bien por qué hacía las cosas. Tal vez solo por llevarle la contraria a la mala suerte. Eligieron el tren por ser el medio de transporte más discreto. Aunque daba igual lo que hicieran. El Rey Arturo no tendría problemas en averiguar dónde estaban si se lo propusiera. Pero confiaba en Josan, o al menos eso creía el periodista. Arturo... no sabía qué ocurriría si se enterase de lo suyo con Sonia. Prefería no pensar en ello. Antes de partir, había llamado a Sito, el paparazzi, para darle un par de días libres. Debía mantenerle fuera de juego. Desde el asiento junto a la ventanilla, Sonia le sonrió, recostando la cabeza sobre su hombro. Josan sintió frío.

El Vermeulen Hair & Beauty Marbella acumulaba esa inconcebible cantidad del mal gusto que se suele dar cuando el dinero se mezcla con la costa. Estaba situado en un edificio individual, en forma de cubo blanco de techos enormes, con unas desproporcionadas puertas de cristal azul. El interior se asemejaba a una delirante combinación de palacio de *Las mil y una noches* y *Star Trek*. Dorados en dura pugna con luces fluorescentes. Las empleadas, todas mujeres, vestían uniformes más propios de científicos nazis que de peluqueras, llevando de un lado a otro sus sonrisas implantadas. La clientela estaba compuesta en su totalidad por sexagenarias del norte de Europa, extraños alienígenas de pelo oxigenado y piel naranja, con ese inverosímil tono que adoptan las epidermis nórdicas sobreexpuestas al sol.

Cuando entraron, Josan observó cómo Sonia encendía la grabadora de su móvil antes de devolverlo al bolso. Decidió hacer lo mismo. Nunca se sabe qué puede decir un hombre al que acusaron de asesinar a su amante. Quizá aprendiese algo. Se dirigieron hacia una de las empleadas para preguntarle por Pablo Santos.

—¿Quién? —respondió extrañada.

Sonia miró a Josan con decepción. El periodista decidió probar por otro camino.

—¿Y Paolo Santini?

—Ah, el señor Santini está ahora mismo con una clienta —explicó mientras señalaba con una mano en dirección al fondo de la sala.

Josan reconoció entonces al peluquero. Se escondía bajo un cardado rampante y un diminuto bigote. Era una peonza que giraba por el local derrochando gestos amanerados y sonrisas artificiales. Hasta que sus ojos vieron a Sonia dirigiéndose hacia él. Entonces su cuerpo sufrió una repentina parálisis.

—No es posible... No puede ser... Tú... debes de ser... tienes que ser...

—La hija de Ada, no su fantasma —afirmó la joven—. Me gustaría hablar con usted sobre la noche en que la asesinaron, si dispone de un momento.

—La verdad es que, como puedes ver, ahora mismo estoy ocupado —se excusó abriendo muchos los brazos como intentando abarcar todo el local.

—¿No tiene ni siquiera un minuto para la hija de un antiguo amor?

Aquellas palabras hicieron mella en el peluquero. El recuerdo es el bisturí más afilado para reabrir viejas heridas.

—¿Qué hace él aquí? —preguntó de pronto Santos señalando a Josan con la barbilla.

—También fue...

—Sé quién es —interrumpió—. Lo que no sé es por qué ha venido.

—También me interesa saber lo que le pasó a Ada —intervino Josan.

El peluquero lo miró de arriba abajo estudiándolo.

—Pasad a mi despacho —concedió por fin.

El habitáculo donde los condujo olía a puro y sudor agrio. Todo estaba desordenado, como si una pandilla de universitarios acabara de dar una fiesta. Latas de cerveza vacías, ceniceros llenos, restos de comida basura a medio terminar, pósters de voluptuosas mujeres en posturas que pretendían ser eróticas... Aquel despacho era el último reducto de la masculinidad de Pablo Santos. El camerino donde el actor se quitaba el disfraz que debía llevar puesto durante todo el día por exigencias del guion. El peluquero se sentó, abrió el cajón de la mesa de su despacho y extrajo una botella de Johnny Walker acompañada de un solitario vaso. Lo llenó medio palmo y se bebió el whisky de un trago. Se quedó así, aferrado a la botella, como si temiera caerse al suelo si la soltaba. En ningún momento dejó de mirar a Sonia.

—¿Qué quieres saber? No tengo ni tiempo ni ganas de hablar de aquel día —soltó Santos, ignorando deliberadamente a Josan.

—Algo que no aparezca en la versión oficial—solicitó Sonia.

Una sonrisa amarga se asomó al rostro del peluquero, una bruja queriendo asustar a los niños.

—Montañas de mentiras. Eso fue el caso del asesinato de Ada. Cordilleras de mentiras bajo las que sepultar la verdad.

—¿Había quedado con mi madre aquella noche?

—Sí, era uno de nuestros jueves. Al salir hacia el hotel,

tres tipos se me acercaron y sin mediar palabras comenzaron a pegarme. Al principio pensé que se trataba de un robo. Pero no, aquello era otra cosa. No intentaron llevarse nada. Aún recuerdo sus risas mientras me preguntaban cómo no era marica siendo peluquero. Alguien quería que no acudiera a la cita.

—Pero lo hizo.

—Amaba a Ada. La amaba de verdad. —Sus ojos brillaron con la luz del recuerdo—. Era esa clase de mujer que solo con mirarte te hacía sentir especial, un privilegiado. Un minuto con ella podía dar sentido a toda una vida.

—Aquella noche le ingresaron en el hospital, pero usted logró escapar. ¿Cuánto tiempo tardó en llegar al hotel?

—Unas dos horas. Más o menos. No creo que fuese más. Recuerdo el escalofrío que sentí al encontrarme la puerta de la habitación abierta. El presentimiento de que algo malo me esperaba dentro. Y allí estaba, tirada en el suelo como un desperdicio. Despojada del misterio que convierte algo vivo en un montón de carne muerta. Casi al momento llegó el policía.

—Alvargonzález —apuntó Sonia. Santos asintió.

—Me dio la impresión de que se sorprendió al verme, con la cara llena de golpes. Enseguida me puso las esposas y me acusó del asesinato. Un tipo listo. No iba a dejar pasar la oportunidad de culpar al primer imbécil que pasara por allí. Menos mal que se pudo demostrar que estaba hospitalizado a la hora en que se cometió el asesinato. Cuando me soltaron, lo mandé todo a la mierda y me vine a Málaga, a empezar de cero.

—¿Le dio la impresión de que Alvargonzález ya se encontraba en el hotel cuando usted llegó?

—No lo sé, estaba muy conmocionado.

Santos volvió a llenar su vaso de whisky.

—¿Olía a limpio? —preguntó Josan—. La habitación, ¿olía a limpio?

Santos clavó sus ojos en los del periodista. No lo había hecho durante toda la conversación. Cogió un puro a medio terminar del cenicero y lo encendió. La brasa ardía, igual que su mirada.

—No lo recuerdo —dijo el peluquero con desdén, escupiendo el humo en dirección a Josan.

—¿No lo recuerdas o no lo quieres recordar? ¿De dónde sacaste el dinero para montar este antro?

Una nueva calada. En sus ojos, el incendio trataba de escapar para quemarlo todo a su alrededor.

—De mi mujer, periodista. Lo saqué de mi mujer. Hablando de dinero, me enteré de que el Rey Arturo te dio un programa después de la muerte de Ada. Qué coincidencia, ¿verdad? Igual lo hizo para que no estuvieras triste.

—Muy oportuno. Das un braguetazo justo cuando quieres empezar una nueva vida. Eso sí que es tener suerte. ¿Sabes?, no me creo nada de esa historia. Me parece que alguien te ayudó a montar este engendro a cambio de mantener tu mala memoria.

Una sonrisa negra tras el humo del cigarro. Un depredador escondido entre la maleza.

—Ada me habló de ti, periodista, muchas veces. Te tenía miedo, por eso rompió contigo. Decía que eras ambicioso y estúpido. Una mezcla peligrosa. Pero yo no te tengo miedo. Sé que ladras pero no muerdes. Tu amo no te deja. Los dos llevamos al cuello la misma correa. Así que ya os estáis largando de aquí ahora mismo.

El mar invernal atrae a los solitarios. Sonia y Josan contemplaban el inmenso azul cambiante en silencio, sentados en el paseo marítimo. El calor del sol les había obligado a desprenderse de sus abrigos. Miraban al frente, sin hablarse, disfrutando de esa soledad en compañía. Las gaviotas suspendidas en el aire se carcajeaban de ellos.

—No puedo dejar de imaginar a mi madre allí, tirada desnuda. Abandonada en una habitación de hotel como una maleta olvidada. La imagen del desamparo. ¿Crees que conocía a su asesino?

Josan permaneció en silencio. Dio una calada a su cigarro. Necesitaba sentir algo malo dentro. Necesitaba hacerse daño.

—Aunque le conociera —continuó Sonia—, lo que está claro es que no la quería. Si lo hubiera hecho no la dejaría así, en el suelo como un envoltorio inútil.

La luz del sol arrancaba destellos en las crestas de las olas. Pequeñas explosiones de belleza. La brillante hermosura de la destrucción.

—Piensas que mi padre pagó a Pablo Santos para que mantuviera la boca cerrada, ¿verdad? —Sonia hablaba sin mirarle, como si temiera que el mar desapareciese si apartaba los ojos.

—Tú también.

—Eso significaría que el gran Arturo está detrás del asesinato.

—Ya te lo dije. No es la única explicación. También podría haberle pagado para evitar el escándalo.

Sonia se unió a las gaviotas en sus carcajadas.

—Sí, para mi padre la imagen es muy importante. De pequeña siempre me decía que para ser un triunfador antes hay que parecerlo. Dame un cigarrillo, si tienes.

—No sabía que fumaras. —Josan le tendió el paquete.

—Y no lo hago. Pero fumar es una de las cosas más elegantes que se pueden hacer con las manos. ¿Querías a mi madre? —Sonia miró a Josan por primera vez.

—De esa forma dolorosa e inútil con la que se ama aquello que se ha perdido.

Una calada profunda y los ojos de la joven volvieron a sumergirse en el mar.

—¿Qué hizo que te enamorases de ella?

—Era el tipo de persona que no bosteza nunca, como escribió Jack Kerouac. Ella misma decía que le corría champán por las venas.

—Es una maravillosa forma de ser recordada. Debería dejarlo ahora, ¿no es cierto? Antes de que encuentre algo sobre la muerte de mi madre que no me guste. Alguna verdad irremediable que lo cambie todo.

—Cuando uno escarba, corre el riesgo de mancharse. Deberíamos ir a la estación. Nuestro tren sale dentro de poco.

—¿Has perdido muchos trenes en tu vida, Josan?

—Demasiados. Y también me arrepiento de haberme subido a algunos.

—¿Te gustaría perder ese tren y quedarte aquí, a mi lado? —Sonia volvió a mirarle a los ojos.

—Tengo cincuenta años. No quiero jugar ni que jueguen conmigo.

—Para eso sirven los juguetes, aunque estén rotos. ¿De qué tienes miedo? Solo te pido una noche. Sin madres muertas, sin mentiras, sin venganzas, sin oscuridad. Tú y yo no somos puros. Tampoco somos de verdad. Solo quiero olvidarme de lo que soy al menos una noche. Quiero volver a sentirme inocente y limpia. Contigo. Deja que el tren se vaya y se lo lleve todo con él. Seamos nuevos, solo por esta noche.

Y sus bocas se unieron en un beso cicatrizante que cerró todas las heridas. Al menos por una noche. Mientras, en lo alto, las gaviotas continuaban riéndose de ellos.

Encuadrados en el visor de la cámara, Sonia y Josan eran un solo cuerpo ardiente y agitado. Desde el edificio de enfrente, Sito, el paparazzi, los observaba a través de la ventana del hotel. Apuntaba con el teleobjetivo como un francotirador que tiene delante al enemigo.

—Creías que podías deshacerte de mí, ¿eh, Juguete Roto? Pero Sito es el más listo. Sito es el mejor. Traté de advertírtelo. Aléjate de esa mujer, es una chica trampa.

En ese instante, Sonia se colocaba sobre Josan moviendo sus caderas despacio, de forma circular, bailando al son de una música que solo sonaba en su cabeza. La melena negra cayendo por su espalda como brea caliente. El periodista la observaba con la boca abierta, reducidas sus funciones a emitir gemidos y besar su piel. La habitación ardía en llamas.

Y los dos amantes se abandonaban a la voracidad del fuego, dejándose comer.

—Pásatelo bien, Juguete Roto, porque me vas a hacer ganar mucho dinero. Verás cuando papaíto vea estas fotos.

Y comenzó a disparar.

38

En la duermevela, Josan fantaseaba con la imagen de sí mismo cayendo desde lo alto de un edificio. Sus ropas y su pelo agitado con rabia por el viento. Girando en el aire como una moneda lanzada al azar. Cara o cruz. Cara o cruz. La red de mentiras ya no estaba para protegerle. El suelo aproximándose veloz. El punto y final. La última caída, el último golpe. La seductora idea del adiós. La fuerza de la gravedad atrayéndolo a su lado. De repente, el sonido de su móvil le sacó del placentero trance. Estaba en el tren. A su lado, Sonia dormía. Pulsó el botón verde y se dirigió al fondo del vagón para no despertarla. En la pantalla apareció un número extranjero.

—¿Sí?

—Hola, ¿hablo con Josan?

—El mismo.

—Soy Martín, el amigo de Sito en Boston. Él me dio su teléfono.

—Lo recuerdo. Tenía que investigar en el pasado de Sonia Gómez-Arjona.

—Por eso le llamaba. He estado indagando y la verdad es que la chica llevó una vida bastante normal durante los cinco años que estuvo en Boston. Buena estudiante, en sus calificaciones un notable era una rareza entre tanto sobresaliente. Hablé con sus profesores y apenas la recordaban. Pasaba desapercibida y no participaba mucho en clase. Una joven tímida y aplicada que iba a lo suyo sin casi relacionarse con nadie. Tampoco tenía una intensa vida social fuera del campus. Era más de biblioteca que de discoteca, para que me entienda.

—Supongo que ha sido una pérdida de tiempo —cedió Josan—. Se le pagará lo que habíamos acordado. Siento haberle encargado...

—Solo hay un elemento que no cuadra, una pequeña mancha de tinta en la camisa blanca. Hace un par de años, dos hombres aparecieron degollados en las proximidades de Harvard con menos de ocho meses de diferencia. Ambos sobrepasaban los sesenta y de algún modo estaban relacionados con la universidad. La similitud física de las víctimas y la forma idéntica de matarlos hizo temer a la policía que se tratara de un asesino en serie. Pero los crímenes cesaron o no se encontraron más cuerpos. Sonia conocía a uno de los hombres que apareció muerto. Un tal Gary Higgins, un profesor asociado que le dio un curso sobre historia de la economía o algo por el estilo. El caso es que los agentes le tomaron declaración. No es nada raro. Hicieron lo mismo con un gran número de alumnos. Lo extraño es que Sonia dijo que la noche de los asesinatos la pasó con su novio... tengo apuntado su nombre...Timothy Price, un estudiante dos años menor que ella.

El chico lo confirmó ante la policía. Hasta aquí todo normal. Pero hablé con los amigos del tal Price y la mancha de tinta comienza a extenderse. No sabían nada de su relación con Sonia. De hecho, parecía que ni la conocían. Algunos no me creyeron o pensaban que estaba equivocado. El caso es que Timothy tenía bastante éxito entre sus compañeras y se le conocían infinidad de relaciones.

—Por lo que no es descartable que tuviera algo con Sonia la noche de los asesinatos, aunque sus amigos no lo recuerden —añadió Josan mientras observaba a la joven durmiendo recostada en su asiento del tren. La respiración acompasada, haciendo que su cabeza subiera y bajara de forma casi imperceptible. Contemplarla así, en ese placentero abandono, le resultó delicioso.

—Sí, claro, todo parecía tener una explicación lógica. De hecho, la policía dio por buena la declaración de Sonia. Pero había algo que no me cuadraba. Igual soy demasiado quisquilloso. El guapo oficial, con su Porsche 911, liado con una estudiante extranjera mayor que él sin que nadie se enterara. Me chirriaba. En un campus, este tipo de cotilleos se transmiten como un virus. No, ahí había algo más. Necesitaba librarme de esa comezón interna. Y la clave me la dio el coche. Una noche me encontré en un bar con algunos de los amigos de Price, sobre todo compañeros del equipo de natación. A los tipos les gustaba sumergirse en líquido por dentro y por fuera. Así que me puse a invitar. Entre jarras de cerveza, salió en la conversación el tema del Porsche. Los chicos comentaron lo mucho que les había sorprendido el hecho de que Price apareciera con un deportivo como ese. Entre cerveza y cerveza me enteré de que solo lo tenía desde hacía dos años. Apenas un mes después de que se cometiera el segundo asesinato.

—Estudia en Harvard, allí van los hijos de las familias más ricas de Estados Unidos. ¿Qué tiene de raro?

—No es el caso —cortó Martín—. Lo he comprobado. Timothy Price tenía una beca deportiva en natación que cubría todos sus gastos. Sus padres regentan un pequeño supermercado en Des Moines, Iowa. No podrían permitirse un Porsche ni viviendo siete vidas. Me gustaría tener una conversación sobre coches y mujeres con nuestro amigo Timothy. Solo para aclarar del todo este asunto y quedarnos tranquilos. Si le parece bien.

Mientras miraba a Sonia, Josan imaginó como la mancha de tinta se iba extendiendo por la camisa blanca hasta empaparla totalmente. Pero en realidad no era tinta sino sangre.

—Hable con él. Y si descubre algo, vuelva a llamarme. No es bueno ir por ahí con la camisa sucia.

39

La resistencia incandescente del calefactor era un ojo diabólico que no dejaba de observarlos con inquina. Pese al frío, el calor que desprendía el aparato había encendido las mejillas de los dos hombres. Un rubor falso, una vergüenza impostada. Bobby y su hermano mayor estaban sentados en la terraza del Patio de Leones, una tasca con ínfulas, como la había definido Alonso nada más llegar. Frente a ellos, los turistas hacían cola para tomarse una fotografía con la Puerta de Alcalá de fondo. A Bobby le vinieron a la mente imágenes de rebaños, piaras, hatos. Y sintió como una arcada trepaba por su garganta.

—¿Te apetece beber algo? —propuso—. Yo lo necesito. No consigo ser persona hasta que me tomo el primer gin-tonic del día. Y cuando llego al quinto dejo de serlo.

—Son las once de la mañana. A esta hora solo los parias beben —contestó Alonso.

—Eso es exactamente lo que somos tú y yo: los parias Gómez-Arjona. Asúmelo. Hemos perdido el favor del padre supremo. Expulsados del paraíso hereditario. El Rey Arturo ha roto nuestro cordón umbilical con los dientes. Dos ejemplares desechados de la camada por falta de pedigrí.

Alonso cortó la soga con la que mantenía atada su sonrisa y destensó sus músculos faciales.

—Tienes toda la razón. Alguna ventaja debe de tener ser los rechazados. Brindemos por ello. Pídeme un Glenlivet 18, si eres tan amable, aunque dudo que en un sitio como este sepan lo que es.

Bobby alzó el brazo para llamar la atención del camarero. Cuando este se acercó a su mesa le pidió las bebidas.

—Otro motivo por el que no me gusta este local —soltó Alonso cuando se quedaron solos. Bobby puso cara de no entender—. ¿No te has fijado? El camarero es sudamericano. Los locales que cuidan la calidad del servicio contratan camareros españoles. ¡No me mires así! Puede que suene racista, pero sabes que tengo razón. Son menos... voy a tratar de ser políticamente correcto... menos diligentes. Y luego lo de estar aquí en medio, expuestos a las miradas de todos esos turistas. Como si fuésemos objetos en una tienda de souvenirs.

—Cuando te pusiste en contacto conmigo para concertar esta cita dijiste que eligiera yo el lugar.

—Nunca me habría imaginado que me traerías a este despropósito.

—Creí que te vendría bien salir de esos sarcófagos de paredes forradas de madera, señores muy serios con corbata y olor a alcanfor que sueles frecuentar. Este es un local que está de moda ahora, no en los años cuarenta.

—Actualmente, estar de moda es sinónimo de mal gusto.

En ese momento llegaron las bebidas. Los dos hermanos alzaron sus copas para brindar.

—¿Has visto qué desfachatez? El camarero no te ha mostrado la botella de ginebra para saber si era de tu gusto. Con esta gente el servicio deja mucho que desear —añadió Alonso.

—Alguien me contó alguna vez que las copas que bebes representan cómo es tu espíritu. Si eso fuese cierto, el mío sería transparente como el gin-tonic. En cambio, el tuyo es turbio como el whisky.

—Pues quería verte para oscurecerte un poco el alma, por decirlo de algún modo.

—Pensaba que estarías enfadado conmigo por la jugada que te hice con el ascensor delante de papá y sus nuevos socios, Toro Sentado. Tienes que reconocer que fue brillante.

Un trago de whisky. Para ayudar a tragarse la bilis.

—No fue para tanto. La silla de ruedas me convierte en un blanco fácil. Pero reconozco que pasé algún tiempo imaginando cómo podría vengarme de ti. Luego apareció el destino para encargarse personalmente del asunto. Y lo hizo. ¡Vaya si lo hizo!

Alonso abrió las manos, como si estuviera colocando cada palabra que pronunciaba en un enorme letrero imaginario.

—Manolitos y Tiffany. Está por toda la ciudad. ¡Qué idea tan genial tuviste! Convertir a tu hermana en una celebridad cuando lo que pretendes es hundirla. ¡Y además te quita tu puesto en la empresa! Bobby, has hecho muchas estupideces en tu vida, pero esta es la más grandiosa de todas. Resulta increíble la capacidad que tienes para que todo te salga al revés. Y para colmo, papá me contó que atribuiste el traslado a tu homosexualidad. Te ha echado por imbécil, no por ser un invertido.

Bobby suspiró mientras se miraba la punta de sus zapatos brogue.

—Invertido. De todos los términos ofensivos con los que se puede insultar a un gay, maricón, julandrón, mariposón, muerdealmohadas, soplanucas, tragasables..., invertido es uno de mis preferidos. Porque tiene tal carga de desprecio que más que pronunciarlo, se escupe. Así que para esto querías verme, para reírte de mí. ¿Y qué, Toro Sentado? ¿Te lo pasas bien? Tengo entendido que es un rasgo común entre los minusválidos, disfrutar con las desgracias ajenas.

Alonso alzó la palma de sus manos en son de paz.

—Te ruego que no me lo tengas en cuenta. Es una pequeña mezquindad para resarcirme de lo que me hiciste. No he venido aquí para discutir, sino todo lo contrario. Quería que nos viéramos para tenderte la mano. Papá nos ha arrojado a los dos al mismo cubo de basura. Y te propongo que unamos nuestras fuerzas.

—¿Qué fuerzas? Estamos acabados. ¿No te has fijado? Ya ha salido el «The end» en la película. Ninguno de los dos dirigirá la empresa.

—Eso está por ver. Papá nos menosprecia. No nos respeta, solo respeta lo que teme. Y nosotros no le damos miedo. Cree que somos débiles. Y los seres débiles son inofensivos. Tenemos que demostrarle que no lo somos. ¿Qué me dices? ¿Quieres tener el alma del color del whisky?

—¿Y qué hay en la basura que dé miedo? —preguntó Bobby escéptico.

—Ratas. Tenemos que convertirnos en ratas. Ha llegado la hora de que el Rey Arturo sienta el miedo dentro de él.

40

Arturo miraba con detenimiento cada imagen y colocaba después la fotografía inicial al final del montón, como si mezclase una extraña baraja del tarot donde las figuras representaban a su hija Sonia acostándose con Josan. Una baraja en la que todas las cartas anunciaban malos presagios. Había pagado por las imágenes y las tarjetas de memoria a aquel abyecto paparazzi después de dejarle claro lo que le ocurriría si alguna de las instantáneas apareciera publicada. A Arturo le encantaban ese tipo de personajes despreciables. Sin moral, sin ética y sin principios. Con una cuenta bancaria siempre hambrienta. Frente a él, aguardando al otro lado de la mesa de su despacho, estaba Alvargonzález. Otro espécimen de la misma familia. Retorciéndose las manos como un estrangulador, sin tocar el café que le acababa de servir la secretaria. El aroma dulce y acaramelado del grano colombiano inundaba la estancia. Arturo guardó las fotografías en un cajón para prestarle toda su atención al policía.

—¿Para qué querías verme? —inquirió.

—Preguntas. Se están haciendo demasiadas preguntas. Preguntas insidiosas. Preguntas atinadas. Preguntas malintencionadas. Preguntas acertadas. Preguntas capciosas. Preguntas y más preguntas. Un ejército entero de preguntas se cierne sobre nosotros. Preguntas que quieren desenterrar el cadáver de tu mujer. El tam-tam de la calle ha sonado para advertirme. Cada vez están más cerca.

—¿Quién hace esas preguntas?

—Tres tipos. Los Hanson. Peligrosos. Les he investigado. Interpol cuenta con un expediente sobre ellos tan grueso como el Código Penal. Asesinatos por encargo, secuestros, torturas... Han probado todos los platos de la carta. Son unos hijos de la gran puta. De una puta muy muy grande. Tienen dientes. Y muerden. Son muy buenos siendo malos. Y lo bueno se paga. Sus tarifas no están al alcance de cualquiera.

—¿Estás pensando en Christiansen? —preguntó Arturo mientras se llevaba el borde de la taza de café a los labios para comprobar su temperatura.

—Sería lo más lógico, pero no es la única posibilidad —respondió el policía encogiéndose de hombros.

—¿Por qué no te has encargado de ellos? Por el amor de Dios, para algo te hice jefe de la UDEV. ¿Es que no puedes pararles los pies de forma permanente?

—Envié a los búlgaros a reparar el escape. Son muy resolutivos y sienten una elogiable predilección por el uso de la violencia. Pero los búlgaros han hecho ¡puf! y han desaparecido. Alguien se los ha comido y ha dejado el plato limpio. El escape sigue. Parece que los Hanson no solo saben hacer preguntas, también saben responder. Aunque no son nuestro único problema. A tu hija Sonia también le pica la curiosidad por lo que le sucedió a su madre. Y el Enterrador la está ayudando a rascarse.

—¿Josan? Ese imbécil se ha vuelto a enamorar. Y los enamorados no son conscientes de las consecuencias de sus actos. Estoy empezando a cansarme del Enterrador.

—A ninguno nos conviene que se descubra lo que le sucedió a Ada, a él menos que a nadie. Yo perdería mi uniforme. Con sus botones dorados, sus brillantes charreteras y las condecoraciones multicolores. Me gusta ponérmelo cuando me follo a mi mujer y a mis amantes. Me da prestancia. Es una palabra que casi nadie usa porque ya casi nadie la tiene. Prestancia. No, no quiero dejar de ponerme mi uniforme. Y a ti también te haría daño. Sobre todo si la respuesta al ejército de preguntas cae en manos del tal Christiansen, ¿eh, Arturo? Igual los caballeros de la Tabla Redonda te dejan solo en Camelot y se van con el sueco. En cambio al Enterrador le importa todo un huevo, como a todos los suicidas.

Uno de los párpados del empresario comenzó a vibrar descontroladamente.

—Tu hija encontró al peluquero —continuó Alvargonzález—. Y no lo hubiera conseguido sin la ayuda de Josan. Los dos fueron a Málaga para hablar con él.

Málaga. Las fotos que le había vendido el paparazzi eran de Málaga. Arturo comenzó a sentir como los tentáculos viscosos del miedo comenzaban a brotar dentro de su estómago.

—¿Les contó algo?

—Sabe lo que ocurriría si lo hiciera. Es un buen perro. Si obedece recibirá una galleta. Para eso le pagaste. Todo está bien atornillado. Ahí no hay peligro de fuga. El problema es el gilipollas de Herráez, mi antiguo compañero. No sé cómo pero los Hanson dieron con él. Le presentaron sus respetos y no se dejó nada. Contó todo lo que sabía y también lo que sospechaba. Al menos se llevó una buena paliza. Un bonito regalo de mi parte. En el hospital podrá recapacitar sobre su error. Las preguntas se transforman en problemas. Muchos problemas. Un ejército de problemas.

—Toca retirarse. Todo el mundo. Quiero que cualquiera que haya estado relacionado con el caso se marche de vacaciones. Temporales o definitivas. Decide lo que más convenga en cada caso. Las preguntas solo son palabras lanzadas al aire si no encuentran respuestas.

—Descuida, yo me ocupo.

—Hablaré con mi hija. Este juego de detectives tiene que terminar.

—¿Y qué pasa con el Enterrador? —preguntó Alvargonzález llevándose por fin la taza de café a los labios.

—Tal vez sea hora de enterrar al Enterrador.

Los hombres comenzaron a reír. Carcajadas explotando como los petardos que marcan el fin de fiesta. De pronto, se escuchó un fuerte golpe en una de las ventanas.

—¡Mierda, ¿qué coño ha sido eso?! —gritó Alvargonzález.

Una paloma gris había chocado con el cristal y se había reventado la cabeza. Su cuerpo inerte se deslizaba por la superficie lisa convertido en una masa informe de plumas, vísceras y sangre. Dejando tras ella un reguero de fluidos amarillentos.

—Estúpidos pájaros, es el tercero en lo que llevamos de mes —explicó Arturo mientras cogía el teléfono para hablar con su secretaria—. Las ventanas de espejo reflejan el azul del cielo y no las distinguen. Elisa. Otra paloma. Ahora mismo. Que salgan a limpiar la ventana.

—Pájaros muertos. No es un buen augurio. No, no lo es —señaló Alvargonzález sin apartar la vista de la ventana, contemplando el cuerpo del ave al caer.

41

A Josan le gustaba la noche. Sobre todo ese momento de la madrugada en el que la gente decide quitarse las aburridas máscaras impuestas por la luz del día. Acodado en la barra del Hermosos y Malditos, observaba la perturbadora transformación de las personas que estaban a su alrededor. Arrancándose con rabia el disfraz de seriedad, pisoteando la careta de la responsabilidad que no les dejaba respirar, borrando de sus rostros el maquillaje de la obligación. Mostrando por fin su auténtica esencia, bellos monstruos exhibiendo sin pudor la descarnada desnudez del vicio, pirómanos del fuego del deseo. Depredadores y herbívoros. Víctimas y verdugos. Ángeles y demonios. Riendo y danzando ebrios de vicio en la azotea de un edificio en ruinas que se derrumba.

—Te traigo a un viejo conocido. Beber solo no es elegante —anunció el camarero-asesino dejando el tom collins delante del periodista—. Así podréis hablar de vuestras cosas. ¿Cómo estás? Tienes pinta de cansado.

—Soy un muerto haciendo ver que estoy vivo. Aunque ya no engaño a nadie —repuso Josan antes de dar un trago a su bebida.

—La vida es un cúmulo de pequeñas muertes. Decepciones, renuncias, fracasos, los peldaños que conducen a la muerte definitiva. Perdona que me ponga filosófico, lo da la profesión. Debe de estar provocado por pasar tantas horas expuesto a la imbecilidad humana.

—¿Y tu carrera como asesino cuándo empieza?

—Antes de lo que imaginas. Hay un alarmante exceso de gente viva. Cada vez se me hace más insoportable... todo esto —explicó el camarero haciendo un gesto con los brazos como queriendo abarcar el local al completo. O tal vez fuese el mundo—. Algún día saltará la chispa que provoque el incendio y todo arderá.

En ese momento, un grupo de mujeres en estado preebrio reclamó su atención y Josan volvió a quedarse solo con el tom collins. Un trago y la copa comenzó a susurrarle al oído malos consejos.

—Saca el móvil. Vuelve a escuchar la grabación de Santos. No dice la palabra. En ningún momento dice la palabra.

El lobo arañando la puerta. Josan obedeció. Extrajo su teléfono del bolsillo para escuchar de nuevo la conversación que Sonia y él tuvieron con el peluquero. Era la tercera vez que lo hacía. El tom collins tenía razón. Buscaba una palabra. Un grupo de fonemas que le devolvieran la tranquilidad, que acabaran con sus sospechas. Pero no aparecían. A su lado, un hombre con cara de solomillo vestido de traje y corbata se guardaba disimuladamente en el bolsillo su anillo de casado mientras hablaba con una veinteañera. Josan pulsó la tecla de Rewind en la pantalla.

—«Desnuda». La palabra que buscas es «desnuda» —susurró el tom collins con su aliento alcohólico.

El lobo arañando la puerta, frenético. En la grabación, el peluquero hablaba y hablaba sin lograr hilvanar nunca ese grupo de letras. «Desnuda». En ningún momento había pronunciado aquellas tres sílabas Y la inquietud acarició la espalda de Josan como la mano fría de una amante muerta.

—Recuerda lo que dijo Sonia cuando estuvisteis frente al mar, en Málaga: «No paro de imaginar a mi madre tirada desnuda». ¡Desnuda! Ella dijo desnuda.

Josan sabía que el tom collins tenía razón. ¿No dicen que los borrachos nunca mienten? Pues de algún lado tendrán que sacar la información. El alcohol les contaba la verdad. Como lo estaba haciendo con él en aquel momento. La grabación confirmaba que Santos no les dijo nada sobre cómo estaba el cuerpo de Ada cuando lo encontró ni tampoco aparecía ninguna referencia en el informe censurado de la policía. Dio un nuevo trago y la bebida volvió a darle malos consejos, ennegreciendo sus pensamientos.

—Piénsalo, Josan, ¿cómo supo Sonia que el cuerpo de su madre estaba desnudo en la habitación del hotel? Te está mintiendo. Sabe más de lo que te cuenta.

Al fondo del local, una mujer mayor le pasó con disimulo una bolsita con polvo blanco a una chica joven que desapareció en dirección al baño. Un minuto después, la mujer siguió sus pasos relamiéndose.

—La cuestión no es cómo sabe Sonia que el cuerpo de su

madre apareció desnudo, la pregunta es cómo lo sabes tú —le dijo el tom collins—. Sabes que apareció desnuda porque tú estuviste allí aquella noche. Lo sabes porque fuiste el último que vio a Ada con vida. Lo sabes porque fuiste el primero que la vio muerta.

El lobo destrozando la puerta con las uñas. La moneda volvía a girar en el aire. Cara o cruz. Pero no era una moneda lo que caía sino su cuerpo desde lo alto de un edificio. Cara o cruz. «Desnuda». La palabra grabada a fuego en el centro de su frente.

—Está jugando contigo, Josan. Jugando con el juguete roto. Como su madre. Como Arturo. Todos juegan contigo. Sonia tiene un plan. Un plan contra ti. Como lo tenía su madre. Como lo tiene Arturo.

Cara o cruz. Todos tenían un plan. El camarero cortaba a rodajas un limón mientras observaba con una sonrisa asesina los cuellos de los clientes. Josan también tenía un plan. Cara o cruz. Su cuerpo girando en el aire mientras el suelo no paraba de acercarse. La *Gnossienne número 1*, de Erik Satie, sonando en su cabeza. En el espejo tras la barra, el cadáver de Ada bailaba desnudo solo para él. Evocando aquella noche. Evocando la tormenta. Josan aún notaba en la piel las caricias de su amada muerta, como quien siente una pierna amputada. El lobo sigue arañando la puerta, el lobo quiere entrar.

—Todo el mundo tiene un plan. —La lengua etílica del tom collins seguía introduciendo ponzoña en sus oídos—. Y de pronto los planes chocarán entre ellos. Como bolas de petanca golpeándose unas a otras. Solo uno puede ganar. Y ese no eres tú, Josan. La mala suerte sigue sentada a tu lado.

Mala suerte y mala muerte. Es el espíritu de la muerta, que no te suelta. Bebe, sigue bebiendo y olvídate de todo. Hay miles de cornisas por las que arrojarte en esta ciudad.

Dos tipos se lanzaban patéticos puñetazos en la puerta del local. Sus bocas rojas empapadas de sangre brillante. Dentro, la mujer por la que se pegaban los observaba excitada y divertida.

Cara o cruz. La moneda gira en el aire decidiendo quién vive y quién muere. El juego es así. Y tiene sus reglas. Josan se terminó el tom collins de un trago, acallando de una vez la voz en su cabeza. Porque no tenía razón. Porque su plan era hacer trampas a la mala suerte. Porque sabía que no iba a perder. La moneda gira en el aire como el cuerpo del suicida. Esta vez da igual cara o cruz. Esta vez le toca ganar.

42

La lluvia empapaba la ciudad como el llanto amargo de una madre sobre su hijo muerto. Millones de dedos tamborileaban de impaciencia sobre el techo del coche. En el interior, Sonia y Josan miraban fijamente al edificio.

—Repíteme cómo has encontrado al conserje —solicitó el periodista.

—Llevo tiempo soltando pasta en los lugares que solía frecuentar mi madre. El dinero ha hecho más milagros que todos los santos juntos. Y un olvidadizo volvió a recordar. Me llamó para darme el nuevo nombre del conserje: Víctor García. Con ese dato, encontrar su dirección no ha sido fácil, pero el dinero hace milagros.

—Y ese es su edificio.

—Y ese es su edificio. Así que vamos. —Sonia abrió la puerta del BMW de Josan.

—Es mejor que yo te espere aquí.

La mujer lo miró con cara de incredulidad.

—Acuérdate de lo que pasó con el peluquero. Se puso a la

defensiva en cuanto abrí la boca. Yo estuve más de una vez en ese hotel con tu madre, el conserje se acordará de mí y eso puede hacer que se cierre. En cambio tú eres su hija, contigo hablará.

—Está bien —concedió Sonia—. Pero estate atento al móvil por si te necesito.

Josan la vio correr hacia el portal cubriéndose la cabeza con un periódico. Hasta un gesto tan intrascendente le pareció maravilloso. Ese es el problema de estar enamorado. Que dejamos de ver el lado malo del mundo: el que tiene filo. Pero que no lo veamos no quiere decir que no siga ahí. Esperando.

El tipo que abrió la puerta era extremadamente delgado, sus largas extremidades y la cambiante forma de sus ojos, provocada por los gruesos cristales de sus gafas, le daban el aspecto de un insecto gigante.

—Oh, oh, oh —soltó nada más abrir la puerta—. Alvargonzález no me dijo que iba a venir una Gómez-Arjona a buscarme. Pase, pase. Todavía no he terminado de recoger mis cosas. Estaba haciendo la maleta. Otra vez tendré que cambiar de identidad. Había quedado con el comisario en que me recogerían dentro de media hora.

Desconcertada, Sonia decidió seguirle la corriente.

—Me he adelantado por si necesitaba algo.

—Muy amable por su parte, ya han sido muy generosos conmigo. No ponga esa cara. Su secreto está a salvo. El comisario Alvargonzález nunca me ha dicho de dónde viene el dinero. Pero yo no soy tonto. Sé que es su padre quien paga todos mis gastos. ¿Quién si no? Supongo que es el señor Arturo quien la ha enviado. Dígale que no se preocupe por nada. No abriré la boca. Nunca. Y entiendo por qué lo hace. El comisario me lo explicó. Esos malditos periodistas. Habrían arrastrado el nombre de la señora Ada por el suelo. Y el de su familia también.

—Se lo agradezco... Se lo agradecemos todos.

El hombre insecto hizo un gesto con la mano restándole importancia mientras seguía colocando ropa doblada en la maleta. Sonia observó el piso. Muebles modernos y funcionales, sin ninguna personalidad. Una casa alquilada, para ejecutivos de paso en la ciudad. Todo era anodino, insustancial, olvidable.

—La noche en la que asesinaron a mi madre usted estaba allí. Debió de ser duro.

El hombre insecto levantó la cabeza. Se quedó mirando al vacío, evocando algo.

—Yo apreciaba a su madre. Como todo el que la veía. Una vez, pasó por recepción. No tenía por qué, ya sabe cómo funcionan esos hoteles. Pero lo hizo. Aquella tarde yo me había cortado el pelo y ella se dio cuenta. «Te queda muy bien, estás muy guapo», me dijo. No lo olvidaré nunca. Un elogio de una mujer así... Usted se le parece mucho. Aunque sus ojos no son iguales. Los de ella eran transparentes, dejaban que vieras su interior. En cambio los suyos son opacos. Dos puertas cerradas que protegen lo que hay al otro lado.

—Hablando de ojos, esa noche usted vio llegar a mi madre y tras ella apareció un hombre. Alguien que no era ni el peluquero, Pablo Santos, ni el comisario Alvargonzález. Alguien al que usted conocía.

El tipo la miró con sus ojos deformados por las dioptrías.

—Sí, ya se lo conté al señor comisario. Él lo sabe todo. ¿No se lo ha contado?

—Se lo he preguntado pero no quiere decírmelo.

El hombre fásmido se acercó a Sonia, despacio. Sus ojos ondulantes mareaban a la joven.

—Vaya, vaya, vaya. Entonces ¿por qué debería contárselo yo? ¿Quiere que el señor Alvargonzález se enfade conmigo? No me ponga en un compromiso.

En el coche, Josan pintaba caras sonrientes con el dedo en el vaho del cristal. Hasta que le dio la impresión de que todos aquellos monigotes se estaban riendo de él y los borró con la manga. Entonces, a través de la ventanilla, vio acercarse a Alvargonzález con dos de los policías con cara de mancuerna que le habían retenido en la comisaría. Se dirigían al edificio del conserje. Tenía que advertir a Sonia. Sacó su móvil y seleccionó su número. Un tono, dos, tres...

—¡Contesta, maldita sea!

—¿Por qué me pregunta eso? —El hombre insecto avanzaba despacio hacia Sonia—. Si el señor Alvargonzález no se lo ha contado, ¿por qué me lo pregunta a mí? ¿Quiere meterme en un lío? ¿Quiere joderme?

—Tranquilo, no se ponga usted así. —El móvil. Vibrando. En su bolsillo—. Solo era curiosidad, nada más. Mi teléfono, tengo que contestar. ¿Diga?

—¡Sal de ahí ahora mismo! —gritó Josan—. ¡Alvargonzález acaba de entrar en el edificio!

—Sí, sí, señor Alvargonzález, estoy con el conserje... Sí,

en su casa —disimuló Sonia—. Qué casualidad. En este momento estábamos hablando de usted... Bajo ahora mismo...

El bicho palo con forma humana la observaba con sus ojos deformados.

—Vaya. Qué extraño. ¿Cómo puede estar hablando con Alvargonzález si el comisario me está llamando a mí? —exclamó mientras mostraba la pantalla dc su móvil.

Un instante de quietud. Ambos esperando la reacción del otro. Hasta que Sonia abrió la puerta de la vivienda y se lanzó escaleras abajo. Solo había traspasado el descansillo cuando sintió que algo tiraba de ella. El hombre insecto la tenía agarrada por la gabardina.

—Tu madre, me gustaba tu madre. Seguiría viva si no hubiese sido tan puta. Como tú.

El sonido del ascensor. Acercándose.

—Ahora vas a explicarle al comisario qué coño haces aquí.

El conserje le mostró la sonrisa desigual y los ojos desorbitados contenidos por las gruesas gafas como lámparas de lava. Sin pensárselo, Sonia le lanzó un puñetazo en el centro de la cara. Crujido de los huesos propios de la nariz. Un gemido y el insecto soltó su presa. El ascensor estaba a punto de llegar. La joven bajó los peldaños de tres en tres. Un ruido de maquinaria al detenerse en el piso del conserje. Gritos y órdenes sobre su cabeza que quedaban atrás. Al llegar al portal, vio a Josan esperándola.

—Larguémonos de aquí. ¡Ya!

El BMW arrancó, las ruedas patinaron sobre el asfalto mojado hasta que Josan recobró el control.

—El conserje. ¿Te ha dicho algo?

—No he podido sacarle nada. Y el maldito Alvargonzález volverá a hacer que desaparezca.

El comisario observaba a través de la ventana cómo se alejaba el coche de Josan. En el salón, el conserje contenía la sangre de su nariz con un pañuelo, ante la mirada de desprecio de los otros dos policías.

—Juguete Roto, ¿qué estás haciendo? Vas a acabar en la basura.

43

Dentro del coche de alquiler olía a plástico nuevo. Aquello le recordó a su infancia, al aroma a goma de los juguetes recién estrenados que le regalaba su padre. La época feliz en la que todos los sueños aún pueden cumplirse y la vida no es más que una sucesión de promesas. Los buenos tiempos... Quizá lo único que los hacía buenos era que habían quedado atrás. El pasado nos miente y el futuro nos da miedo. En eso estaba pensando mientras vigilaba el chalet de Alonso Gómez-Arjona. El hecho de ver en primera fila cómo era la vida del tipo de la silla de ruedas y la mujer de rojo había generado en él un odio espeso. Tenían más dinero, más amigos, más tiempo libre, iban a más fiestas, sonreían más... Incluso practicaban más sexo que él.

—Un puto tullido folla más que yo —soltó en voz alta. Sito, el tipo que le había contratado para la vigilancia, se reía a su costa advirtiéndole de que estaba empezando a tener conciencia de clase. Y de ahí al comunismo solo había un paso. Pero no, a él que la famélica legión se pusiera en pie o siguiera sentada le traía sin cuidado. Porque observando al medio hombre de la silla de ruedas había descubierto que lo que en realidad quería era ser millonario. Poder hacer lo que te diera la gana todo el tiempo. Convertir tu vida en unas vacaciones eternas. No se le ocurría nada más parecido a ser un dios. La llegada de un camión de mudanzas le sacó de sus ensoñaciones. Se había detenido frente al chalet y estaba dando marcha atrás para dejar su parte trasera lo más cerca posible de la puerta del garaje.

—¿Una mudanza? Qué raro. Tengo que avisar a Sito.

Llamó al paparazzi, que, tras escuchar lo que estaba ocurriendo en la casa, le dijo que un tal Josan se pondría en contacto con él. No pasó ni un minuto cuando su teléfono sonó.

—Soy Josan, cuéntame lo que estás viendo.

—Hace poco ha llegado un camión de mudanzas que ha estacionado justo ante la puerta del garaje. No deja ver mucho de lo que está sucediendo en el interior. De momento no parece que nada se mueva.

—¿Ha entrado alguien en el chalet?

—Solo los cuatro operarios de la empresa de mudanzas. Las chicas externas del servicio también. Pero mucho antes, a las siete de la mañana.

—¿Carlota y Alonso siguen dentro?

—Imagino que sí, yo no los he visto salir. ¡Espera, hay movimiento en el garaje! Están cargando algo, parece una caja. Debe de pesar mucho porque la llevan entre los cuatro operarios.

—¿Qué dimensiones tiene?

—Es grande. Del tamaño de una mesa mediana, para que te hagas una idea. Carlota es la que está supervisándolo todo.

—¿No ves a Alonso?

—No, no ha aparecido en todo el día. Ahora los operarios se dirigen a la cabina del camión. Parece que se van.

—¿Solo se llevan una caja?

—Por lo que he visto, sí.

Silencio a ambos lados de la línea. Podía tratarse solo del traslado de un mueble, pero Josan no quería arriesgarse.

—Sigue al camión y vete diciéndome a dónde se dirige. Yo avisaré a Sito para que te sustituya en la vigilancia del chalet.

—Hecho.

Le encantaba la forma en que Sonia se reía dentro de los besos. Los pequeños pliegues que se le formaban en la nariz cuando fruncía el ceño. Crear nuevas constelaciones con los lunares de su espalda. Y fumarse un cigarrillo a medias en la cama junto a ella, como en ese momento. Josan tenía que reconocer que algo había cambiado en su vida. Ya no pensaba tanto en pastillas, cornisas y cuchillas. Un espacio mental que había sido ocupado por ella. Por Sonia. Aunque a veces notaba que la mujer desaparecía, se alejaba de él, a pesar de estar juntos. Y su cuerpo se volvía frío. Un frío seco como el metal que le daba escalofríos.

—¿Cómo vamos a seguir con la investigación del asesinato de tu madre ahora que el conserje del hotel se ha vuelto a esfumar? —preguntó Josan pasándole el cigarrillo. Sonia le dio una calada. El humo formó signos de interrogación en el aire.

—Deja que el dinero se abra camino. Tengo alguna que otra idea. Al menos ya hemos averiguado algo. Parece fuera de toda duda que mi padre estuvo implicado en el crimen.

—Me prometiste que cuando encontraras al culpable harías que lo mataran. ¿Sigue en pie?

—Por supuesto. Y ahora, en vez de malgastar palabras, ¿por qué no me besas? Nada es más elocuente que un beso.

Josan se disponía a abrazarla cuando su teléfono comenzó a sonar. Sonia lo miró a los ojos, expectante.

—Tengo que contestar.

—Mi madre decía que los besos que no damos se amargan encerrados dentro de nosotros y se convierten en lágrimas. Creo que tenía razón.

—De verdad, puede ser importante.

Josan pulsó el botón verde.

—El camión de mudanzas. Es muy raro, va camino del aeropuerto.

—¿En dirección a la terminal de carga? —Mientras Josan hablaba, Sonia salió de la cama y se metió en el cuarto de baño.

—No, y por eso te llamaba. Está a punto de entrar en la zona de los jets privados. No tiene mucho sentido fletar un avión para enviar una caja. Aunque con estos ricos nunca se sabe.

—Voy para allá, síguelos e intenta enterarte de todo lo que puedas.

El periodista se vistió deprisa. Dio unos toques con los nudillos a la puerta del cuarto de baño.

—Tengo que irme. ¿Te llamo luego?

Solo el sonido de la ducha como respuesta. A Josan se le quedó un «te quiero» atascado en la garganta. Como una flema viscosa que se negara a salir.

44

—¿Tengo pinta de camarera? ¿Por eso han venido a darme una propina?

Ante el mostrador decorado con unas enormes alas doradas, Josan y el tipo que vigilaba el chalet de Alonso observaban incrédulos a la mujer. Media melena castaña, cuerpo con más rectas que curvas y la inteligencia prendiendo la luz de sus ojos. Llevaba un uniforme sobrio, camisa azul claro sobre falda de tubo azul oscuro. El pañuelo multicolor en el cuello era una invitación a estrangularla.

—Oiga —expuso Josan—, mil euros por decirme los vuelos privados que han salido en la última media hora no creo que sea una propina.

—Nuestros clientes pagan por la discreción. Y pagan mucho. Bastante más de mil euros.

—Dos mil.

—No me está escuchando. Si le diese la información que me pide, podría perder mi trabajo. ¿Sabe cuánto gano? No voy a arriesgarme.

—Cinco mil.

—Un empleo como este no se encuentra todos los días...

—Diez mil.

Un destello en sus ojos. La media sonrisa de los que saben ganar.

—Doce mil y la información es suya —propuso la mujer.

—Hecho.

La mujer tecleó en su ordenador.

—Tres han sido los vuelos privados que han despegado en la última media hora. Sus destinos: Turín, Londres y Moscú.

—¿El nombre de los pasajeros?

—No dispongo de esa información. Por la ley de protección de datos, ya sabe. El tema del pasaje lo llevan ellos. —La mujer señaló con el dedo hacia la planta de arriba—. Y le aseguro que no son tan comprensivos como yo. Ni tan baratos.

—Entonces ¿qué me puede decir por los doce mil euros que voy a pagar?

—A qué hora despegaron, su destino, posibles escalas, tipo de avión...

—¿Se subió alguna caja grande en alguno de ellos?

La mujer miró a los dos hombres extrañada.

—Esta es la terminal ejecutiva. No la de carga. Aquí solo transportamos personas. ¿Están seguros de que no se han confundido?

—Estoy empezando a creer que sí —reconoció Josan mientras comenzaba a amontonar billetes sobre el mostrador sintiéndose estúpido.

—En el vuelo de Londres hemos tenido que habilitar una rampa para que subiera una persona con movilidad reducida. Pero ninguna caja.

Arturo miraba a través de la ventana de su despacho. Las manos a la espalda. Sin parar de entrechocarlas, frenéticas. Josan lo observaba sentado en un sillón. Disfrutaba de la imagen. Era una de las pocas ocasiones en que había visto nervioso al gran Arturo Gómez-Arjona. Acababa de enseñarle las imágenes. Tras descubrir que Alonso era el pasajero del vuelo a Londres, a través de Sito contrató a un paparazzi para que lo esperase a su llegada. No le fue difícil localizar a un hombre en silla de ruedas. Salió del aeropuerto de Luton en una furgoneta especial. Le siguió hasta su hotel y de allí al restaurante de Alan Ducasse, donde le vio entrar en uno de los reservados. Consiguió grabarle con el móvil mientras se reunía con otro hombre. Y esas eran las imágenes que Josan acababa de enseñar Arturo. Las que le habían provocado su estado actual.

—Alonso se ha tomado demasiadas molestias para ocultar su viaje a Londres. Y sabemos por qué. Hemos descubierto quién es el tipo que está con él en las imágenes.

—Jörgen Christiansen —respondió Arturo—. Y también sé por qué Alonso ha ido a verle.

Las manos se golpeaban entre ellas cada vez más rápido. Hasta que Arturo abandonó su estado contemplativo poseído por la necesidad de acción. Comenzó a dar órdenes a su secretaria a través del interfono.

—Elisa, ponme con Diego, mi abogado, enseguida. Y contacta con Alvargonzález. Dile que me traiga los informes de todo el mundo. Si vas a la guerra es mejor contar con las mejores armas.

—Te dejo solo, veo que estás muy liado.

Arturo no prestó atención a las palabras de Josan, que se encaminó hacia la puerta del despacho.

—Quiero que dejes de ver a mi hija Sonia.

El periodista se quedó paralizado con el pomo en la mano. Se volvió despacio. Arturo hablaba por teléfono, ignorándolo.

—¿Y si me niego?

El empresario tapó su móvil con la mano izquierda antes de dirigirse a Josan.

—Podría enterarse de un pasaje de tu vida..., ¿cómo calificarlo...?, poco edificante. ¿Querría ella seguir viéndote después de saberlo? Los secretos son como las alcantarillas, nadie quiere que salga a la luz lo que hay en su interior. Deja de ver a mi hija. Por las buenas. No me gustaría tener que obligarte. Y a ti tampoco. Créeme.

45

—Dame el brazo, negrita.

En la habitación de don Ernesto, Melinda estaba desnuda al borde del llanto. Mientras, el anciano hacia girar una cuchilla de afeitar entre sus dedos.

—¡Deje que me vaya, por favor! ¡Eso no, no me gusta!

—¿Qué creías? ¿No pensarías que me quería acostar contigo? ¡Con una negra! ¡En la vida! No, a mí me gusta hacer otras cosas con las mujeres como tú. Dame el brazo, ya verás cómo apenas te duele.

—Me quiero ir, don Ernesto. No le diré nada a nadie. Se lo prometo.

—Puede que ahora creas que quieres irte, pero volverás. Te has acostumbrado al dinero fácil, negrita. Me levanto la falda y el viejo idiota me da trescientos euros. ¿A que sí? Pues todo puede seguir igual. Solo que ya me he cansado de ver tu cuerpo de chocolate. Ahora quiero dejar mi firma en él. Para que no me olvides. Hacerte daño. Solo un poco. Puede que no te guste, pero lo que sí te gusta es el dinero. Tú ya no sabes decir que no. Eres una mosca golosa pegada a la miel. Si me dejas hacerte un corte, uno pequeño, te daré quinientos.

La sirvienta miraba hacia la puerta del cuarto sin saber qué hacer.

—Observa lo fina que es la cuchilla, solo sentirás una caricia. Piensa en las cosas que podrás comprarle a tu hijo. Y en las que podrás comprarte para ti.

Don Ernesto sacó su cartera y depositó el enorme billete morado sobre la cama donde estaba sentado.

—Una caricia de la cuchilla y será tuyo.

Melinda dejó el brazo muerto, rindiéndose. Despacio, muy despacio, vio como el anciano hacía avanzar el filo sobre su piel. El escozor que precede al dolor. La carne se abría a su paso como una flor sonrosada, contrastando con la oscura piel. La sangre descendía sin prisa por el antebrazo de la mujer hasta llegar a su mano. Como si estuviera en trance, don Ernesto cerró los ojos y lanzó un largo gemido de placer. Su boca abierta se inundó de babas. Las manos temblorosas dejaron caer la cuchilla al suelo. Melinda aprovechó el estado del anciano para liberarse, coger el billete, su uniforme y salir de la habitación a la carrera. Antes de cerrar la puerta, se giró para contemplar al viejo. Estaba jadeando, al borde del orgasmo.

Cuando la vio entrar en la cocina, Teresa supo que Melinda había estado llorando. Sus ojos hinchados la delataban. Intentó pasarle un brazo sobre los hombros para tratar de animarla. Pero al notar el contacto, la joven dio un respingo y se llevó la mano al brazo como si le doliera. La veterana doncella comprendió. Sin dejar de mirar a los ojos de Melinda, se levantó la falda de su uniforme, dejando a la vista una telaraña de pequeñas cicatrices repartidas por sus muslos. Entonces fue la joven sirvienta quien comprendió. Y ambas mujeres comenzaron a llorar fundidas en un intenso abrazo.

Gritar órdenes desde su iPhone. Arturo tenía la impresión de que era lo único que había hecho en las últimas veinticuatro horas. Sentado en la parte de atrás de la berlina Audi en dirección a su despacho, a través del teléfono tiraba de todos los hilos que podía. Tenía que cerrar el enorme descosido que había provocado Alonso. Tenía que conseguir taponar el desgarro.

—¡Diego, escúchame! ¡Escúchame bien porque la situación es grave! Alonso me ha traicionado. Se ha pasado al bando del sueco... ¡Claro que sé lo que estoy diciendo, maldito imbécil! ¡Es mi hijo de quien estamos hablando! Tengo pruebas... Eso ahora no importa. Lo único que te interesa saber es que no podemos contar con el cinco por ciento de las acciones de Alonso. Necesitamos recabar apoyos. ¿Y para qué te pago entonces?

—Disculpe, don Arturo —interrumpió desde los asientos delanteros el chófer.

—¡No ves que ahora estoy ocupado! No, no. Hablaba con el chófer. ¿Qué ha dicho Emiliano? ¡Ese maldito carnicero gordo! ¡Déjale claro lo que pasará si no está de nuestro lado! ¡No es tiempo de medias tintas, no sé si me entiendes! ¿Pero qué pasa?...

El vehículo dio un violento bandazo hacia la derecha

provocando que Arturo se golpeara la cabeza contra la ventanilla.

—¿Qué estás haciendo? ¿Es que no sabes conducir?

—Eso es lo que quería comentarle, don Arturo. Los frenos. No funcionan.

Entonces Arturo se dio cuenta de que el paseo de la Castellana era solo un borrón multicolor fuera del coche. Que el resto de los vehículos se quedaban atrás y que la velocidad le aplastaba con sus dos manos contra el asiento.

—¿Cómo que no funcionan?

—Agárrese bien, señor. No sé cuánto tiempo más voy a poder esquivar el tráfico.

Un semáforo en rojo. Al chófer no le quedó otra opción que dirigir la berlina hacia la mediana para evitar embestir a los coches detenidos. Casi no pudo sortearlos. Pasó demasiado cerca. El sonido chirriante del roce de metal contra metal. Un arco de chispas incandescentes se formó en el lado derecho, hasta que una de las ventanillas estalló, cubriendo a Arturo de pequeños dientes de cristal.

—¡Sácame de aquí, por lo que más quieras! —bramó desde la parte de atrás.

El Audi cruzó como una fiera enloquecida la plaza de Lima. El chófer tiró de freno de mano y el vehículo comenzó a derrapar. Los neumáticos gritaron de dolor. Entonces la berlina redujo su velocidad, desplazándose de lado. Chocó con el bordillo de la isleta ajardinada, lo que le hizo dar una vuelta de campana e impactar contra uno de los enormes cedros del Líbano. El coche quedó boca abajo. Las ruedas seguían girando con rabia, como las patas de un enorme escarabajo intentando darse la vuelta. Los gigantescos buches del airbag se hincharon. Olor a goma quemada, césped arrancado y gasolina. Hasta que una de las puertas traseras se abrió.

El enfermero del SAMUR intentaba cubrir a Arturo con una manta térmica dorada.

—¿Te crees que soy un bocadillo? ¡Quítame eso de encima!

Alvargonzález se acercó a la ambulancia donde se encontraba el empresario. Con un gesto de la cabeza, indicó al sanitario que se marchara.

—Deberías ir al hospital. Sería bueno que te hicieran pruebas. Para prevenir posibles lesiones internas. Un accidente como este...

Arturo tenía la vista fija en el coche volcado. El rostro repleto de pequeños cortes acompañando al fuerte hematoma del cuello.

—No me voy a ir a ninguna parte hasta que sepa lo que ha ocurrido aquí.

—Es pronto para saberlo, tienen que venir los técnicos...

—Si no quieres formar parte de la Unidad de Subsuelos y patrullar por las alcantarillas hasta que te jubiles, será mejor que me des una respuesta. Y rápido. ¿Ha sido un accidente fortuito o provocado?

Alvargonzález resopló.

—Han manipulado los frenos de tu coche. Es bastante evidente. No se han molestado en disimularlo. Esto es grave, Arturo. Es la segunda vez que intentan acabar con tu vida. Eres un hombre con suerte, pero si hay una tercera, no creo que fallen. Por cierto, tu chófer está mal. No creen que pase de esta noche.

Arturo lo miró con incredulidad.

—Me importa una mierda el chófer. Alguien quiere quitarme la empresa. Tomando el camino fácil, el más corto. Son como buitres. ¿Sabes por qué los buitres tienen la cabeza pelada? Para poder meterla por el recto de los animales muertos. Así logran alcanzar las vísceras y los órganos. Consiguen alimentarse de las partes blandas sin tener que trabajar picoteando para rajar la dura piel. Lo que no saben es que yo también soy un buitre.

Alvargonzález observaba cómo las manos de Arturo se convertían en garras mientras hablaba.

—Estás conmocionado por el accidente.

—Pídeme un taxi. Tengo que ir a un sitio.

—Adonde deberías ir es al hospital, Arturo.

El empresario pegó su rostro magullado al del policía.

—Te pago para que resuelvas problemas, no para que me des consejos. Los consejos son la lección aprendida por aquellos que cometen errores. Y no quiero a mi lado gente que comete errores. ¿Tú cometes errores, Alvargonzález?

El comisario negó con la cabeza sin dejar de clavar sus ojos en los de Arturo.

—Pues pídeme un taxi.

Alvargonzález encendió un cigarrillo mientras observaba a Arturo alejarse en el vehículo. Entonces, un recuerdo le vino a la cabeza. Algo que le dijo su primer comisario: cuando en una habitación encuentras a un hombre tumbado y huele a podrido, el tipo no está dormido. El tipo está muerto.

46

Arturo se bajó del taxi arrojando un billete de cincuenta en su interior. No se molestó en cerrar la puerta, pese a los gritos del conductor. Traspasó con decisión la entrada del bar Laberinto. Las persianas venecianas seccionaban la luz del sol como cuchillos. Los ofidios con traje de chaqueta esperaban su turno sentados a las mesas o acodados en la barra. Ignorándolos, Arturo se dirigió a la tarima donde en ese momento el gitano albino leía el futuro a un cuarentón con aspecto de empresario arruinado. Agarró al tipo por los hombros y lo empujó con fuerza para ocupar su lugar frente al adivino. Hubo protestas y gritos por parte de los que esperaban, pero el gitano alzó una mano y se hizo el silencio.

—Don Arturo Gómez-Arjona. Le estaba esperando.

Mientras hablaba, el camarero llenó la taza del albino con pipermín.

—Necesitaba verle. Es urgente.

Con desesperante parsimonia, el gitano bebió de la anticuada taza sorbiendo el líquido verdoso. Los ojos de los anillos que vestían sus blancos dedos miraban fijamente al recién llegado. Después de beber, el vidente señaló el maletín oblongo repleto de sobres.

—Oh, sí. Claro, claro. El dinero. Lo había olvidado.

Arturo extrajo su cartera del interior del abrigo. Depositó todo el dinero que tenía en el maletín. Unos quinientos euros. El dedo del gitano le dijo que no.

—¿No es suficiente? No tengo más efectivo. ¿Puedo pagarle con tarjeta? —sugirió el empresario.

El dedo del gitano le dijo que no.

Desconcertado, lo único que se le ocurrió fue desabrocharse el reloj y dejarlo en el maletín.

—Es un Patek Philippe Nautilus, vale más de cien mil euros.

—¿Qué desea conocer? ¿El pasado? —El albino se tapó el ojo derecho con la mano—. ¿O el futuro? —Ahora fue el izquierdo el que quedó oculto.

—El futuro. Alguien intenta matarme. Quiero saber si tendrá éxito.

El gitano acercó su rostro al de Arturo. El ojo izquierdo permanecía tapado. De repente, el bar se oscureció como si una nube hubiese amortajado al sol. Y se hizo el frío.

—La suerte se nos da y la suerte se nos quita. Es una niña caprichosa que se cansa de jugar —exclamó el vidente.

El empresario aguardaba impaciente a que el ojo derecho comenzase a crecer como en otras ocasiones. Sin embargo, le pareció que lo que aumentaba de tamaño en el rostro del albino era su boca. Aquella estúpida sonrisa se estiraba más y más, hasta ocupar todo su rostro. Los dientes de oro brillando en su interior como cabezas de querubines.

—No, no vas a morir, Arturo. Lo que te depara el futuro es peor. Mucho peor.

Y la enorme boca estalló en carcajadas. Escandalosas y siniestras carcajadas, como cientos de carracas, que se fueron extendiendo por el local. Arturo se levantó de la mesa y miró a su alrededor. Todo el mundo se reía de él.

—Quiero saber más. ¿Quién está intentando acabar conmigo? ¿Alguno de mis hijos, el sueco? ¿Qué es lo que me va a pasar?

El rostro del gitano albino, convertido en boca, no paraba de reír. Chasqueó los blancos dedos. Unos brazos agarraron al empresario. Luego otros y otros. Eran el camarero y otros hombres de negocios, que le agarraban con fuerza mientras se desternillaban. Entre carcajadas, lo arrojaron fuera del local. El cemento le mordió las rodillas cuando cayó sobre la acera. Apenas sintió el dolor. Las risas. Lacerantes como cuchillas clavadas en su cerebro. Eran ellas las que le hacían daño. Porque nadie se atrevía a reírse de él. Se incorporó y sacó su iPhone. Buscó el número de Josan.

Necesitaba volver a sentirse poderoso. Necesitaba volver a sentir el poder.

Contestó al cuarto tono.

—Hola, Arturo. ¿Pasa algo?

—Saca el Mercedes negro. Esta noche.

47

—Soy un muerto al que todavía le late el corazón.

Como un mal presentimiento, el Mercedes negro recorría las calles sin asfaltar de la Cañada Real. La noche lo protegía. La noche lo cuidaba. Porque sabía que era una de sus criaturas. Las hogueras ardían a la entrada de las viviendas, anunciando que dentro se vendía droga. Josan observaba a los otros muertos vivientes acudir a la llamada de su dios venenoso. Buscaba a su presa entre ellos.

«Debería haberme negado. Debería haberle dicho que no a Arturo», pensó mientras conducía. Pero entonces se lo habría contado todo a Sonia. Y su plan saltaría por los aires. No, tenía que hacerlo por ella, por Sonia. Y por Ada.

«El plan. El que me hará ganar. Cara o cruz. No importa de qué lado caiga la moneda».

Además, aquello le proporcionaría un arma contra el gran hombre. Un as en la manga con el que hacer frente a la mala suerte. El Mercedes se detuvo delante de un grupo de toxicómanos sentados en círculo en torno al fuego. Josan pulsó el botón y su ventanilla descendió con monotonía mecánica.

—Una chica. Cien euros. Toda la noche —exclamó.

El grupo bajó la vista con miedo. Nadie quería caer en la tentación.

—Doscientos. Última oferta.

Pero la tentación era poderosa. El temor escapa ante la tentación. Un par de mujeres abrazadas se acercaron al vehículo. Cuerpos sin masa muscular, devorada por la droga. Incluso en la oscuridad se apreciaban sus dientes podridos.

—Hemos oído historias... historias sobre un coche negro...

Josan les mostró un sobrecito de papel que contenía heroína.

—Hablas de rumores. Yo soy la realidad —respondió agitando la droga ante ellas.

—O vamos las dos o no hay trato.

El periodista se encogió de hombros. Las mujeres abrieron la puerta y se lanzaron a la parte de atrás del Mercedes. Apenas se habían sentado cuando comenzaron a prepararse una pipa con la heroína. A Josan, el olor de la droga quemada le dio arcadas. Observó a las chicas a través del espejo retrovisor. Era imposible saber qué edad tenían. Se reían entre ellas, divertidas e ignorantes. Ni siquiera se dieron cuenta de que la parte trasera del coche estaba forrada de plástico.

—Soy un muerto que respira para robarle el aire a los vivos.

Era uno de esos hoteles discretos, donde los vehículos acceden directamente a las habitaciones, a modo de bungaló, sin pasar por recepción. Nadie ve quién entra, nadie sabe quién sale. Dinero electrónico que cambia de manos. El mal es siempre anónimo.

Josan pulsó el botón rojo de su teléfono móvil y comenzó a grabar. Luego se lo guardó en el bolsillo para pañuelo de la chaqueta, de tal forma que la cámara pudiera captar lo que sucedía en el exterior. Descendió del Mercedes para abrir la puerta a las mujeres. Patéticas cenicientas intoxicadas a punto de ver cómo la carroza se convertía en calabaza. Entraron en la habitación y, al ver el jacuzzi, comenzaron a desvestirse mientras lanzaban infantiles gritos de júbilo. Estaban invitadas a una fiesta, sí. Pero ellas eran el postre. Ni siquiera se percataron de la presencia de Arturo. El empresario estaba de pie, desnudo, mientras bebía un vaso de lo que parecía whisky. Miraba a las chicas como si fuesen su comida.

—Te pedí un regalo y me has traído dos, bien hecho, Enterrador. Eso me hará sentir aún más poderoso.

Sobre la mesa se encontraba dispuesto un gran surtido de bebidas alcohólicas, así como varias líneas regulares formadas por un polvo blanco. Arturo dejó su vaso y se puso unos guantes de piel con los nudillos reforzados de metal. Su epidermis cuarteada y flácida por la vejez le daba un aspecto de viejo cocodrilo siniestro.

—¿A qué hora necesitas que regrese? —preguntó Josan.

—Te llamaré cuando haya terminado.

Tres horas después, tras recibir la llamada de Arturo, Josan volvió al bungaló. Antes de bajar del coche, encendió de nuevo la cámara de su móvil para que comenzase a grabar. Al accionar el picaporte descubrió que la puerta estaba abierta. Dentro encontró lo que esperaba. Como las otras veces, la habitación estaba destrozada. Había manchas de sangre en el suelo, en las cortinas, por las paredes. El agua del jacuzzi se había teñido de rosa al mezclarse con el plasma. Una de las chicas se encontraba tumbada sobre la cama, inconsciente. Estaba desnuda. Su cara era una masa amoratada y su cuerpo, una red de cortes y arañazos. Josan localizó a la segunda encogida en un rincón. Temblando de pánico como un diapasón, sin apartar los ojos del suelo. Su rostro también presentaba varios hematomas y la nariz rota no dejaba de sangrar. La habitación estaba en completo silencio. Eso fue lo que más impresionó a Josan. El silencio del miedo.

—Ah, ya estás aquí. —Arturo se anudaba una toalla a la cintura recién salido de la ducha—. No sabes lo bien que me ha venido esta sesión. Era justo lo que necesitaba. Sentir el poder físico, crudo y carnal. ¡Aaah, no hay una sensación mejor en el mundo! Hacer lo que quieras con alguien. Obligarlo a estar a tu merced. Imponer tu voluntad, tus deseos, hasta convertir a un ser humano en un objeto. Ese poder en bruto, sin cortapisas sociales ni normas moralistas. Me ha devuelto a mi esencia. Me ha recordado quién soy.

Arturo hablaba mientras se vestía con su clásico terno azul de raya diplomática hecho a medida.

—Debería haberlo hecho antes, mucho antes. Es vivificante. Todas las tensiones a las que he estado sometido...

se han esfumado. Ahora me siento capaz de mover montañas.

—¿Necesitas algo más de mí?

—No, Enterrador. Buen trabajo. Luego vendrán a limpiar este desastre. Pero antes te toca a ti sacar la basura.

Josan cogió en brazos a la mujer desvanecida y la condujo hasta el Mercedes. Su respiración era muy débil. Perdía sangre por la boca y por los oídos. La segunda se negaba a moverse del rincón donde se había protegido. La mirada perdida de los que han visto lo que nunca debieron ver. Tomándola por los hombros, la llevó hasta el coche y arrancó. Quejidos y llantos pugnaban por romper el silencio instalado en el interior del vehículo. Josan se alegró de llegar a las proximidades del Hospital Clínico. Estacionó el coche en la acera frente a la entrada de urgencias y volvió la cabeza hacia la parte de atrás.

—Ya hemos llegado —informó mientras arrojaba cuatro billetes de cien euros.

—¿No me vas a ayudar a meterla en el hospital? ¡Mira cómo estoy, yo no puedo con ella sola!

—Si quieres la puedo dejar en ese banco mientras tú entras a avisar a los enfermeros. Es lo máximo que voy a hacer. Si me acerco a la puerta, las cámaras grabarán la matrícula del coche y no quiero tener problemas.

—¿Que no quieres tener problemas? ¡Tú eres el problema, maldito cab...!

Josan se bajó del coche y cogió en brazos a la mujer desmayada sin hacer caso de los insultos de su compañera, que ya había descendido del vehículo. La depositó en un banco, en la acera. Se subió al Mercedes y arrancó.

Aún quedaba trabajo esa noche. Tenía que dejar el coche en el garaje, quemaría la funda de plástico en la que se habían sentado las mujeres, limpiaría la tapicería y pasaría el aspirador. Luego cambiaría las matrículas falsas por las verdaderas. Y el Mercedes negro volvería a ser tan solo una leyenda urbana, un cuento de terror. Pero antes comprobó que su móvil lo había grabado todo.

—Soy un muerto que no siente nada porque está hueco por dentro.

48

Silencio catedralicio. Solo interrumpido por alguna furtiva tos. En el salón de actos, sobre el atril de madera, Arturo Gómez-Arjona hablaba a los accionistas. El dinero es sagrado. Al dinero siempre se le escucha cuando habla. Traje azul. Camisa blanca. Gemelos con el logo del canal. Gafas de montura de oro haciendo equilibrios en el puente de su nariz. Un dolmen que transmitía seguridad y conservadurismo. Un dolmen al que adorar.

—... si se analizan los beneficios netos de la corporación en la última década, las cifras demuestran, sin ningún género de dudas, que nuestra empresa navega por una senda segura. Cambiar de rumbo ahora sería una temeridad de consecuencias incalculables. Además de un ejercicio de irresponsabilidad empresarial. Los números no mienten. En cambio, los hombres sí. Por eso solicito que se renueve la confianza en este Consejo de Administración, el cual tengo el honor de presidir...

Arturo hablaba para un mar de rostros serios, mostrando la seguridad de un general entrando en la ciudad rendida.

Porque eso era lo que había hecho, rendir a aquellos palurdos disfrazados de altos ejecutivos. Los días previos habían sido frenéticos. Días de amenazas, chantajes y sobornos; de horas escupiendo bilis al teléfono, de sacar a pasear el camión de la basura... Todo para conseguir, de nuevo, el control del cincuenta por ciento de las acciones de la empresa. Había hecho lo que había que hacer: reaccionar a la traición de Alonso al entregar su cinco por ciento del Grupo9 al sueco. Porque nadie le quitaría la empresa. Nunca. Nadie.

«Creías que podías engañarme, ¿eh, Christiansen? ¿Que no me enteraría de que Alonso iba a venderme? ¿Qué le prometiste para que me traicionara? ¿La presidencia de la empresa? Estoy deseando ver la cara que pones cuando te enteres de que la mayoría sigue estando de mi lado», pensó.

—... una empresa no es una veleta. No debe regirse por modas pasajeras ni ocurrencias pseudomodernas. Sabemos cuál es nuestro negocio y qué es lo que quiere nuestro público. Nadie tiene que venir de fuera para decirnos cómo tenemos que hacer las cosas. Años de crecimiento constante nos avalan. Permanezcamos por el mismo camino. Un camino seguro y tranquilo, sin baches ni curvas. El camino que nos hemos marcado nosotros mismos. El camino del Grupo9.

Una bandada de aplausos sobrevoló el salón de actos. Aplausos pausados, sin entusiasmo. Aplausos resignados al continuismo. Aplausos forzados. A Arturo le sonaron falsos. Antes de bajarse del escenario, buscó entre el bosque de rostros alguna cara conocida. Encontró a Diego sonriente, en primera fila, junto a los otros miembros del Consejo de Administración, que apartaron la vista al encontrarse con sus ojos. Algo extraño en ese grupo de aduladores. Tras ellos se encontraba Mencía, esta vez con el pelo negro, mirándolo con una indisimulada expresión de aburrimiento. Al fondo de la sala localizó a Sonia sentada junto a su abuelo. Don Ernesto lo observaba fijamente, con esa sonrisa que parecía un tajo feo en mitad del rostro. Pero no dio con Roberto. No podía haber olvidado que hoy se celebraba la reunión extraordinaria de accionistas. Desde que lo trasladó no había sido el mismo. Sus ausencias laborales eran constantes y casi no mantenían contacto. Quizá había sido excesivamente duro con él al sustituirlo por Mencía. Pero de alguna forma tenía que aprender. Sus hijos eran demasiado blandos. Demasiado dispersos. Demasiado parecidos a su madre. Un poco de mano dura les vendría bien. La prueba estaba en lo que había sucedido con Alonso. Arturo tomó asiento en primera fila. De repente, la sala quedó a oscuras. Un solo foco iluminó a la solitaria figura en el escenario. Christiansen avanzaba con parsimonia mientras aplaudía despacio, con ironía.

—Buen discurso, sin duda... Un poco antiguo, a ratos aburrido..., como la programación del Canal9.

Llevaba un micrófono diadema, como una estrella del rock. La melena rubia moderna e informal, y esa ropa amplia y multicolor que le daba el aspecto de un sintecho chic. Al verlo, Arturo pensó en todo el daño que había hecho Steve Jobs a las presentaciones empresariales.

—Ha llegado la hora de que el Grupo9 pase a otra... ¡dimensión!

En ese instante, todas las luces del escenario se encendieron a la vez en una explosión cegadora. La pantalla comenzó a emitir de forma simultánea tráileres de distintas series, realities, deportes..., convertida en un inmenso caleidoscopio. El volumen atronador se impuso en la sala. Hubo un conato de iniciar un aplauso, pero la mirada admonitoria de Arturo lo sofocó. Aquellos gañanes se dejaban engañar por un charlatán con cuatro focos.

—... se ha hablado aquí de cambio de rumbo, de irresponsabilidad empresarial —Christiansen continuaba con su discurso desde el escenario sin dejar de caminar—. No son las empresas las que cambian, son los tiempos. Las compañías se asemejan a los seres vivos. Por eso deben evolucionar, adaptarse para sobrevivir. Todos queremos que sobrevivan, sobre todo los accionistas... —Chiste fácil que provocó las risas de los asistentes, a la vez que Arturo se removía molesto en su asiento—. Tener miedo a los cambios es sinónimo de vejez, de decrepitud. Y yo no quiero que el Grupo9 sea una empresa vieja. Respetamos el legado de los fundadores, la familia Gómez-Arjona, que ha llevado a la compañía hasta donde se encuentra hoy en día. Sin embargo, nos enfrentamos a nuevos desafíos, y también a nuevas posibilidades. Por eso tengo el placer de anunciarles que una nueva generación se hará cargo de la empresa con mi total apoyo. Déjenme que les presente a Alonso Gómez-Arjona, que será el nuevo presidente del Grupo si cuento con la confianza de los accionistas.

Entre aplausos, Alonso salió al escenario cn su silla de ruedas. Chaqueta cruzada azul eléctrico y corbata verde. Carlota lo empujaba vestida con un conjunto rojo inusualmente discreto. A Arturo todo aquel espectáculo le pareció más propio de un circo que de una reunión de accionistas.

—Y también tengo el honor de presentarles al nuevo consejero delegado del Grupo9: ¡Bobby Gómez-Arjona!

«No puede ser, se trata de un error», pensó Arturo, al que comenzaron a temblarle las manos.

Los decibelios de los aplausos aumentaron. Bobby salió al escenario regalando sonrisas y genuflexiones con un llamativo traje a cuadros. Era la estrella, el golpe de gracia, el número final en el espectáculo del sueco. Y estaba disfrutando de su momento. La mayoría de los accionistas se pusieron en pie para ovacionarle. Que los nuevos amos vieran lo entusiasmados que estaban todos con el cambio.

Como si estuviera amarrado a una rueda de feria, todo comenzó a girar alrededor de Arturo. Otra traición. Otro hijo que vendía a su padre. Sabía lo que eso significaba. Christiansen contaba con el cincuenta y cinco por ciento de los votos de los accionistas, mientras que él solo tenía el apoyo del cuarenta y cinco por ciento. La rueda giraba y giraba mientras Alonso y Roberto le lanzaban cuchillos con vendas en los ojos. Ya no dirigiría la empresa. Sus propios hijos lo habían echado. Los cuchillos se iban clavando en su cuerpo uno tras otro. El dolor. El desgarro. Acompañados de las carcajadas de sus vástagos y los aplausos de los accionistas. Todos se habían reunido allí para ver cómo lo despedazaban, cómo le arrancaban la corona al Rey Arturo. Los minutos pasados en esa sala se habían convertido en años sobre su espalda. Con esfuerzo, el empresario se levantó de su silla y salió de la sala arrastrando los pies. Con la mirada baja y el alma hecha un gurruño. Con esa soledad inmensa que siempre acompaña a los perdedores.

49

Medusas de humo flotando en el aire. Bebidas fuertes que se toman solas. Olor a puro y a alcohol exudado. Ceniceros sobrecargados. Rostros disecados.

—Full de reyes y sietes.

Corazones rojos y tréboles negros. Sobre la mesa de terciopelo verde se desplegaron las cinco cartas en abanico. La timba se celebraba en una habitación del hotel Riu Plaza de España. Solo para gente con obesidad en sus carteras. Sobre el tapete, treinta mil euros en fichas. All-in.

—El juego es mucho más noble que el trabajo —anunció Alvargonzález estudiando por quinta vez sus naipes. Trío de doses. Mirada al cielo. Que tu mano derecha no sepa lo que estrangula la izquierda. Le sobrevino un oportuno estornudo. Sacó un pañuelo de su bolsillo para limpiarse. Volvió a mirar sus cartas. El trío se había convertido en un póquer. Sonrisa enorme de calavera descarnada. Para ganarle a la vida hay que tomar todos los atajos, hacerle trampas al destino, reírte en la cara de la fortuna.

—La mala suerte es solo para los pobres.

Arrojó sus cartas sobre la mesa. Exclamación general de admiración. La partida había terminado.

—Es usted un tipo afortunado, señor comisario —comentó su contrincante, dueño de una cadena de restaurantes argentinos, mientras le tendía la mano.

—La suerte tienes que ir a buscarla. Y una vez que la has encontrado, no debes dejar que se escape nunca. Aunque tengas que encerrarla —respondió el policía estrechándosela para después seguir recogiendo sus ganancias.

Tras cambiar las fichas, descendió en el ascensor hasta el parking junto con los otros participantes en la timba.

—Nos vemos en quince días.

—A ver si dejas de desplumarnos.

Tras pulsar el mando, el pitido mecánico anunció a Alvargonzález que las puertas de su Jaguar F-Type estaban abiertas. Le gustaba aquel coche, afilado y color plata, como una bala. Le gustaba sentir el ronroneo de su motor cuando pisaba el acelerador. El rugido de un carnívoro que sale de caza en un mundo cada vez más poblado de herbívoros. Al dejar atrás el garaje, el propio Alvargonzález se puso a gruñir. Enseñando los dientes a los peatones con los que se cruzaba.

—¡Basura humana, solo sois estadísticas, contribuyentes!

Algo metálico le toco la sien.

—Si quieres seguir haciendo el gilipollas, madero, será mejor que obedezcas a todo lo que te diga.

El comisario miró instintivamente por el espejo retrovisor. Un tipo en el asiento de atrás, pelo largo, gafas de pasta, parka verde, Glock 43 X Silver Slide FS de 9 mm.

Apuntándole a la cabeza. Uno de los Hanson. Problemas. Los problemas se movían deprisa. Los problemas le habían alcanzado.

—¿Sabes quién soy?

El tipo dijo que sí con la cabeza. Alvargonzález prefirió ahorrarse las amenazas exhibiendo cargo y chapa de policía. Esas cosas no funcionan con los profesionales. Y los Hanson eran profesionales.

—Ve despacio, para que nos pille el siguiente semáforo en rojo. Y desabróchate el cinturón de seguridad.

Al detener el Jaguar, alguien abrió la puerta del conductor. Un puñetazo entró en el vehículo e impactó en el rostro del policía.

—Al otro asiento, ¡ya!

Otro de los Hanson agarró el volante y arrancó. Alvargonzález ocupaba ahora el asiento del copiloto. La pistola seguía pegada a su cabeza desde los asientos traseros. Aquello pintaba mal, muy mal. Los problemas solo generan otros problemas. Los problemas le tenían en su poder.

—Estás muy callado, comisario —señaló el Hanson que conducía.

—¿Quieres que te cuente una historia, madero? —preguntaron desde la parte de atrás—. Cuando era pequeño, mis padres me regalaron un oso que hablaba, o al menos eso ponía en la caja. Me volví loco buscando dónde estaba el botón para que el juguete comenzara a funcionar. Le tiré de los brazos, le metí los dedos en los ojos y nada. Me puse histérico, el oso tenía que hablar. Costara lo que costara. Así que seguí intentando conseguir que se le soltara la lengua.

Le arranqué las orejas, le corté las piernas, incluso llegué a sacarle sus tripas de algodón. Cuando estaba completamente roto, descubrí que en realidad no tenía pilas. ¿Y tú, madero?, ¿tienes pilas?

50

El despacho estaba a oscuras. Las luces de la calle se colaban por la ventana, palpando el rostro de Arturo como los dedos de un ciego. Bebía whisky mientras observaba la ciudad. La botella casi vacía a su lado, único apoyo con el que superar el golpe. No tenía puesta la chaqueta del traje. La corbata colgaba floja de su cuello. Parecía la lengua muerta de un ahorcado. Josan llevaba varios minutos contemplándolo sin decir nada. Era la imagen viva del perdedor. Y, sin embargo, el fuego aún ardía en sus ojos.

—Las luces de la ciudad, Enterrador. Desde aquí parecen diamantes arrojados al suelo.

Las palabras remoloneaban antes de salir de su boca. Era evidente que estaba borracho.

—¿Para qué me has llamado?

—Supongo que te has enterado. —Un trago de whisky—. Ya lo sabrá todo el mundo. El Rey Arturo ha perdido su trono. Le han decapitado. Apuñalado por la espalda a manos de sus dos hijos. Parece una obra de Shakespeare. Sería divertido si fuese ficción, ¿eh, Enterrador? Seguro que eres de los que piensa que me lo tengo merecido. Pero, claro, tú estás bien informado. Tú conoces todos mis secretos.

—¿Necesitas un hombro en el que llorar, para eso querías que viniera?

Una risa ronca, siniestra. Arturo se sirvió lo que quedaba de whisky.

—Creen que me han vencido, Enterrador. Que me iré a casa sin rechistar. No me conocen, ¿a que no? Siempre hay una última bala que disparar. —Carcajadas dentro del vaso antes de seguir bebiendo—. Llevo todo el día pegado al teléfono. Me he gastado la mitad de mi fortuna solo para tener la oportunidad de joder al sueco. El dinero desata las malas lenguas. Muchas malas lenguas. Bífidas, viperinas, maravillosamente dañinas. Qué aburrida sería la vida sin ellas.

Tambaleándose, Arturo se levantó del sillón para sacar otra botella de whisky del mueble bar. Desenroscó el tapón con rabia y se sirvió una nueva copa.

—Las malas lenguas me han contado que el sueco tiene un amante favorito. Un chico francés. Modelo. Andrógino. Diecisiete años. Bastian... no sé qué. No me ha costado contactar con él. Un muchacho encantador, con la virtud de la ambición y el defecto de la credulidad. Todo hombre tiene su afán. No quiere ser el efebo de Christiansen toda la vida.

—El chico me ha contado que el sueco y él celebrarán mi derrota mañana en el hotel Shangri-La de París. Así que le he propuesto un trato a cambio de mucho dinero. Mucho mucho dinero. Yo también sé comprar a traidores. El tal Bastian le pondrá algo en la bebida a Christiansen para que pierda el conocimiento. Tú estarás alojado en el hotel. Pasarás de balcón en balcón hasta llegar a su habitación. No te preocupes, no están muy separados unos de otros. Lo he comprobado. Cuando llegues al de su suite, Bastian te dejará entrar.

—¿No sería mejor que contrataras a un trapecista? —preguntó irónico Josan.

Un nuevo vaso de whisky. Más carcajadas perversas.

—No, Enterrador. Te necesito a ti. Se supone que vas a entrar en la habitación para hacer fotos de su noche loca. Drogas, alcohol, un menor desnudo..., te puedes hacer una idea. Por cierto, en las imágenes el tal Bastian quiere aparecer inconsciente. Así simulará también ser una víctima a ojos del sueco. Un paparazzi que se cuela por la ventana. Eso es lo que le he vendido al francés. Y se lo ha tragado todo. Cebo, anzuelo, sedal, boya. Todo. El dinero tiene más creyentes que todas las religiones juntas.

—Y si no son fotografías, ¿qué se supone que tengo que hacer en la habitación del sueco?

—¿Drogas, alcohol? ¿Un pequeño escándalo por acostarse con un chico que en unos meses será mayor de edad? ¿De verdad pensabas que me iba a conformar con eso? ¿Después de que me haya arrebatado mi empresa? No, Enterrador. El sueco tiene que pagar por lo que me ha hecho. Cuando estés dentro de la suite, quiero que mates al tal Bastian. Quiero sangre manchándolo todo. Quiero que al sueco le acusen de asesinar a un menor. Quiero hundirlo tan abajo que ya nunca más sea capaz de levantarse. Eso es lo que quiero. Y eso es lo que harás por mí.

Al escuchar las palabras de Arturo, Josan tuvo que tomar asiento.

—¿Qué te pasa, Enterrador? Hiciste algo parecido en otra ocasión.

—¿Por qué no se lo encargas a otro?

—Ya no cuento con tantos hombres de confianza como antes. La mayoría se han pasado al bando del sueco. Y los que aún no lo han hecho, lo harán. La derrota es un ave solitaria. No, Enterrador. Solo puedo confiar en ti. No te preocupes. Tú pones la sangre, yo me encargo del escándalo. El sueco estará acabado. Los accionistas no apoyarán a un asesino. La imagen del Grupo9 está en juego. Y vendrán a suplicarme que dirija la empresa de nuevo. Es un plan sin fisuras.

El plan. Todo el mundo tenía un plan.

—Será lo último que te pida —continuó Arturo—. Ya no tendrás que seguir enterrando secretos para mí. Todo quedará sepultado entre tú y yo. Tal vez así te liberes por fin de la mala suerte.

—Lo que está enterrado tiende a acecharnos. No cuentes conmigo.

Un trago de whisky. La mirada de Arturo clavada en los ojos de Josan.

—Sonia, mi hija. Se parece mucho a su madre, ¿verdad? Se podría decir que es casi una versión mejorada de ella.

—Eres un hijo de la gran puta, Arturo.

—No trates de distraerme con tus halagos. A donde quería llegar es, ¿cuánta gente dispone de una segunda oportunidad en la vida, Enterrador? Te gusta Sonia, ¿verdad?

—Ella ha conseguido que deje de pensar en el suicidio.

—Ahí lo tienes, finalmente la suerte te sonríe. Aprovecha tu momento. Si me haces este último favor, no me opondré a que te sigas viendo con Sonia. Pero si no lo haces, tal vez tenga que enseñarle alguno de los esqueletos que guardas en tu armario. ¿Adivinas cuál? Es una buena oferta, Enterrador.

Mentía, sabía que mentía. Arturo estaba desesperado y ofrecería lo que fuera por tener esa última oportunidad de acabar con el sueco. Pero aquello podía ayudarle en su plan. El plan. Josan pensó en su plan. La moneda girando en el aire. Cara o cruz. Sonia o Ada. Vivir o morir. Ser un asesino o ser un suicida. Huir o arder. Redención o castigo. Las dos caras de la moneda le harían ganar.

—Aquí tienes toda la información que necesitas: billetes, dinero, el teléfono al que tienes que llamar cuando esté hecho. Todo. —Arturo extrajo un abultado sobre color sepia del cajón y lo arrojó sobre la mesa del despacho sin esperar la respuesta de Josan. No hacía falta—. Una cosa más: cuando termines, regresa por donde viniste a tu habitación, no salgas al pasillo del hotel porque hay cámaras. Espera allí hasta que vayan a buscarte. Enviaré a alguien para que te saque del país sin levantar sospechas. Es importante que no te muevas de tu habitación o podrías estropearlo todo. ¿Lo has entendido?

—Sí.

El periodista agarró el sobre. El papeleo de la muerte. Cuando se disponía a salir del despacho escuchó la voz del gran hombre a sus espaldas. Contemplaba de nuevo la ciudad de noche a través de la ventana.

—Primero Ada y luego Sonia. Tampoco tienes suerte con las mujeres, ¿eh, Enterrador? ¿Sabes? Ada no soportaba tenerla cerca. A pesar de ser su hija decía que le daba miedo. Que era una presencia fría y tonterías así. Todo empezó cuando nos enteramos de que tenía problemas con sus compañeros de colegio. No sé ni cuánto tuve que pagar a los padres del niño al que clavó el compás. Casi pierde el ojo. Cosas de críos. Solo era una chica que sabía defenderse. Me equivoqué al escucharlos, hice caso a su madre y a todos esos psicólogos. «La niña no muestra empatía hacia los demás», cháchara barata. ¿Qué sabrían ellos? Fue por eso por lo que Sonia pasó su infancia de internado en internado, siempre lejos de casa para no molestar a su madre. El motivo por el que la expulsaban constantemente. Creí que no me lo perdonaría. Y mira quiénes han sido los que me han traicionado al final. Los consejos son como los camiones de la basura, es mejor no seguirlos. Pero te voy a dar uno: no te fíes nunca de la gente con dinero.

—¿Estarás en París? —preguntó Josan.

—No, los fuegos artificiales solo son hermosos si los ves desde la distancia. Recuerda algo, Enterrador: Dios no castiga a quien hace el mal. Dios castiga al que comete errores. Y yo soy lo más parecido a Dios que vas a conocer.

51

El lugar donde se encontraban debía de haber sido un salón de juego en el pasado. De las paredes colgaban imágenes de galgos en plena carrera cubiertas por el polvo, así como el logo apaisado y elegante de una casa de apuestas. La sala era diáfana y las ventanas al exterior estaban cegadas con cierres metálicos. Sobre un trípode, un pequeño foco enchufado a la corriente era la única fuente de luz. Alvargonzález estaba sujeto a una silla con bridas que le mordisqueaban las muñecas y los tobillos cada vez que trataba de moverse. La cinta adhesiva que le cubría la boca provocaba que las gotas de sudor se le acumularan bajo la nariz, causándole unas irrefrenables ganas de estornudar. Cosa que hizo.

—Jesús —dijo una voz desde el fondo de la sala a oscuras—. ¿O tú eres de los que prefieren decir «salud»?

Sonido de pasos y de algo arrastrándose. Al llegar a la zona iluminada, el policía vio a los tres hermanos Hanson acercándose. Pelo largo, gafas de pasta, parkas militares y botas Dr. Martens con puntera de acero. El primero de ellos llevaba una silla en la mano. La colocó a menos de un metro de donde se encontraba Alvargonzález y se sentó frente a él. Los otros dos permanecieron de pie. Uno a cada lado.

—Apuesto a que tú eres más de decir «Jesús» —señaló el Hanson que estaba sentado—. Los maderos sois muy tradicionales para estas cosas.

—Yo también —exclamó el Hanson de la derecha—. Eso de «salud» me suena comunista.

—¿Y qué tienes en contra de los comunistas? —preguntó el Hanson de la izquierda.

—No me gusta su forma de vestir. Además, comunista viene de común, y yo estoy fuera de lo común. Soy un individualista convencido y practicante.

—¿Ves lo que pasa? ¿Lo ves? —retomó el Hanson sentado dirigiéndose a Alvargonzález—. No ha sido el caso, pero cuando dos o más personas hablan a la vez pueden producirse malentendidos. Los malentendidos provocan discusiones. Las discusiones conllevan violencia. Y la violencia solo tiene dos caminos: el del hospital, con deformaciones faciales y graves lesiones internas, o el del cementerio, con deformaciones craneales y lesiones internas severas incompatibles con la vida. ¿Sabes por dónde voy, madero? Primero hablaré yo y luego lo harás tú. Así evitaremos malentendidos. Vamos a empezar. ¿Sabes por qué estás aquí? Yo te lo explico. Nos hemos cansado de buscar a los implicados en el asesinato de la mujer de Arturo Gómez-Arjona. O no sabían suficiente o tú los hacías desaparecer para esconderlos de nosotros. Y entonces pensamos: ¿por qué andarnos por las ramas si sabemos dónde está el tronco? Alvargonzález fue el primero en llegar a la escena del crimen, el encargado de la investigación, el que lo sabe todo. Lo más lógico sería llevarnos al bueno de Alvargonzález.

El Hanson sentado levantó mucho las cejas mientras se pasaba la lengua por el interior de los labios, en un gesto de connivencia. Al policía le pareció un demente.

—Así que hoy es día de examen para ti, madero. Examen final. La prueba será oral y valoraremos tus conocimientos en el tema «Ada y su triste final». Procura sacar un diez. De lo contrario, tendrás que repetir. Y no te va a gustar repetir, te lo aseguro. Una advertencia más: si sufres un ataque de afasia, mutismo o afonía, tenemos un remedio muy eficaz, el tratamiento infalible del Dr. Martens.

Los tres Hanson bajaron la vista para contemplar las punteras de acero de sus botas, llenas de muescas.

—Algo importante para aprobar un examen es tener claros los conceptos. Por eso es bueno hacerse esquemas, tener notas recordatorias.

El Hanson sentado extrajo un bloque de hojitas adhesivas amarillas de uno de los bolsillos de la parka militar junto con un bolígrafo BIC Cristal azul.

—¿Quién mató a Ada? —escribió en una de las hojas—. Esta es la pregunta fundamental, la que no puedes olvidarte de resolver.

Luego pegó la nota en la frente de Alvargonzález. Pero el sudor hizo que se desprendiera y cayese al suelo.

—Vaya. Parece que tus poros están trabajando duro. No te preocupes, ya verás como conseguimos que permanezca en su sitio.

El Hanson sentado extrajo una grapadora de tapicero del otro bolsillo de su parka. Pegó la herramienta metálica en la frente del policía junto a la nota y apretó el mango. Un grito de dolor. Y la grapa quedó incrustada con el pósit sujeto.

—Ya está, ¿ves que bien? ¿Qué os parece?

—Estas notitas son muy prácticas, yo las utilizo mucho —apuntó el Hanson de la derecha.

—Ha quedado un poco descentrada —añadió el de la izquierda.

—¿Qué otras preguntas no puede dejar sin contestar nuestro amigo policía? —preguntó el Hanson sentado mirando a los otros dos.

—¿Alguien ordenó que asesinaran a Ada? —sugirió el de la izquierda. Sus compañeros asintieron. El que estaba sentado comenzó a redactar la pregunta en otra hojita amarilla. Luego la sujetó con la mano izquierda sobre la mejilla de Alvargonzález mientras con la derecha acercaba la grapadora. El ruido mecánico, como un esputo de metal. Otro gemido. Y la nota quedó grapada a su cara. Pequeños hilos de sangre descendían por la nariz y la barbilla del policía.

—Espero que con esto —era el Hanson sentado el que hablaba— te des cuenta de que vamos muy en serio. Tu futuro depende de este examen. Vas a hablar por las buenas o por las malas. Pero vas a hablar.

—Creo que va a ser por las buenas.

Una voz. De mujer. Desde el fondo en penumbra de la sala. El sonido de unos zapatos de tacón acercándose. Fue lo primero que entró en la zona iluminada. Unos *stilettos* Christian Louboutin negros de altura vertiginosa. Con su característica suela roja. Luego aparecieron los pantalones anchos de un traje sastre color crudo. Tras ellos, una blusa y una chaqueta del mismo tono descansando sobre unos hombros.

—El comisario es un equilibrista. Un titiritero que sabe caer siempre en el lado del ganador. Y tras los últimos acontecimientos, es consciente de quién tiene todos los triunfos en esta partida. Ya va siendo hora de que le demos la palabra.

Poco a poco. Muy despacio, para causarle el mayor dolor posible, la mujer se acercó al policía y comenzó a arrancarle la cinta adhesiva de la boca. Poco a poco. Muy despacio.

52

Cualquiera es capaz de matar. Solo hace falta tener lo suficiente. La suficiente locura. El suficiente odio. La suficiente inconsciencia. El suficiente dolor. La suficiente necesidad.

En los hoteles no hay habitaciones con el número 13. Creen que así consiguen dejar fuera la mala suerte. ¡Qué ilusos!

Josan hacía girar el tambor del revólver sentado sobre la cama de su habitación del Shangri-La de París. Lo habían dejado allí para él, dentro de una caja de regalo con un lazo, junto con una nota: «Mejor disparar de frente que apuñalar por la espalda». Arturo y su macabro sentido del humor. Un nuevo golpe con la palma de la mano y el tambor volvió a girar ronroneando. El sonido metálico de una ruleta con solo cinco números a los que jugar. Las balas cubriendo todas las apuestas mientras la muerte ocupaba el lugar de la banca. Y la banca siempre gana. En la pared, las agujas del reloj, implacables navajas, despellejaban las horas. Los minutos caían muertos al suelo. Amontonándose hasta llegar la una de la madrugada. Afuera, la fatua París encendía el rubor de sus farolas. Prometiendo una nueva vida en cada bar. Un nuevo comienzo en cada semáforo. Un nuevo amor tras cada esquina. Donde los sueños se venden en máquinas expendedoras y todas las canciones del mundo fueron escritas para ti y para mí. Un asesino en la ciudad del amor. Cuanto más cercano nos parece el paraíso, más inalcanzable resulta.

La una de la madrugada llegó, solitaria como la pena. Josan salió al balcón. El revólver haciendo notar su peso en el bolsillo. Saltó una barandilla, luego otra. Otra más. Y se encontró frente al ventanal de la suite del sueco. Respiró hondo para apaciguar los borbotones de su sangre. Unos ligeros golpes con el nudillo en el cristal. La ventana se abrió de inmediato. Un joven con el pelo rizado, vestido solo con unos diminutos slips naranjas. Ni un solo pelo en su cuerpo esquelético, como un gato esfinge.

—¡Pasa, pasa! ¡No te quedes ahí! —exclamó con una extraña mezcla de gritos y susurros.

Dentro, la habitación presentaba el atractivo caos de las fiestas salvajes para ricos. Orugas blancas de coca reptaban por las mesas de cristal. Coloridas piezas de makis y niguiris a medio comer esparcidas por el suelo como joyas mal talladas. En las cubiteras, impúdicas botellas de Veuve de Clicquot vacías hacían el pino demostrando quién era la viuda más alegre de Europa. Y en el centro de esa pangea del vicio, como un pantocrátor, Christiansen yacía desnudo sobre la inmensa cama.

—¿Dónde quieres que me ponga? —preguntó Bastian. Josan lo miró desconcertado—. ¡Para las fotos! ¿Quieres que ponga mi cabeza cerca de su pene? Así serán más escandalosas. ¿A qué esperas para sacar el móvil? No va a quedarse inconsciente toda la noche.

Entonces lo vio. Frente a él se alzaba un espejo de pared. Algo había chocado contra él y lo había agrietado. Las partes rotas parecían las escamas irregulares de un enorme reptil plateado. La mala suerte hacía acto de presencia. La mala suerte estaba allí, con él. Josan sintió esa sequedad arenosa en la boca que solo el alcohol consigue eliminar. Daría lo que fuera por una copa. Mataría por una.

—¿A qué esperas, *connard*? ¡Haz las malditas fotos de una vez!

El revólver tirando hacia abajo de él, como la herropea de un preso. Todas sus neuronas regresando a otra habitación de hotel. A otros gritos. A otra mujer desnuda...

—Tengo que salir de aquí. —Josan se encaminó hacia el balcón, pero al llegar notó como Bastian le agarraba por la espalda.

—Tú no vas a ninguna parte hasta que saques las fotos. ¿Sabes cuánto me van a pagar por ellas, *salaud*? ¡Entra ahí ahora mismo!

El joven tiró con fuerza del abrigo de Josan intentando hacerle volver a la suite. Otro cepo, otro nudo, otra jaula. El periodista solo quería huir, salir de allí. Correr lejos. Un empujón para desembarazarse del agarre. Para liberarse de las ataduras. Y de repente sintió un vacío en el balcón. Lo siguiente que vio fue la figura de Bastian cayendo en ese vacío. Sus ojos de estúpida sorpresa clavados en los de Josan, pidiendo explicaciones mientras descendía. Hasta escuchar el ruido húmedo y crujiente de su cuerpo al chocar contra el suelo.

Los gritos desde la calle sacaron del trance a Josan. Volvió a saltar las barandillas de los balcones hasta llegar a su habitación. Una vez dentro, llamó al teléfono que le había indicado Arturo para que le sacaran de allí. Lo cogieron al primer tono.

—Está hecho —le dijo al silencio que escuchaba al otro lado de la línea. Un clic que anunciaba el corte de la comunicación como única respuesta.

Ya solo tenía que esperar a que vinieran a por él. En la calle, el revuelo era cada vez mayor. Las voces de horror e indignación se colaban por su ventana como ladrones de lencería. ¿Le habían visto saltar por los balcones? De ser así, sabrían en qué habitación se ocultaba. Y los testigos se lo dirían a la policía. Sirenas sonando a lo lejos. Con su canto monótono. Venían a por él. Josan no podía quedarse allí. Debía largarse de la habitación cuanto antes. Salió al pasillo. Estaba desierto. El sonido rápido de sus pasos absorbido por la moqueta. Pulsó el botón de llamada del ascensor, pero estaba ocupado. Las flechas indicaban que alguien subía. Apenas había comenzado a bajar las escaleras cuando oyó la campanilla que anunciaba la llegada del elevador a su planta. El periodista se asomó por la esquina que daba al pasillo. Dos hombres altos, con abrigos largos y marrones, se dirigían a su habitación. Eran los tipos enviados por Arturo para sacarle del país. Estaba a punto de llamar su atención cuando vio que extraían de sus bolsillos dos pistolas con silenciador. Abrieron la habitación de Josan con una tarjeta magnética y entraron. Los cañones por delante buscando a quien disparar. El Rey Arturo estaba haciendo limpieza y el periodista solo era una mancha de mugre en su conciencia que debía eliminar. Josan bajó por la escalera saltando los peldaños de dos en dos.

Al llegar al *hall* del hotel contempló el revuelo que se había formado fuera. Uniformados tratando de acordonar la zona para contener a los curiosos mientras los flashes de las cámaras no paraban de brillar, como esputos arrojados sobre el cadáver. Robándole la escasa dignidad que le quedaba. El escándalo estaba servido. Arturo sabía hacer las cosas. Josan salió a la calle para disolverse entre la multitud. Un virus mezclándose con las células sanas.

53

—¿Qué gano yo si les cuento todo lo que pasó? —preguntó Alvargonzález, aún amarrado a la silla y con las notas grapadas en la cara.

—Que mañana, cuando te mires en el espejo, aún reconozcas tu rostro —respondió uno de los Hanson entre las risas de la mujer y sus dos compañeros.

—Llevo mucho percibiendo los temblores en la tierra —continuó el policía—. Los viejos reyes tienen los días contados. Llega el tiempo de los bárbaros. De la savia nueva. Hay que podar el árbol para que pueda seguir creciendo. Y yo quiero estar en el bando ganador. Tener un policía como aliado siempre es beneficioso. A cambio, solo pido mantener mi estatus. El brillo dorado sobre mis hombros. Seguir en el centro de la telaraña controlando todos los hilos.

La mujer besaba al cigarrillo sentada frente al comisario. Los Hanson permanecían de pie tras ella.

—Te escucho hablar y hablar, pero no oigo lo que quiero oír. Solo pides y pides, como un niño caprichoso, sin dar nada a cambio. Mi padre, el gran Arturo Gómez-Arjona, ¿está detrás del asesinato de mi madre?

—Prométeme que seguiré manteniendo mi puesto...

La mujer lanzó una mirada a uno de los Hanson, que extrajo de nuevo el mazo de notitas amarillas de uno de sus bolsillos.

—Necesitas otro recordatorio: «Responderé siempre a lo que me pregunten». —Y colocándole la grapadora de tapicero sobre la mejilla libre accionó la palanca. La máquina escupió el metal, que se injertó en la carne del policía junto con la hoja. Las risas se mezclaron con los gritos de dolor en un cóctel macabro.

—Vamos a intentarlo de nuevo. Ahora puedes consultar tus notas si tienes alguna duda. ¿Mi padre tuvo algo que ver en la muerte de mi madre?

Alvargonzález asintió.

—Fue él quien ordenó que la mataran. Llevaba años avergonzándolo con sus continuas salidas nocturnas, coleccionando madrugadas, amantes y borracheras. Compartían techo, pero prácticamente no convivían juntos. Lo que hizo que el punto y aparte se convirtiera en punto y final fue que tu madre le pidiera el divorcio. Arturo no estaba dispuesto a que se quedara con parte de su fortuna. Los ricos sois así. Las leyes, los remordimientos, la moral, son cosa de pobres. Yo me tenía que encargar de todo el tema logístico. Evitar que el peluquero acudiera a su cita, limpiar la habitación, conseguir que la investigación no llegase a ninguna parte... Por eso es bueno tener un amigo en la policía, por eso...

—¿Quién lo hizo? ¿Quién la mató? —cortó la mujer.

Una sonrisa irónica se abrió paso entre los gestos de dolor de Alvargonzález.

—No te lo imaginas, ¿verdad, Sonia? O puede que sí. Yo estuve allí, fui yo quien lo sacó de la habitación. Porque el tipo que mató a Ada fue... Josan. Sí, el puto Josan. Te has estado acostando con el asesino de tu madre.

El traqueteo del tren hacía tintinear los hielos de la copa de Josan. Le hubiera apetecido tomarse un tom collins, pero los limitados conocimientos alcohólicos de los camareros del vagón cafetería le hicieron decantarse por un prosaico vodka con tónica. Dejaba atrás París rumbo a Barcelona. Tras abandonar el hotel Shangri-La, tomó un taxi hasta la Gare de Lyon, donde casi sin tiempo se subió al primer AVE que abandonaba la capital francesa. No vio a nadie siguiéndole. Aunque sabía que los hombres de Arturo le estarían buscando. Era un cabo suelto. Y a los cabos sueltos se les ata o se les corta. Confiaba en que tardarían un tiempo en reaccionar. No mucho. Regresar a España en avión hubiera sido más rápido, pero estaba seguro de que los aeropuertos serían lo primero que los cientos de ojos de Arturo vigilarían. De momento todo iba bien. Aunque el Gran Hombre no tardaría en descubrir que su plan solo se había cumplido en parte. Pronto la cabeza de Josan tendría un precio. No podía olvidar la imagen del tal Bastian cayendo. Sus ojos abriéndose más y más a medida que descendía. Como aquellos otros ojos, desorbitados al apretar su cuello. Los ojos de Ada. La misma sorpresa. El mismo miedo. La misma impotente súplica. Se miró las manos. Seguía sintiéndolas en llamas desde aquella noche. Unas llamas eternas que solo él veía. Unas llamas que solo se apagaban cuando acariciaba el cuerpo de Sonia. Tuvo la tentación de llamarla. De escuchar su analgésica voz. Pero prefirió dar otro trago de vodka.

Sin embargo, su teléfono empezó a sonar reclamando su atención. En la pantalla, un número interminable. ¿Sería la mala suerte para preguntarle dónde estaba?

—Si llama para amenazarme, pulse la tecla uno. Si lo que quiere es acabar con mi vida, marque el dos.

—¿Josan?

—¿Quién lo quiere saber?

—Hola, soy Martín. Desde Boston. Me encargaste investigar a la hija de Arturo Gómez-Arj...

El amigo de Sito, el paparazzi. Se había olvidado de él.

—Claro, perdona. He tenido un día complicado y el vodka me está ayudando a mejorarlo. ¿Has averiguado algo?

—Creo que sí, pero prefiero que juzgues por ti mismo. Presioné al tal Timothy Price, el guaperas del Porsche. Tampoco hizo falta apretar demasiado, no te creas. Tan solo dejé caer las tres pes en nuestra conversación y se vino abajo. Las nuevas generaciones están hechas de gelatina, son blandas y en cuanto les gritas se echan a temblar.

—¿Y qué te contó el hombre de gelatina?

—Le pregunté que de dónde había sacado el coche. Que un mierda como él no podía permitírselo. Al principio se puso un poco chulo, pero ya te digo que le solté las tres pes mágicas, «policía» «padres» y «prisión», y no tardó mucho en reconocerme que se lo había regalado Sonia.

Un trago de vodka. Esta vez le supo amargo.

—Le pedí que me aclarara el motivo y... adivina. La pequeña de los Gómez-Arjona se lo dio a cambio de que contara a los investigadores que habían pasado la noche juntos el día en que apareció el primer cadáver.

Josan vio como la mujer que tenía al lado derramaba un sobrecito de sal sobre la barra por accidente. La mala suerte seguía allí. A su lado.

—¿Sonia le dio alguna explicación de por qué quería que mintiera por ella?

—Según Price, dijo algo sobre que su familia era muy importante en España y que su padre la sacaría de la universidad si se veía involucrada en un asunto oscuro como ese. Todo muy vago. Claro que uno no exige muchas explicaciones si te regalan un Porsche.

—Pero podría ser cierto.

—Podría.

—Que le regalara un coche no significa nada.

—Nada en absoluto.

Las neuronas del periodista tendiendo puentes imposibles, dinamitando las construcciones de la lógica.

En ese momento, el tren se introdujo en un túnel. La oscuridad acosaba desde el exterior al convoy como si quisiera tragárselo.

—Solo digo —continuó Martín— que ningún inocente hace un regalo tan caro para tener una coartada que no necesita.

—¿Crees que a Sonia le hacía falta una coartada?

—Yo y cualquiera capaz de resolver una suma simple sin decimales.

Un último trago de vodka. Cicuta con hielo y tónica.

—Sí, yo también lo creo —reconoció Josan mientras contemplaba como desde las ventanillas del vagón todo se volvía negro.

54

En el quiosco, la imagen de un Arturo radiante y omnipotente sonreía a Josan desde la portada de todos los periódicos. El presidente del Grupo9 recuperaba el poder después de que al sueco se le relacionara con la muerte en extrañas circunstancias de uno de sus amantes. Un menor francés, de nombre Bastian, que no respetó la ley, en este caso de la gravedad. La policía intentaba determinar si se trataba de un suicidio, un accidente provocado por el consumo de drogas o un homicidio. En cualquier caso, un asunto muy feo que mantendría a Christiansen alejado de los focos por un tiempo. Pero al final saldría de esta. Los ricos siempre lo hacen. Josan decidió seguir caminando por la Gran Vía. Solo llevaba en Madrid un par de horas. El dinero elimina los problemas de la misma forma que la pobreza los atrae. Al llegar a Barcelona, le pagó el triple al tipo de la oficina de alquiler de coches por saltarse el papeleo. Sin nombres ni número de DNI. Al día siguiente podía denunciar el robo del vehículo. Sus pies pusieron rumbo al Hermosos y Malditos. Era el único lugar donde se sentía en casa. Tal vez por eso decidió quedar allí con Sonia. Tras enviarle un mensaje, la única respuesta que obtuvo por parte de ella fue un esquelético «ok».

A pesar de llegar con más de veinte minutos de adelanto, la mujer ya esperaba acodada en la barra. En su mano, un tom collins le daba conversación. Al verle entrar por la puerta, el camarero asesino le guiñó un ojo como quien apunta con un fusil.

Josan se sentó en la barra, dejando un taburete de distancia con Sonia. Como si estuviera ocupado por una presencia que solo ellos dos pudieran ver. No hubo besos, ni caricias ni sonrisas.

—Esta vez has sido puntual —señaló Josan.

—Oh, he sido más que eso. ¿Sabes quién siempre llega antes de tiempo? La muerte. Todo el mundo piensa que aparece con antelación. Es algo que tengo en común con ella, nuestra falta de puntualidad. La muerte siempre llega demasiado pronto y yo demasiado tarde. ¿Te apetece un tom collins?

—Es como beber perfume.

Permanecieron en silencio hasta que la copa se materializó delante del periodista.

—Tengo novedades para ti, Josan. Novedades importantes. He descubierto quién asesinó a mi madre.

Los dedos de Josan se crisparon en torno al tom collins, que comenzó a susurrarle al oído: «El plan. Tienes un plan. Esta vez no puedes perder».

Un trago largo. Como una condena por asesinato.

—Yo también tengo novedades para ti —anunció Josan—.

Sé quién mató a aquellos dos tipos cerca de tu universidad, en Boston.

La sonrisa de Sonia brilló en su rostro. Una navaja refulgiendo en mitad de la noche.

—Vaya, vaya, vaya. El Enterrador también sabe desenterrar. ¿Empiezas tú o empiezo yo?

Josan se encogió de hombros.

—Vale, pues si te parece comienzo yo —dijo ella—. Esta es la historia de una niña que desde muy pequeña fue consciente de que no era como los demás niños. No me gustaba abrazar o besar a mis padres ni a mis hermanos. Y tampoco sentía la necesidad de hacerlo. No experimentaba afecto por nadie. Recuerdo que en mi primer colegio, una tarde que llovía y no podíamos salir al patio, nos pusieron la película *Bambi*. Todos mis compañeros lloraban desconsoladamente viendo la escena de la muerte de la mamá del cervatillo. Yo les contemplaba sin entender nada. No sentí ninguna tristeza, es más, hasta me pareció divertido que la mataran los cazadores. Eso me convirtió en la rara de la clase, la marginada, la solitaria. Entonces fue cuando descubrí que me gustaba hacer daño a los demás. Que la violencia me daba poder, respeto. Me encantaba esa sensación. Me hice adicta a ella. Aún lo soy. Mi madre fue la primera que se dio cuenta de que la niña no era normal. Aunque ella tampoco es que lo fuese mucho. Ya te conté que le gustaba jugar a hacerse la muerta. Siempre he pensado que me llevé lo peor de los genes de mis padres. Pasé de un internado a otro, expulsada por mis explosiones violentas y mis actos de crueldad gratuita. Fue la época de los psicólogos, de las pastillas, de la falta de empatía, del trastorno de la personalidad y toda esa mierda para intentar hacerme encajar en el puzle. Fue una etapa oscura, en la que llegué a pensar que tenían razón, que estaba loca. Que no había sitio para mí en el mundo. Había salido defectuosa de fábrica. Así que decidí escapar corriendo por el filo de una cuchilla.

Sonia se remangó para enseñar de nuevo a Josan la cicatriz en su muñeca.

—Estuvieron a punto de conseguir que me rindiera. Sin embargo, mi estancia en el hospital me vino muy bien. Tuve mucho tiempo para pensar. Así me di cuenta de la verdad. De lo hipócrita que es la sociedad. Todos mienten, engañan, traicionan, abusan. Su moral y sus principios solo son aplicables a los demás. La gente pisa la cabeza al prójimo en cuanto tiene ocasión. Son corruptos, lascivos, envidiosos. No se despedazan entre ellos por cobardía, no por falta de ganas. ¿Y esa basura era la que me juzgaba, quien me decía que yo constituía un problema? Decidí hacer como ellos. Ponerme una máscara y aceptarme tal como soy. Además, tengo dinero. Y los ricos hacemos lo que queremos sin que haya consecuencias. Saber que todo el mundo es un asco te libera mentalmente. Aunque pudiera, nunca sentiría remordimientos por lo que les hago. Comprenderás que los dos tipos de Boston no han sido los primeros. Te sorprendería el poder que puede ejercer una mujer joven sobre un hombre mayor. El sexo es como un cetro de poder. ¡Hacen literalmente lo que quieres! Si quedas con ellos en la parte más solitaria de un bosque, van y se presentan. Si les pides que se pongan unas esposas, se las ponen. Son tan idiotas que a veces resulta aburrido matarles.

—Sé a qué te refieres —interrumpió Josan—. Conmigo también lo hiciste.

Sonia hizo un mohín que le daba un aspecto encantador.

—Pero contigo fui una niña buena. Solo te manipulé un poquito. Ahora te toca a ti. ¿Por qué asesinaste a mi madre?

El tom collins guardó un respetuoso silencio mientras Josan daba un trago.

—Amaba a Ada. De esa forma enfermiza y destructiva con la que el fuego ama a la leña, porque sin ella no existe, aunque eso haga que se consuman los dos. Ella me abrió las puertas del cielo y me arrojó a las mazmorras del infierno. Un buen día me dijo que se aburría conmigo y me cambió por otro. Como si fuera un vestido pasado de moda que se deja olvidado en el armario. Aquello me hizo enmohecer por dentro. Y tu padre lo aprovechó. El diablo quería mi alma y yo se la vendí casi sin estrenar. Me prometió dinero, mucho dinero y un programa solo para mí en la cadena. *Prime time*, fama, éxito. Todo lo que había soñado. Solo por vengarme de ella. Y la parte oscura de mi ser aceptó. Aún recuerdo su cara de sorpresa al verme entrar en la habitación del hotel aquella noche. No era a mí a quien esperaba, como ya sabes. Duró solo un instante, pero en sus ojos percibí el miedo. Estaba tan hermosa. Al estar frente a ella perdí toda la rabia, todo el deseo de matarla. Lo reconozco, me arrojé a sus pies, supliqué que volviera conmigo, le dije que haría todo cuanto me pidiera. No hay nada más patético ni más humillante que implorar amor. Te despoja de tu orgullo, de tu dignidad. Dejándote dentro solo el cieno maloliente del odio y la autocompasión. Ada, entre carcajadas, se quitó la ropa y me dijo: «Solo tengo que desnudarme para que hagas todo cuanto te pida. ¿Ves mi cuerpo, lo ves bien? Porque nunca más será tuyo. Y ahora quiero que te vayas. Lo contrario del amor no es el odio, ni la indiferencia. Sabes que todo ha terminado cuando alguien al que has amado te provoca pena». Disfrutaba torturándome. Sus carcajadas me golpeaban como puñetazos. Mis manos, que solo servían para acariciarla, ahora apretaban su cuello. Más fuerte. Cada vez más fuerte, intentando borrar el desprecio de su rostro. Quería ver el miedo en su mirada. Pero no lo conseguí. Sus ojos. Aquellos ojos. Se clavaron en los míos como poteras. Y en ese momento sentí un peso, como si Ada me estuviera traspasando una carga. Todos decían que era una mujer con mala suerte. Y aquella noche, tras acabar con su vida, la mala suerte se vino conmigo. Desde entonces estoy maldito. Murió menospreciándome. Luego apareció Alvargonzález en la habitación del hotel y me sacó de allí. El resto de la historia ya la conoces.

El camarero se esforzaba en intentar desenroscar el tapón atascado de una botella de Marie Brizard. A Josan le pareció que trataba de estrangularla.

—Lo que no acabo de entender es por qué me ayudaste en la investigación del asesinato de mi madre si tú eras el culpable.

—Que sea el azar quien te lo explique —respondió el periodista mostrando una moneda.

La circunferencia de metal voló en el aire. Girando y girando como un corazón veleidoso. Cara y cruz. Cara y cruz. Hasta que cayó sobre la barra.

—Cara. Tengo una propuesta que hacerte. Dejarlo todo

atrás. Olvidarnos de quienes somos, de lo que hemos hecho. Empezar una nueva vida juntos, limpios. Porque yo te quiero. Y si pudieras perdonarme...

Sonia comenzó a reírse de forma estrepitosa.

—Espera, espera. ¿Hablas en serio? ¿Pero tú te estás escuchando? Suena a tragedia griega, eso de acostarme con el asesino de mi madre y tal. Reconocerás que ya de por sí es bastante enfermizo. Y lo de que me quieres... No te engañes. A quien amas es a mi madre. Yo solo soy un remedo con el que crees que puedes redimirte. Yo no te quiero. Me gusta el sexo y me lo pasé bien en la cama contigo. Pero la única ventaja que veo entre tú y un consolador es que a ti no tengo que cambiarte las pilas. Mi sentido de la empatía está bastante atrofiado. No es que no te quiera a ti, es que no quiero a nadie. Además, papá asesino, mamá asesina... ¿y qué íbamos a tener? ¿Pequeños asesinitos? Por favor, es un mal chiste.

—Entonces solo nos queda la opción de la cruz —agregó Josan dando la vuelta a la moneda—. Cumple con tu palabra. Me prometiste que si te ayudaba en la investigación de la muerte de tu madre acabarías con la vida de su asesino. Pues bien, ya sabes quién lo hizo. Aquí estoy.

Sonia se acercó más a Josan.

—Así que era eso, ese era tu plan, ¿no? Como la mala suerte —Sonia dibujó unas comillas en el aire con sus manos— no te permite suicidarte, quieres que yo haga el trabajo por ti. Bien pensado. La sangre es oscura pero deja las cosas claras. He de confesarte que, si te soy sincera, no soportaba a mi madre. Era una malnacida borracha que despreciaba a sus hijos. Especialmente a mí. No toleraba estar en una habitación conmigo. Decía que le alteraba los nervios. ¿Te imaginas lo que supone para una niña escuchar eso de su madre? Veía a sus hijos como pequeños relojes de arena que le recordaban constantemente que el tiempo se acaba. Me importa una mierda que hayas acabado con su vida. Me es totalmente indiferente. Llegar a casa y que no haya leche en la nevera me altera mucho más.

—Entonces ¿por qué investigar su muerte si la odiabas? —preguntó Josan.

—Para tener algo contra mi padre. Un secreto tan oscuro que le obligara a entregarme el poder. Mi abuelo sospechaba que el Rey Arturo estaba implicado de alguna forma en el crimen. Y mi ventaja es que ninguno de mis hermanos hace caso al abuelo. Todos piensan que está loco. Pero los locos nos entendemos entre nosotros. Por eso me acerqué a ti, un examante de mi madre, el tipo perfecto para ayudarme a sacar a la luz todo lo que pudiera sobre su asesinato. Me aproveché de mi parecido con ella, lo reconozco. Fue tan divertido arrojarte la pelota y ver como todas las veces venías con ella en la boca para devolvérmela. Lo que no sabía es que tú eras el lobo en este cuento. Una grata sorpresa, porque así resultas aún más beneficioso para mis intereses.

—¿Fuiste tú quien intentó envenenar a Arturo en su cumpleaños?

—No, eso fue cosa del abuelo. Y lo intentó una segunda vez manipulando los frenos de su coche. Casi lo estropea todo. Mi padre no me servía muerto. Se abriría su testamento y alguno de los imbéciles de mis hermanos heredaría la empresa. Y el juego volvería a empezar. No, yo lo quiero vivo para poder chantajearle y que me entregue el Grupo9 a mí y solo a mí. Arrebatarle el poder como antes hizo él con mi abuelo. Es importante mantener las tradiciones familiares. Lo que ocurre es que el abuelo es muy impaciente. Pero ahora que os tengo a ti y a Alvargonzález en el bolsillo, mi padre está acabado. No me perdería la cara que va a poner por nada del mundo.

—Tienes que matarme. Me diste tu palabra.

—Cuando dejes de serme útil. Ahora te necesito para quedarme con todo. Así podré hacer lo que me venga en gana cuándo y cómo quiera. Tú vas a ser la bala con la que dispare el tiro de gracia al Rey Arturo. Vamos. Tengo un coche afuera esperando.

Un impresionante Bentley Mulsanne azul estaba aparcado frente al bar. Al abrir la puerta trasera, el rostro de fauno risueño de don Ernesto dio la bienvenida a Josan.

—Qué alegría que nos acompañe. Una ejecución no luce igual sin público.

55

El trío entró en el despacho con decisión entre las protestas de la secretaria.

—Lo siento, don Arturo, les he dicho que estaba ocupado pero no me han hecho caso.

—No te preocupes, Elisa. Siempre tengo tiempo para mi familia... y para mis empleados. Papá, Sonia, Enterrador. ¡Qué sorpresa! ¿Habéis venido a celebrar conmigo mi regreso a la presidencia del Grupo9? Es todo un detalle.

La risa de don Ernesto sonó como una sierra radial cortando metal mientras tomaba asiento en el sofá más alejado de su hijo. La secretaria cerró la puerta del despacho al salir.

—Y bien, ¿a qué debo la inesperada visita de este grupo tan variopinto? Esperad, dejad que lo adivine. Mmm... Sonia y Josan, os habéis enamorado y queréis que os dé mi aprobación. Por eso os acompaña el abuelo, para que os apoye y así tratar de convencerme. ¿A que no ando muy desencaminado? Un padre se da cuenta de estas cosas.

Todos se echaron a reír. Todos menos Josan.

—No, papá —cortó Sonia—. Hemos venido para que me cedas el treinta por ciento de las acciones de la empresa que te pertenecen y convertirme así en la presidenta y máxima accionista del Grupo9. Estamos aquí para quitártelo todo.

Las risas desaparecieron de golpe, como la luz cuando saltan los plomos.

—Querida, ya deberías saber que no me gustan ese tipo de bromas. El dinero es sagrado. Y todo lo sagrado merece respeto —respondió Arturo.

—Matar a mamá tampoco les parecerá una broma a la prensa, a la policía y a todos los accionistas. Les contaré que tú fuiste quien organizó su asesinato. Algo que corroborarán Josan, el autor material del crimen, y el comisario Alvargonzález, encargado del caso. ¿Tú crees que después de todo el ruido que voy a montar van a querer que sigas al frente de la empresa? Un hombre acusado de matar a su esposa, eso puede hacer que las acciones del Grupo9 se hundan. El dinero escapa de los escándalos.

Con parsimonia, Arturo se acercó al mueble bar para servirse tres dedos de whisky sin hielo en un vaso esmerilado.

—No te resultará tan sencillo. Tengo una reputación. Será su palabra contra la mía. No hay ninguna prueba. Presentaré testigos que desmonten sus testimonios. Fabricaré coartadas. Nadie juega mejor a este juego que yo.

—Te recuerdo que en un tribunal el testimonio de un policía tiene valor probatorio. Y va a ser todo un comisario principal de la UDEV el que te señale con el dedo. Hay que saber reconocer cuándo has perdido, papá.

La risa de don Ernesto volvió a sonar, estridente, insufrible.

—He esperado durante mucho tiempo este momento, hijo mío. Tú me quitaste la empresa y ahora se cumple mi venganza. Yo quería matarte. Pero fue Sonia quien me pidió esperar, estaba convencida de que este momento llegaría. Mi nieta vale mucho. Ha salido al lado bueno de la familia. Ahora se lo agradezco. Contemplar la degradación de color de tu rostro es mejor que cualquier puesta de sol.

Arturo se dio cuenta de las dimensiones del problema al que se enfrentaba. Alvargonzález se había vendido a su hija. Y era él quien se encargó de destruir las pruebas del crimen de Ada. Quizá se había guardado algo, alguna evidencia. Sí, era muy propio de él quedarse con un salvavidas por lo que pudiera pasar. Además conocía dónde estaban escondidos el resto de los implicados, el peluquero, el gerente del hotel... Recorría todos los pasillos de su mente, pero solo encontraba puertas cerradas.

—Tres dementes que no distinguen lo real de lo imaginario. Eso es lo que sois. Vais muy deprisa. Creéis que con todo ese blablablá me voy a echar a temblar y a entregar el poder que por derecho me pertenece. Si eso es lo que queréis, nos veremos en los tribunales —respondió Arturo alzando su vaso antes de beber.

—Tengo una grabación —intervino Josan—. El vídeo de la última salida del Mercedes negro. ¿Lo recuerdas? Se ve el antes y el después de las dos toxicómanas tras pasar por tu habitación. Aunque el protagonista indiscutible de la grabación eres tú, con tus guantes reforzados, soltando una perorata acerca de ejercer el poder directo sobre alguien. No puedes haberlo olvidado.

La mano del empresario comenzó a vibrar. Las venas de sus globos oculares empezaron a crecer como rayos.

—Ese vídeo... Te pagaré lo que sea por él. Tendrás un programa solo para ti. Volverás a ser una estrella, volverás a...

—Demasiado tarde, Arturo. Todo ha acabado. Hay momentos en los que el dinero deja de tener valor.

Don Ernesto aplaudía de forma espasmódica.

—Es tan jodidamente maravilloso. Nada hay comparable al placer de la venganza. Esa mezcla de crueldad y justicia.

—Está bien —Arturo lanzó un suspiro resignado—, habéis ganado. Que no se diga que Arturo Gómez-Arjona no sabe asumir la derrota. Voy a hacer efectiva mi renuncia.

Dejó el vaso sobre la enorme mesa de madera. Abrió un cajón y, como un resorte, la mano de Arturo apareció empuñando una 9 mm. El disparó atravesó la mejilla de don Ernesto y puso fin a su incontenible risa. Una nube de vapor rosa surgió de su nuca mientras parte del cráneo se estampaba contra la pared a su espalda. Como la manecilla de un enorme e implacable reloj, el brazo de Arturo apuntó a Sonia.

—Yo soy el poder. Nadie me va a quitar la empresa. ¡Nadie! Ni siquiera mi hija.

Sin pensarlo, Josan se lanzó sobre él tratando de cubrir con su cuerpo a Sonia. El sonido rotundo del disparo. La bala de metal abriendo la carne del periodista. Astillando huesos, perforando órganos. El calor interno, purificador, que te traspasa y te eleva. La sensación de vacío. El placer mortificador del dolor. El cuerpo de Josan cayó sobre el de Arturo y ambos acabaron en el suelo. Los ojos de los dos hombres se encontraron. Miradas imantadas que no podían separarse la una de la otra. En ese instante en el que notaba la caricia tibia de la muerte, el periodista tuvo la certeza física de soltar lastre, como si le traspasara un sobrepeso a Arturo. Y Josan sintió el júbilo de comenzar a dejar de ser, el gozoso abandono de la vida mientras los miembros comienzan a quedarse dormidos. Las voces le llamaban. Tenía que ir con ellas.

56

Las voces le hablaban. Escuchaba las voces: «... en un comunicado, Arturo Gómez-Arjona ha anunciado su decisión de dejar la presidencia del Grupo9 y retirarse de la vida pública después de más de treinta años al frente de la compañía. Una decisión motivada por el trágico fallecimiento de su padre, don Ernesto Gómez, fundador de esta empresa. A partir de este momento, se hará cargo del grupo su hija, doña Sonia Gómez-Arjona...».

Josan abrió los ojos. En la pantalla de televisión el informativo moldeaba la verdad para darle la forma que más se ajustase a sus intereses.

—Bienvenido al mundo real, Juguete Roto, o eso dicen.

Sonia estaba sentada al borde de su cama, en el hospital. Vestía un impecable traje de chaqueta gris con raya diplomática de corte masculino diseñado por Tom Ford. Camisa blanca hecha a medida, collar de perlas de tamaño moderado y unos Manolo Blahnik acharolados de tacón conservador. El disfraz completo de empresaria de éxito. Josan luchó contra sí mismo para no reconocer que estaba preciosa. Pero perdió la batalla.

—Los médicos dicen que has tenido mucha suerte. Un centímetro más arriba y la bala te habría atravesado el corazón. Estuviste clínicamente muerto varios minutos. Casi conseguiste tu sueño. Pero parece que en el más allá no te quieren ni ver. Por cierto, cuando estuviste muerto, ¿viste alguna luz blanca, alguien que te llamaba, algo...?

—Yo ya he estado en el cielo. Es el tiempo que dura la hora feliz en los bares. Y sí, he tenido suerte. Mucha mala suerte. Lo que la mayoría llaman vida para mí es una condena.

La habitación era individual, pintada de un blanco limpio, con unas alegres cortinas naranjas. Sobre una de las mesas había un jarrón con flores. Por eso Josan supo que se encontraba en un hospital privado.

—No seas negativo, pronto estarás recuperado, saldrás de aquí y nos tomaremos unos tom collins.

—¿Qué ha pasado con Arturo?

—¿No has oído lo que dicen las noticias? Mi padre ha renunciado a todos sus cargos tras el suicidio del abuelo. Porque, a pesar de lo que vieran tus ojos, mi abuelo se suicidó. El dinero es quien redacta las noticias y quien escribe la historia. La realidad solo sabe garabatear bodrios. Además, estaba ya muy mayor y la cabeza no le funcionaba bien. Mejor así. El caso es que a papá le ha afectado mucho y no tiene ánimo para seguir al frente de la compañía. El dinero sabe lo que es mejor para todos nosotros. ¿Y adivina quién es ahora la mandamás del Grupo9? Exacto, la niña rara y solitaria que hacía daño a los otros niños y arrancaba las alas a las moscas ahora tiene a miles de trabajadores a su cargo. Esto va a ser divertido, Juguete Roto. Nos lo vamos a pasar muy bien. Ser jefa es maravilloso, la economía es la mejor excusa para joder a los demás.

A Josan le tiraron los puntos en el pecho, como si el corazón quisiera abandonar su cuerpo.

—Tienes una promesa que cumplir, Sonia. Me prometiste matar al asesino de tu madre.

—Oh, eso. Lo he estado meditando. Y creo que, de momento, voy a posponer esa medida. No descarto retomarla en un futuro, pero en las actuales circunstancias me es más útil que sigas respirando. Tengo la impresión de que voy a acumular unos cuantos secretos en los próximos años que estarían mucho mejor enterrados. Y tú eres muy bueno haciendo desaparecer la basura. Fuiste el enterrador de mi padre. Ahora quiero que seas el mío.

—¿Y si me niego?

—Te acusaré del asesinato de mi madre. Entrarás en prisión y pediré que se active un férreo protocolo antisuicidio en torno a tu persona. Además me aseguraré de que todos los días los otros presos te lleven a hacer una visita guiada por el infierno. Si ahora crees que quieres morir, espera a estar dentro y verás. Hazme caso. Soy una niña de papá. Puedo ser muy cruel cuando me llevan la contraria.

Las voces seguían hablando desde la pantalla: «En otro orden de cosas, tragedia en un bar de Madrid. Un camarero ha disparado contra la clientela del local Hermosos y Malditos provocando diecinueve muertos y más de una treintena de heridos, algunos de ellos de gravedad. Se desconocen los motivos que llevaron al hombre...».

—Me tengo que marchar. Debo dirigir una empresa. Tú sigue recuperándote, Juguete Roto. ¿O prefieres que te llame Enterrador? Chao.

Josan apartó la vista. No quería ver más a Sonia. No quería ver más a nadie. No quería ver nada más. Su plan. El que no podía fallar. Convertido en un nuevo fracaso que añadir a la colección. Seguiría con vida. Y seguiría siendo el Enterrador. Los Gómez-Arjona se lo pasaban de una generación a otra como una herramienta útil que ya no se fabricase. Continuaría tapando sus secretos. Ocultándolos para que nadie supiera cómo eran en realidad. Mientras el suyo permanecía sin expiar. Era un asesino ridículo enamorado del recuerdo de su víctima del que todo el mundo se reía. Al que todo el mundo utilizaba. Un títere que solo parecía estar vivo cuando su dueño introducía la mano en su interior. Tenía que hacer algo, no podía continuar así. Una pequeña luz en mitad de las tinieblas que cubrían su mente. Sabía cosas. Muchas cosas de los Gómez-Arjona. Los había entrevistado. Sabía dónde se guardaba el cesto de la ropa sucia. Buscó el número en la agenda de su móvil. Se sintió liberado al pulsar el botón verde.

—Hombre, Josan. ¡Cuánto tiempo! Si me llamas para que te preste dinero...

—Cállate y escucha. ¿Sigues trabajando en *La Tribuna*?

—Te recuerdo que soy su redactor jefe de Nacional.

—¿Y el periódico sigue perteneciendo al grupo Christiansen?

—Que yo sepa, sí. A pesar de los últimos acontecimientos.

—Tengo mierda. Y de la buena. De los Gómez-Arjona. Seguro que a tu jefe le interesa.

Y Josan se lo contó todo. Tardó casi cuarenta minutos.

—Sabes que muchas de las cosas que me has contado no vamos a poderlas contrastar —repuso el jefe de Nacional de *La Tribuna*.

—Venga, que los dos somos perros viejos. Pon delante un «fuentes próximas a la familia» y lo publicas. Cuando demanden al diario, y no tengas dudas de que lo harán, te acoges al secreto profesional para no revelar tus fuentes. No habrá consecuencias para el periódico. Tal vez una pequeña multa, nada más. Ya sabes cómo funciona esto. Lo publicas a cinco columnas en primera página y luego, pasados unos años, si te obliga un juez, escribes una rectificación en un breve escondido en alguna esquina del periódico.

—No sé lo que esperas conseguir con esto, pero las noticias son como arrojar una piedra en una pendiente nevada: a veces se forma una bola enorme que lo arrasa todo a su paso y otras veces la piedra solo recorre unos metros y no ocurre nada. Puede que para nosotros no tenga consecuencias, pero sí para ti. Ellos descubrirán de dónde ha partido la información. Tu vida profesional se habrá terminado. Y por lo que me cuentas, quizá no solo la profesional. Tú mejor que nadie sabes cómo tratan sus asuntos los Gómez-Arjona.

—Ojalá —respondió Josan antes de colgar. Y tuvo la sensación de sentirse limpio por primera vez en mucho tiempo. Dejó el teléfono sobre la mesilla que tenía cerca de su cama. Al moverse, notó que algo se desplazaba sobre las sábanas.

Algo pequeño, pero con cierto peso. Palpó por la superficie blanca hasta encontrar un par de monedas de euro. Debían de haberse caído del bolsillo de Sonia al sentarse. Cara y cruz. Los dos rostros de la mala suerte. Lanzó una de ellas al aire. Eligió cruz mentalmente. El disco metálico cayó sobre la palma de su mano mostrando el lado de la cruz.

«No es posible», pensó Josan. Volvió a lanzar la moneda, pero esta vez eligió cara. Agarró el euro en el aire y al abrir la mano vio el perfil del monarca. Cara. Había salido cara. Incrédulo, repitió la operación un par de veces más. En todas ellas acertó el resultado. Sabía lo que aquello significaba. Miró entonces hacia la ventana, convertida ahora en una invitación. En una salvadora salida de emergencia. No podía haber tenido una despedida mejor.

Afuera la noche te espera con su vestido de fiesta. Aguardando el abrazo tanto tiempo postergado. Sus labios húmedos y brillantes, como asfalto mojado, reclaman tus besos. Y tú quieres besarla, abrazarla, perderte en su oscuridad. Introducirte en ella como un amante furtivo, hasta ser uno. Hasta fundirte en el vacío bruno. Hasta desaparecer entre sus brazos de guantes de raso negro. Subes al poyete de la ventana. El viento te atrae con sus dedos fríos hacia la nada. Y tú quieres caer, deseas caer, necesitar caer. Abres mucho los ojos, adelantas uno de tus pies desnudos para pisar la insustancial solidez. Detrás de ti, oyes el sonido de la puerta que se abre.

—¡Bájese de ahí, ¿no ve que se puede caer?! ¡Dios mío, que lo que quiere es tirarse! ¡Seguridad, seguridad! ¡Rápido, que el paciente se quiere suicidar!

La libertad, el perdón, la redención. La felicidad. Todo está ahí, delante de ti. Solo tienes que dar un paso más. Solo un paso más. Y entonces saltas. Y tu risa se escucha en toda la calle, como la traca final. Y vuelas de la mano de la noche. Para siempre.

57

En la sala VIP del Grupo9, Sonia consultó su Patek Philippe Twenty-4. Faltaban quince minutos para su intervención ante la junta extraordinaria de accionistas. Sentada en el lujoso sillón Vitra, esperaba dando vueltas en su dedo al anillo Panthère de Cartier que perteneció a su madre. Le parecía una ocasión adecuada para llevar puesto algo de ella. Pero antes tenía que ocuparse de un asunto. Uno que en ese momento estaba frente a ella, sentado en su silla de ruedas, con Carlota, su perenne asistente, tras él. Vestida de rojo. Como de costumbre.

—Alonso, qué desconsiderada soy. Aún no te he ofrecido nada. ¿Te apetece tomar algo? ¿Café, whisky, tres en uno?

—El sentido del humor es una prerrogativa de los triunfadores. Reconozco que por ahora vas ganando, hermanita. Lo que no entiendo es el motivo por el que querías que nos viésemos. Tengo que ocupar mi sitio en el salón de actos, con el resto de los accionistas.

—Creo que es justo que sea yo quien te diga en persona

que ya no vas a dirigir la Fundación. Te quiero fuera de la empresa. Es una decisión con carácter inmediato. —La pantera de oro y diamantes seguía dando vueltas alrededor del dedo corazón de Sonia.

Una sonrisa aviesa de Alonso acompañada de una mirada cómplice con Carlota.

—El cargo se te ha subido a la cabeza. Se te olvida que aún soy el dueño del cinco por ciento de esta empresa. Igual que Mencía y Bobby. Entre los tres sumamos muchas acciones, no nos des por vencidos. Aún tenemos fuerza para ponerte en dificultades. Nos quedan amigos dentro del accionariado. Te conviene llevarte bien con nosotros. Es un consejo de hermano.

—No me sorprende que me conozcas tan poco. Es normal. En realidad apenas hemos convivido en los últimos años. Pero que no sepas cómo son Mencía y Bobby es algo llamativo. Mira, a Bobby lo único que le interesa es pasárselo bien. Siempre ha sido un vividor sin el menor interés por la empresa y el trabajo. Quería demostrarle a papá que valía más de lo que él creía. Por eso lo traicionó. Por eso, y porque tú le convenciste. Yo, en cambio, le he dicho la verdad: que era un privilegiado y que a lo que debería dedicarse es a viajar por el mundo, conocer gente nueva, vivir maravillosas experiencias y ser feliz. No me costó nada comprarle su cinco por ciento por mucho menos de su valor. Aun así, tendrá dinero para hacer lo que quiera si viviera dos vidas. Y la buena de Mencía está encantada con su puesto de directora del área digital. Ella solo quiere acaparar toda la atención, ser el jarrón situado en el centro del salón para que todo el mundo la admire. Y si en algún momento quiere ocupar otro lugar..., ya sabes lo que pasa con los jarrones que se cambian de sitio. Alguien puede darles un golpe al pasar y romperlos. Así que solo faltas tú.

—Ni en sueños te venderé mis acciones. Ya puedes ir quitándote esa idea de la cabeza. Tarde o temprano yo dirigiré el Grupo9...

—Mira, en diez minutos tengo que dar un discurso frente a los accionistas. No tengo tiempo para los delirios de grandeza de un lisiado. Si no me vendes tu cinco por ciento por la mitad de su actual cotización, mañana un tipo acudirá a la policía para denunciar que lleva años contratando a mujeres para que agredan a tu ex por orden tuya. Y aportará unos cuantos vídeos. Oh, ¿no me digas que pensabas que te entregaba todas las copias? ¿Un tipo así? Eres demasiado ingenuo, Alonso. Ese es uno de tus mayores defectos. Aunque no el único. Espero que la estupidez no se una a la lista. El dinero es una fiesta. Pero la fiesta no es para feos.

El rostro de Alonso palideció. Incluso el traje rojo de Carlota pareció perder color.

—Bueno, como te he dicho, tengo algo de prisa. Quiero la respuesta esta tarde. Os tengo que dejar.

Sonia caminaba con paso firme por el suelo de mármol de los pasillos del Grupo9. Sus zapatos de tacón resonando tras ella como los aplausos de su ego. El teléfono tembló en su bolsillo, temiendo transmitir malas noticias. En la pantalla apareció el nombre de Alvargonzález.

—Estoy a punto de dar mi discurso como nueva presidenta del Grupo9...

—Es importante. Te mando la portada de mañana de *La*

Tribuna. Me la ha pasado un contacto. Creo que deberías verla.

El engreído titular a cinco columnas anunciaba «La verdad sobre la familia Gómez-Arjona». En el cuerpo de la noticia se ponía en duda la forma en que su padre se hizo con la empresa declarando la incapacidad mental del abuelo, la muerte en extrañas circunstancias de su madre y la desconcertante paralización del caso. Los intentos de asesinato sufridos por Arturo en los últimos tiempos y la sombra de la sospecha que se extendía sobre sus hijos. Incluso hablaba de los escabrosos gustos sexuales de su padre y relacionaban a Sonia con dos crímenes sucedidos en Boston. Todo ello salpicado de muchos «presuntamente» y «supuestamente» para cubrirse las espaldas. La única fuente que se citaban en el texto era «alguien muy próximo a la familia». Al principio, Sonia se asustó, pero luego se dio cuenta de que todo eran generalidades y vaguedades. Sin ninguna base sólida. Saber sin pruebas es como no saber.

—Esto solo ha podido salir de un sitio —dijo Sonia—. El Enterrador ha hablado. Quiero que vayas ahora mismo al hospital y...

—¿No te has enterado? Anoche se arrojó por la ventana de su habitación. Al final lo consiguió, venció a la mala suerte. ¿Qué vamos a hacer con la información? Hay que parar el golpe.

—Mi padre me enseñó que la mejor forma de esconder un incendio es meterlo dentro de otro mucho mayor. Así que hoy vamos a lanzar la bomba. Todos los medios del Grupo9 darán la exclusiva de que la policía ha descubierto al culpable del asesinato de mi madre. Será el último servicio que nos preste el Enterrador. Tú te colgarás la medalla. Saldrás en la televisión hablando del perfil del asesino. Ya sabes lo que tienes que vender: una historia de sexo, celos y venganza. Un psicópata que no soportó que mi madre le abandonara y blablablá. A la audiencia le va a encantar. Luego sacaremos a la luz a los testigos: el peluquero, el conserje y cualquier otro que se te ocurra, previamente aleccionados para que cuenten lo que vieron la noche del crimen. Mucha sangre y detalles sórdidos. Ada la casquivana, de fiesta en fiesta con su estela de amantes. Estaremos semanas con el tema, los ricos y sus vicios. La gente se va a volver loca. Pero primero llamaré a Diego, el abogado de la familia, para que interponga una demanda contra *La Tribuna* por difamación. Que el público vea que tomamos medidas. Después enviaré a los Hanson a Boston. Tras hablar con ellos, Timothy Price mantendrá la versión que dio a la policía asegurando que estuvo conmigo la noche del crimen. Ya sabes lo convincentes que son.

—¿Crees que será suficiente? Puede que lo que publiquen provoque preguntas. No me gustan las preguntas.

—No te preocupes. En realidad, ¿qué es lo que tienen? Las locuras de un asesino con un largo historial de intentos de suicidio. Y que además ha tenido el buen gusto de morirse precisamente en este momento. Saldremos inmaculados de esto. El dinero es el mejor quitamanchas del mundo. Perdona, te tengo que colgar. Me avisan de que debo dar mi discurso.

En el escenario, sobre un atril, marcando una imagen continuista que rompiera con el espectáculo de Christiansen, Sonia comenzó a hablar. Sabía para quién lo estaba haciendo en realidad, quién la estaba escuchando sentado en el patio de butacas, a quién tenía que convencer: al dinero. Su discurso comenzó pidiendo unidad.

—... esta gran familia que conformamos en el Grupo9 hemos sufrido ataques. Todos hemos sido testigos. Ataques que provenían del exterior y ataques internos, mucho más dolorosos, de miembros de mi propia familia. Las malas hierbas ya han sido arrancadas. Sin embargo, las acometidas no cesan. Mañana aparecerán más calumnias contra los Gómez-Arjona publicadas en los medios de Christiansen. A las que responderemos con todo el peso de la justicia y de la verdad. Estos ataques a nuestra empresa que solo pretenden dividirnos, lejos de debilitarnos, nos han cohesionado más, nos han endurecido, ahora somos más fuertes porque estamos juntos y sabemos lo que queremos y a qué nos enfrentamos...

La mayoría de los accionistas eran hombres y Sonia sabía que el lenguaje bélico siempre funciona con ellos. Ahora tocaba demostrarles quién era y a qué estaba dispuesta. Ganarse la confianza del dinero.

—... tengo muy presentes las enseñanzas de mi padre. De él aprendí lo que significa trabajar duro y el amor por esta empresa. No escatimaré esfuerzos. Aquí y ahora me comprometo ante todos vosotros a dejarme la piel en lograr que esta compañía siga creciendo y liderando el mundo audiovisual, por muchas decisiones duras que tenga que tomar...

Hasta llegar al momento crucial. Donde, ante todos los

accionistas, debía obrar el milagro de la multiplicación de los dividendos. Convertir los números rojos en verdes. Hacer crecer el dinero.

—Hemos llegado a un acuerdo con una de las principales plataformas de *streaming* para poder estrenar algunas de sus películas y series en exclusiva, antes de que sus suscriptores puedan incluso verlas a través de dicha plataforma. Como pueden apreciar en los gráficos de la pantalla que tengo a mi espalda, calculamos que este acuerdo aumentará nuestra audiencia entre un veinte y un treinta por ciento. Esto, a su vez, hará que los ingresos por publicidad crezcan en torno al cuarenta por ciento, llegando a sectores de la población, como los jóvenes, a los que ahora apenas accedíamos. Pero las ventajas del acuerdo no acaban aquí: al tener que hacer hueco en nuestra parrilla a la emisión de estos nuevos largometrajes y series podremos prescindir de algunos programas y de sus plantillas. Lo que nos permite recortar en uno de los principales gastos de la empresa: los salarios. Resumiendo, este es mi plan: más ingresos y menos gastos. O lo que es lo mismo, mayores beneficios para todos...

La sala estalló en aplausos. Sonando como monedas agitadas en los bolsillos. Sonia alzó los brazos en señal de triunfo. El dinero aceptándola como una nueva creyente de la fe verdadera. Porque en la nueva religión, no importa quién seas, no importa lo que hayas hecho, no importa lo que vayas a hacer: si ganas mucho dinero, todos tus pecados te son perdonados. Transformados en calderilla de la que se arroja a los mendigos. Con tan poco valor que no merece la pena ni agacharse a recogerla cuando la encuentras tirada en la calle.

58

La puerta de Lagasca 92 arrojó a la calle a las dos mujeres como un balde de agua sucia. Arrastraban sus pertenencias guardadas en maletas y bolsas de rafia, aunque la tristeza era lo más pesado del equipaje. Teresa y Melinda se dirigían a Ortega y Gasset, en dirección a la parada de metro más cercana, cuando oyeron que una voz les llamaba desde la otra acera. Al aproximarse, vieron como la ventanilla de un Citroën C3 descendía lentamente.

—Ustedes trabajan para los Gómez-Arjona, ¿verdad? —preguntó Sito, el paparazzi.

—Trabajábamos. Quien lleva la casa ahora es la señorita Sonia y ha decidido prescindir de nosotras —explicó Teresa al desconocido.

—Desde que ella manda, lo quiere todo nuevo —añadió Melinda al borde del llanto—. Dice que no nos necesita, que le recordamos a su padre.

Sito les lanzó una sonrisa amarga.

—Perder el trabajo no es tan grave. Conozco a la familia,

en su caso yo diría que se trata de una bendición. Hay cosas mucho peores. ¡Qué extraña es la vida!, ¿eh? Traicionas a alguien, crees que nada te importa y cuando esa persona se va, sientes dentro de ti una quemazón, esa llamada desde el infierno que no te deja vivir. Como si le debieras algo. Estuve dándole vueltas a qué es lo que debía hacer..., la forma de pagar mi deuda. No sé si con él o conmigo mismo. Eso no tiene importancia. Sé que puede parecer una tontería, quizá toda la vida lo sea. El caso es que llegué a la conclusión de que estaba obligado a hacer algo de lo que él se sintiera orgulloso. Algo que le hubiera gustado que realmente ocurriera. Tenía dos opciones. Por eso llevo toda la noche esperando delante de esa puerta. Para que fuese la suerte la que se decidiera por una de las dos. Y lo ha hecho. Las ha elegido a ustedes. Tomen.

El paparazzi les ofreció un sobre de color manila mientras las mujeres se miraban sin comprender.

—Dentro encontrarán fotos comprometidas de todos los hermanos Gómez-Arjona. Fotos que bajo ningún concepto querrán que salgan a la luz. También van incluidas las tarjetas de memoria donde están almacenados los originales.

—¿Y qué quiere que hagamos con ellas? —preguntó Teresa acercándose para agarrar las imágenes. Sin querer, vio que, bajo el sobre, aquel hombre ocultaba un revólver.

—Lo primero que tienen que hacer es ir a un banco, contratar una caja de seguridad y depositar allí las tarjetas de memoria. Nadie más que ustedes debe saber dónde están guardadas. Nadie, ¿comprendido? Después elegirán un despacho de abogados por esta zona, los ricos se entienden entre ellos, así será todo más fácil, y les mostrarán lo que tienen.

—¿Y recuperaremos nuestro empleo? —preguntó Melinda.

—Algo mucho mejor, ya no tendrán que trabajar para los Gómez-Arjona ni para nadie nunca más. Le dirán al abogado que transmita a la familia su deseo de recibir una asignación mensual de por vida a cambio de que esas fotos nunca lleguen a la prensa. No se preocupen, él sabrá lo que valen las imágenes en cuanto las vea. Les sacará todo lo que pueda a la señorita Sonia y compañía. Tranquilas, se mostrará muy interesado en hacerlo porque se lleva un porcentaje. No admitan nada por debajo de los trescientos mil euros.

—¿Al año?

—Al mes.

Las dos mujeres se miraron con la incredulidad de los que observan por la mirilla a la fortuna llamando a su puerta.

—Si hacen todo lo que yo les he dicho, no tendrán ningún problema. Se lo garantizo.

—¿Y qué gana usted con todo esto? —inquirió recelosa Teresa.

Esta vez la amargura había desaparecido de la sonrisa de Sito.

—A los ricos no les importa el dinero. Tienen mucho y saben cómo conseguir más. Pero lo que les molesta es sentirse vulnerables. Y nosotros vamos a lograr recordarles que lo son al menos una vez al mes. Eso le hubiera encantado al tipo a quien traicioné.

El paparazzi giró la llave de contacto del vehículo, pero antes de que se pusiera en marcha, Teresa introdujo la cabeza por la ventanilla.

—Si en vez de ser nosotras las que aparecimos por la puerta hubiera sido la señorita Sonia...

Las miradas de ambos se dirigieron al revólver.

—La suerte es caprichosa. Danza a nuestro alrededor mientras nosotros solo podemos esperar sentados a que, en algún momento, nos saque a bailar. Disfruten. Hoy la música suena solo para ustedes dos.

Epílogo

—¡Maldita sea, otra vez!

Arturo arrojó las cartas con rabia sobre el tapete.

—Es verdaderamente curioso —soltó su contrincante, el batracio de Enrique de Diego, mientras atraía para sí las fichas de la mesa—. No sé qué es lo que te pasa, pero desde que dejaste de dirigir el Grupo9 no ganas ni una partida.

No, el batracio se equivocaba. Aquello no tenía nada que ver con la empresa. Arturo sabía lo que le pasaba. El maldito Enterrador le había traspasado la mala suerte. Como un virus maligno. Incluso creía tener claro el momento exacto en que ocurrió. Fue cuando lo tenía encima, después de que se interpusiera en el camino de la bala que iba dirigida a su hija. Sintió cómo se introducía en él al mirarle a aquellos ojos de muerto. La mala suerte. La sintió dentro, como una solitaria, robándole la energía. Y desde entonces su vida se había convertido en una eterna pendiente descendente. Perdió la empresa y con ella el poder. Fue como si veinte años se le echaran encima. Esa horrible sensación de intrascendencia, de hacerse viejo, de ser uno más. Incluso intentó ver al gitano albino para que le ayudara a deshacerse de ella. Esperaba y esperaba en el bar Laberinto. Pero nunca era el elegido, sus dedos albos sobrepoblados de anillos jamás lo señalaban. Ya no sabía qué hacer. A veces, de noche, oía reírse en su interior a la tenía, a su mala suerte. Y poseía la voz de Ada, su exmujer.

—Me retiro, el juego se vuelve aburrido cuando sabes que siempre vas a perder.

—No te vayas, Arturo, quédate un rato con nosotros. Así matamos el tiempo.

Matar el tiempo, le encantaba esa expresión. Aun así, no hizo caso al resto de los miembros del Nuevo Club. Antes de abandonar sus instalaciones, se dirigió al cuarto de baño. Tenía algo que hacer. Uno de los pocos placeres que aún conservaba. En la pila, Arturo disolvió las pastillas con la mínima agua posible. Desde que había dejado la empresa, su vida se había convertido en una engorrosa acumulación de horas apelotonadas que no servían para nada. Amasó la pasta que formaban el agua y las pastillas junto con la miga de pan guardada del desayuno y lo introdujo todo en una bolsa de plástico. Después se lavó muy bien las manos. Cada vez le gustaba menos ir al Nuevo Club. Escuchar a sus antiguos compañeros y socios hablar de negocios le deprimía. Se sentía un Adán expulsado del paraíso del dinero. Mientras Sonia, la serpiente traidora, dirigía su empresa. Tenía que reconocer que su hija había sido muy inteligente. Permaneciendo siempre en un segundo plano, lejos del alcance de sus sospechas. Echaba de menos sentir el poder. Ah, esa sensación. Tenerlo, manosearlo. Añoraba las miradas temerosas a su paso, el respeto reverencial de los demás, infundir miedo. Ahora era solo un viejo jubilado más. Inútil y aparatoso como una máquina de escribir que únicamente sirve para acumular polvo. Y se sentía muy solo. Él no tenía amigos, lo que tenía eran socios y clientes. Y ni los socios ni los clientes llaman para interesarse por alguien con el que no pueden hacer negocios. El dios dinero ya no le contaba entre sus fieles.

Recogió el abrigo en el guardarropa antes de salir a la calle. Fue caminando con su bolsa de plástico hasta una plaza cercana. El sol de invierno no tenía la fuerza suficiente como para calentar las calles, acosado por las nubes grises. Con el cuello del loden levantado y la bufanda ajustada se encaminó hacia un banco solitario. Lejos de corredores fosforitos y paseadores de perros. Con los guantes de piel puestos, comenzó a dar de comer a las palomas que pronto zurearon a su alrededor. Cualquiera que le viese no podría imaginar que aquel viejo, hacía no tanto, fue uno de los hombres más poderosos del país. Ministros y presidentes le temían. Le bastaba con levantar el teléfono para derogar leyes, arruinar empresas rivales o ganar cientos de millones de euros. ¡El poder!, aunque fuese en dosis mínimas, como aquella. Necesitaba sentir el poder dilatando sus venas. Y volvió a experimentar ese placentero hormigueo por todo su cuerpo. Mientras, entre estertores, los cuerpos de las palomas iban acumulándose a sus pies, envenenadas.